Contes chois

Mark Twain

Alpha Editions

This edition published in 2023

ISBN : 9789357965729

Design and Setting By
Alpha Editions
www.alphaedis.com
Email - info@alphaedis.com

Contents

INTRODUCTION

MARK TWAIN ET L'HUMOUR

IL Y A longtemps que le nom de Mark Twain est célèbre en France, et que ce nom représente ce que nous connaissons le mieux de l'humour américain. D'autres écrivains du même genre, Arthemus Ward, par exemple, ont eu grand succès chez leurs concitoyens et en Angleterre, mais leur plaisanterie est trop spéciale pour nous toucher. Ou bien elle consiste en jeux de mots véritablement intraduisibles dans notre langue, et dont toute la saveur nous échapperait. Ou bien leur verve s'exerce sur des sujets usuels, familiers aux Américains, qui saisissent immédiatement l'allusion, laquelle demeure une lettre morte pour nous. L'humour de Mark Twain est plus accessible. Ses plaisanteries sont d'un intérêt plus général. Leur sel touche notre langue. Comme tous les grands écrivains, il a su devenir universel tout en demeurant national. Par les sources où il a puisé son humour, par la peinture qu'il nous présente d'une société, d'une époque, et de mœurs déterminées, par la tournure d'esprit et par l'interprétation, il est en effet profondément et intimement américain.

Ses ouvrages ne sont, d'ailleurs, que le reflet de son existence mouvementée, aventureuse, marquée au coin de la plus étrange énergie, et tellement représentative de celle de ses contemporains. Samuel Langhorne Clemens, qui prit plus tard le pseudonyme de Mark Twain, naquit à Florida, petit hameau perdu du Missouri, le 30 novembre 1835. La grande ville la plus proche était Saint-Louis, qui ne comptait pas, d'ailleurs, à cette époque, plus de dix mille habitants. Ses parents s'étaient aventurés dans ces solitudes avec l'espoir de faire fortune dans un pays neuf. Mais leur espoir fut déçu. Et après la mort de son père le jeune Clemens dut se préoccuper de gagner promptement sa vie.

Il entra dans une petite imprimerie de village dirigée par son frère aîné, mais son tempérament aventureux se dessinait déjà, et vers dix-huit ans il partit, voyagea à travers tous les États de l'Est, travaillant quelque temps dans des imprimeries de diverses villes, puis soudain se décida à faire les études nécessaires pour être pilote sur le Mississipi. La navigation fluviale était alors très importante, presque tout le trafic commercial se faisant par eau, et la situation de pilote, qui demandait des aptitudes et des études sérieuses, était des plus avantageuses et des plus recherchées. Mais juste au moment où le jeune homme venait de recevoir son brevet, la guerre civile éclata entre les États du Nord et les Esclavagistes du Sud. La navigation commerciale cessa du coup complètement. Le frère aîné de notre héros, chargé d'une mission officielle dans le Nevada, lui offrit de l'emmener avec lui. Pendant toute une année Mark Twain parcourut les territoires de chasse, menant une vie aventureuse et charmante. En même temps il faisait ses débuts d'écrivain, en envoyant des articles à l'*Entreprise territoriale*, journal de Virginia-City. Ses articles furent remarqués. Ce fut alors qu'il adopta son pseudonyme, souvenir de sa carrière de pilote si prématurément interrompue, mais dont il avait cependant conservé de vivantes impressions qu'il utilisa dans ses livres. Les pilotes du Mississipi, pour annoncer la profondeur des eaux, dans les passages difficiles, criaient: «*Mark three! Mark twain!* Troisième marque! Deuxième marque!» Ce cri pittoresque plut au jeune Clemens et devint sa signature désormais.

Un article, dans lequel il attaquait violemment les abus de certains organisateurs, lui attira un duel. L'incident n'eut pas de suites fâcheuses, en lui-même, car au dernier moment l'adversaire de Mark Twain lui fit des excuses. Mais le duel était rigoureusement poursuivi sur le territoire de Nevada, et Twain dut se réfugier en Californie. Il eut un moment la pensée de tenter la fortune aux mines d'or. Heureusement, pouvons-nous dire, il ne réussit pas à trouver le moindre filon. Son succès dans ce sens nous eût peut-être privés des trésors qu'il a trouvés en exploitant une veine plus heureuse...

La vie aventureuse continue, Mark Twain part à Hawaï pour le compte d'un journal de Sacramento. Puis il revient en Californie et donne des conférences sur son voyage. Il accompagne un pèlerinage en Terre Sainte, comme correspondant d'un journal. De ce voyage il rapporte un livre, *Les Ingénus en voyage* (*The Innocents Abroad*), qui assure sa célébrité. Puis, de nouveau, des conférences. A ce moment, la situation de l'écrivain commence à prospérer. Il se marie et fait un mariage d'amour, attristé, plus tard, par la mort tragique ou prématurée de ses enfants. Il publie: *L'âge d'or*, *Tom Sawyer*, *Le Prince et le Pauvre*. Le produit de ses livres lui a permis de renoncer au travail de journaliste et aux conférences. Sa situation est prospère. Mais les spéculations malheureuses d'une maison d'éditions qu'il avait commanditée lui font perdre tout le fruit de ses labeurs. Il se retrouve, déjà âgé, avec cent mille dollars de dettes. Alors il part, en 1895, pour faire le tour du monde, simplement, et le livre qu'il publie comme impressions de voyage: *En suivant l'Équateur*, suffit à payer toutes ses dettes. Les années suivantes, il voyage en Europe, retourne en Amérique, puis repart pour l'Angleterre, où il est reçu avec grand honneur. Cependant il est vieux et souffre d'une affection cardiaque qu'il ne fait rien pour ménager. Ceux qui lui ont rendu visite nous le représentent confiné dans son lit, mais l'esprit toujours jeune, alerte, et fumant le cigare du matin au soir, malgré les observations de ses médecins. En 1900, il perd sa fille qui avait toujours vécu avec lui, et qui meurt tragiquement dans son bain. Dès lors l'état du vieillard empire. Et le 20 avril 1910, âgé de soixante-quinze ans, cet humoriste meurt d'une maladie de cœur.

C'est que, La Bruyère l'a dit, il faut plus que de l'esprit pour être auteur. Et surtout pour être un bon humoriste. Tous ceux que j'ai connus, ayant du talent, avaient des âmes délicieuses. Ce don de l'observation qui permet de découvrir soudain le côté vivant des hommes et des choses, et de l'exprimer par le trait pittoresque et juste, ne va pas sans une grande sensibilité. Et que l'on se garde de prendre ce mot dans son acception vulgaire, banale. Sensibilité n'est pas synonyme de sensiblerie. Je dirais volontiers que ces deux termes sont exclusifs l'un de l'autre. Les gens qui larmoient sans cesse, et sans raison, n'ont pas l'âme très sensible. Ce sont des sots égoïstes qui s'apitoient sur leur propre faiblesse. Ce sont ceux qui versent des torrents de larmes, comme les personnages de Chateaubriand, dans les premiers moments de leur affliction, mais qui sont vite consolés. Un torrent, par définition, s'épuise soudain.

Chez le véritable humoriste, la sensibilité s'enveloppe d'un voile exquis de pudeur. Il a peur de paraître exagéré et vulgaire. Il redoute même le suffrage des sots, et s'emploierait volontiers à les mystifier pour les dégoûter de le lire. Ayant le sens délicat de la mesure, comme le poète a le sens du rythme, il déteste tout ce qui est exagéré et par suite faux, et devient féroce, d'une férocité de brave homme et de justicier, en face des outrances de la sottise humaine. Mais, en revanche, quelle joie, quand le bon humoriste se trouve en présence d'un autre humoriste, aussi ingénu, aussi sincère que lui, aussi disposé à s'amuser de la vie, avec une sorte de pitié émue! Il ne doit pas y avoir de plaisir plus délicat que celui de deux hommes charmants et naïfs, en même temps qu'avertis, qui se rencontrent pour échanger des impressions fugitives, auxquelles ni l'un ni l'autre n'attachent la moindre importance, parce qu'ils savent que c'est la vie, et qu'il convient, avant tout, d'être jovial. Je m'imagine la joie profonde de l'admirable Alphonse Allais, en retrouvant dans l'autre monde l'âme du délicieux Sam Weller de Dickens. Quelles plaisanteries terribles a-t-il dû lui faire! Et ils ont causé pendant des heures (dans l'éternité le temps est pour rien), débitant gravement, chacun à son tour, les choses les plus insensées, jusqu'au moment où ils n'y ont plus tenu, et où ils sont partis en éclats du plus joli rire, du plus cordial, à l'idée de ce que penserait le père de Sam Weller, le «gouverneur», s'il descendait, juste à ce moment-là, du siège de sa diligence pour venir boire un verre avec eux.

Ce serait évidemment un verre de whisky. L'humour, sous sa forme la plus précise, est en effet une des caractéristiques de l'esprit anglais. Et Dickens est le prophète de l'humour. Mais il y en a quelques-uns qui, avant lui, en sont les dieux, comme Allah a précédé, de toute éternité, Mahomet. Si l'on voulait remonter aux origines classiques, on trouverait l'humour dans Shakespeare, comme tout le reste. La formule moderne de l'humour, plus exacte mais plus étroite, se retrouve chez Addison. Il ne lui manque, c'est peu de chose, que le génie. Swift en avait assez pour deux. Tout le monde connaît, en France, les *Voyages de Gulliver*, où l'on trouve l'application des meilleurs et des plus puissants procédés humoristiques, mis au service d'une conviction âpre et profonde, à laquelle le style direct ne suffit pas. Swift ne fait pas d'esprit pour l'esprit. On l'eût peut-être étonné en lui disant qu'il en avait. Ce n'est pas l'humour moderne, un peu diminué et dilettante, et se complaisant et s'amusant à des trouvailles heureuses dans le détail. C'est un homme aux passions violentes, aux sentiments exaspérés par la conviction, trouvant, à force de fureur, le mot juste et qui porte, et qui sait aussi, pour accentuer la valeur de son ironie, la présenter sous une forme froide, avec une logique déconcertante qui rend mieux la passion cachée et ardente que toutes les clameurs et tous les gestes. Son génie puissant n'est pas joyeux. L'humour est fait d'observation profonde. Quand on sait distinguer, avec clairvoyance, les côtés amusants des choses, c'est que l'on sait voir, et l'on voit tous les aspects, les tristes comme les gais. Il est même fort possible que le sens de l'humour ne s'éveille qu'aux froissements de la vie. Voici le paradoxe usuel sur la tristesse des auteurs gais. Il est si vieux qu'on lui doit quelque respect. Cependant Swift et Dickens, si toute la vie de celui-là et la jeunesse de celui-ci n'avaient été laborieuses et humiliées, auraient-ils écrit le *Tonneau* ou les aventures de *Copperfield*? Les médiocres maudissent la vie, quand elle est dure pour eux. Les gens d'esprit la racontent et nous font rire ou pleurer, parfois les deux successivement. Ils se réjouissent des sources fécondes que le pic du malheur fait soudain jaillir à leurs pieds. Ils trouvent dans l'opposition des jours le prétexte à mille imaginations fantasques, dont ils s'amusent délicieusement. Il y a cent manières dans l'humour. Mais c'est toujours un contraste, ou presque toujours.

L'antithèse est, en effet, le plus puissant des procédés littéraires, comme de tous les procédés. Une couleur ressort par l'opposition avec la couleur opposée. Et cela est vrai de l'écriture comme des tableaux. C'est à l'antithèse que Victor Hugo, poète indiscutable et admirable, mais le contraire d'un humoriste, a dû les meilleurs de ses effets. Le ver de terre est amoureux d'une étoile, et Quasimodo de Esméralda. Il serait curieux d'examiner quelles déformations subit le procédé en question pour passer de la poésie à l'humour. Au fond, le mécanisme de l'âme est probablement des plus simples, et peu de chose fait la différence entre les manifestations les plus diverses de l'esprit humain. Il en est de même en chimie, car les lois sont les mêmes partout.

Que cette antithèse, d'ailleurs, et ce contraste, soient dans la forme ou dans l'idée, Fielding, l'humoriste anglais, exposera posément, avec un luxe de détails, la vie de Jonathan Wild, le Grand. Il se trouve que Jonathan Wild est un voleur de grands chemins. La situation élevée où il parvient à la fin de sa carrière consiste à être pendu. Dickens donne une valeur étrange aux détails les plus insignifiants. Ces détails ne sont d'ailleurs insignifiants qu'en apparence, et seulement pour ceux qui ne savent pas voir la vie intime des choses. Écoutez la conversation entre la bouilloire et le grillon, dans les *Contes de Noël*. Pour l'humoriste, comme pour le poète, et comme pour le messager de Jupiter dans la fable de La Fontaine, tout ce qui vit, fût-ce de la vie la plus obscure, est également intéressant. Les choses n'ont de valeur que celle que nous leur donnons. Mais il faut savoir la donner. Certains détails de la vie usuelle, qui n'existent pas par eux-mêmes, prennent un relief soudain quand celui qui sait voir et décrire nous les fait voir. Le bon humoriste est un visionnaire. C'est que sa faculté d'émotion, comme celle du poète, reste toujours jeune et fraîche. La grande vertu de tous deux c'est, tout en acquérant l'expérience, la maîtrise des choses et des formes, de garder jusqu'à la fin, par un paradoxe heureux, la naïveté, la nouveauté des impressions de l'enfant. Tout les frappe, tout les émeut, comme si c'était la première fois. Quand Horace parle de «la race irritable des poètes» il ne fait que confirmer cette vérité. Les poètes s'irritent aisément, parce que le spectacle des sottises et des méchancetés humaines, auxquelles les gens ordinaires s'habituent, au point de les trouver naturelles, leur paraît toujours nouveau. Les humoristes sont de même, dans le sens de leur tournure d'esprit. Le ridicule, même habituel, les excite, d'autant plus qu'ils ont un sens spécial pour le percevoir, et le don de le mettre en lumière. Leur mode d'expression varie, d'ailleurs, suivant l'impression reçue, et surtout suivant leur tempérament et leur faculté réceptive.

Certains sont amers et irrités. Le spectacle des folies et des injustices humaines les indigne. Ils flagellent impitoyablement les mœurs de leur temps, sans se douter qu'ils font le procès, dérisoire et inutile, de l'éternelle humanité. D'autres ne voient, au contraire, dans le tableau varié qui se déroule sous leurs yeux avertis, qu'un prétexte à s'égayer et à égayer les autres en le leur présentant sous des couleurs vives. Imaginant des combinaisons, des intrigues et des types nouveaux, en partant des éléments fournis par l'observation, ils se soucieront surtout d'exciter le rire, un rire sans méchanceté, bon enfant. Ce sont les optimistes qui se plaisent à leur propre jeu, sans autre prétention que de s'amuser et d'amuser. Il en est enfin qui, n'empruntant au réel que les mots du dictionnaire, inventent de toutes pièces des fantaisies folles et chimériques, nous emportent sur les ailes de leur imagination dans le domaine inquiétant et délicieux de l'absurde, et sont les poètes de l'humour pour le simple humour. Ce genre de littérature ne peut éclore qu'au sein de civilisations déjà vieilles, et sous les rayons nostalgiques des soleils de décadence. Les peuples neufs s'amusent à des jeux plus réels. La littérature américaine, même dans l'humour, est toujours représentative. Cet humour emprunte, en effet, ses éléments les meilleurs aux sentiments, aux pensées, aux habitudes, aux gestes usuels des hommes et du milieu. Que trouvons-nous dans Mark Twain, sinon le fidèle reflet, sous une forme si fantaisiste soit-elle, des préoccupations familières aux Américains de son temps? Une nation jeune et vigoureuse s'intéresse au commerce, aux voyages, à l'organisation. Elle a créé de toutes pièces une société nouvelle, composée des éléments les plus disparates, sur un territoire immense où, par places, errent encore des Indiens libres. Les histoires de Mark Twain se passeront dans les petites villes nées d'hier, mais qui possèdent déjà un journal, *Le Tonnerre Quotidien*, ou tel autre, et les trappeurs des environs viendront demander des rectifications à coups de revolver. Lisez comment l'auteur devint rédacteur en chef (il était tout seul) d'un journal d'agriculture, et quel article magistral il écrit sur les mœurs du guano, ce bel oiseau. Fine satire de certains journalistes qui se croient universels. D'autres scènes se passent sur les railways, ou dans les commissions du gouvernement. On n'a rien écrit de plus spirituel, en France, sur la manie de la paperasserie, et sur la nonchalance des bureaux, que certaines pages de Mark Twain. Cela est définitif. L'auteur a également utilisé, et d'une façon très heureuse, les souvenirs du temps où il était élève-pilote, pour nous conter avec pittoresque la vie sur le Mississipi. Toute la matière de cette fantaisie est empruntée à la vie réelle. Dans nos histoires anciennes, on dévalise les diligences, et l'on emporte les voyageurs au fond d'une caverne obscure, dans la forêt. Chez Mark Twain, étant donnés les Indiens, l'aventure sera le scalp.

Mais il faut voir le parti que l'auteur a su tirer de ces éléments, et tout ce que sa fantaisie a su y ajouter de plaisant. C'est lui qu'il faut interviewer, si nous voulons obtenir des réponses aussi effarantes que celles qu'il fait au malheureux rédacteur venu dans cette intention. Nous y apprendrons la triste aventure dont le souvenir jette un voile de deuil sur toute sa vie. Il était jumeau, et un jour, comme il était dans le bain avec son frère, un des deux a été noyé. Et on ne sait pas si c'est lui ou si c'est son frère. Quelle plus terrible incertitude pour un homme que de ne pas savoir si c'est lui ou si c'est son frère qui a survécu! Mais, attendez, Mark Twain se rappelle. «Un des deux enfants avait une marque, un grain de beauté sur la cuisse gauche. C'était moi. Cet enfant est celui qui a été noyé.»

D'autres exemples nous montreront d'une façon convaincante ce don de la logique dans l'absurde, ce contraste effarant entre la folie de l'idée et le sérieux imperturbable de la forme, qui est une des caractéristiques de l'humour.

Une définition de l'humour serait chose fort difficile. Elle a été ébauchée ailleurs. Il est plus aisé de faire comprendre par des exemples que par des règles, ce qui, par définition, échappe à toutes les règles. Nous sommes dans le domaine charmant de la fantaisie, et il y aurait un insupportable pédantisme à étudier lourdement les causes de notre plaisir. Mais comme l'humour naît presque toujours d'une antithèse, d'une opposition, c'est par contraste qu'il serait peut-être le plus facile d'indiquer ce qu'il est en réalité. C'est ainsi que l'humour se distingue des autres formes du comique, si l'on veut prendre le terme le plus général. C'est ainsi qu'il diffère de la blague, cette forme d'esprit puissante parfois, mais d'une bouffonnerie plus légère et moins convaincue. L'humour n'est pas non plus l'ironie. Il est plus sincère, et presque ingénu. C'est beaucoup moins un procédé littéraire qu'une disposition et une tournure d'esprit, et qui peut se retrouver, comme il convient, non seulement dans les paroles, mais dans les actes. Robin Hood, avec son épée, fait la rencontre d'un chaudronnier, qui n'a d'autre arme que ses deux bras. Le chaudronnier, attaqué, rosse copieusement Robin Hood, qui, charmé, lui donne cent livres. C'est un trait déconcertant, et d'une logique bizarre. C'est de l'humour en action.

Ceux qui ont cette tournure d'esprit savent toujours prendre les choses par le bon côté, et il y en a toujours un. Sam Weller se frotte les mains de plaisir, toutes les fois qu'il lui arrive quelque chose de fâcheux. Voilà enfin une occasion où il y aura du mérite à être jovial.

Mais le mérite n'est pas médiocre de développer ces antithèses et d'en tirer un amusement. C'est en cela que l'œuvre des humoristes est morale. Ils nous apprennent à sourire des petites misères de la vie, quand nous ne pouvons rien contre, au lieu de nous indigner inutilement. Suivant la parole du philosophe, le ris excessif ne convient guère à l'homme qui est mortel. Mais le sourire appartient à l'homme, et nous devons être reconnaissants à ceux qui nous font sourire, ou même rire sans grossièreté. Souhaitons, pour notre santé morale, et aussi pour notre joie, qu'il y ait des humoristes, jusqu'aux temps les plus reculés, sur notre pauvre machine ronde, ou plutôt tétraédrique, c'est-à-dire en forme de toupie, puisque, d'après les dernières découvertes, il paraît que c'est la forme qu'elle présente en réalité.

GABRIEL DE LAUTREC.

MA MONTRE

PETITE HISTOIRE INSTRUCTIVE

Ma belle montre neuve avait marché dix-huit mois, sans avance ni retard, sans aucune perturbation dans quelque partie que ce fût de son mécanisme, sans arrêt. J'avais fini par la regarder comme infaillible dans ses jugements sur le temps, et par considérer sa constitution et son anatomie comme impérissables. Mais un jour, une nuit plutôt, je la laissai tomber. Je m'affligeai de cet accident, où je vis le présage d'un malheur. Toutefois, peu à peu je me rassurai et chassai mes pressentiments superstitieux. Pour plus de sûreté, néanmoins, je la portai chez le principal horloger de la ville, afin de la faire régler. Le chef de l'établissement la prit de mes mains et l'examina avec attention. Alors il dit: «Elle est de quatre minutes en retard. Le régulateur doit être poussé en avant.» J'essayai de l'arrêter, de lui faire comprendre que ma montre marchait à la perfection. Mais non.

Tous les efforts humains ne pouvaient empêcher ma montre d'être en retard de quatre minutes, et le régulateur dut être poussé en avant. Et ainsi, tandis que je trépignais autour de lui, dans l'angoisse, et le suppliais de laisser ma pauvre montre en repos, lui, froidement et tranquillement, accomplissait l'acte infâme. Ma montre, naturellement, commença à avancer. Elle avança tous les jours davantage. Dans l'espace d'une semaine, elle fut atteinte d'une fièvre furieuse, et son pouls monta au chiffre de cent cinquante battements à la minute. Au bout de deux mois elle avait laissé loin derrière elle les meilleurs chronomètres de la ville et était en avance sur l'almanach d'un peu plus de treize jours. Elle était déjà au milieu de novembre, jouissant des charmes de la neige, qu'octobre n'avait pas encore fait ses adieux. J'étais en avance sur mon loyer, sur mes paiements, sur toutes les choses semblables, de telle façon que la situation devenait insupportable. Je dus la porter chez un horloger pour la faire régler de nouveau.

Celui-ci me demanda si ma montre avait été déjà réparée. Je dis que non, qu'elle n'en avait jamais eu besoin. Il me lança un regard de joie mauvaise, et immédiatement ouvrit la montre. Puis, s'étant logé dans l'œil un diabolique instrument en bois, il regarda l'intérieur du mécanisme. «La montre demande impérieusement à être nettoyée et huilée, dit-il. Ensuite nous la réglerons. Vous pouvez revenir dans huit jours.» Une fois nettoyée et huilée, puis bien réglée, ma montre se mit à marcher, lentement, comme une cloche qui sonne à intervalles longs et réguliers. Je commençai à manquer les trains, je fus en retard pour mes paiements. Je laissai passer l'heure de mes rendez-vous. Ma montre m'accordait gracieusement deux ou trois jours de délai pour mes échéances et ensuite me laissait protester. J'en arrivai graduellement à vivre la veille, puis l'avant-veille et ainsi de suite, et peu à peu je m'aperçus que j'étais abandonné solitaire le long de la semaine passée, tandis que le monde vivant disparaissait à ma vue. Il me sembla ressentir au fond de mon être une sympathie naissante pour la momie du Muséum et un vif désir d'aller m'entretenir avec elle sur les dernières nouvelles. Je dus retourner chez un horloger.

Cet individu mit la montre en morceaux sous mes yeux et m'annonça solennellement que le cylindre était «enflé». Il se fit fort de le réduire en trois jours à ses dimensions normales. Après cette réparation, la montre se mit à marquer l'heure «moyenne», mais se refusa obstinément à toute autre indication. Pendant la moitié du jour, elle ne cessait pas de ronfler, d'aboyer, de crier; elle éternuait, soufflait avec énergie, à tel point qu'elle troublait absolument mes pensées et qu'il n'y avait pas dans le pays une montre qui pût lui tenir tête. Mais le reste du temps elle s'endormait et s'attardait, s'amusant en route jusqu'à ce que toutes les autres montres laissées en arrière l'eussent rattrapée. Aussi, en définitive, au bout des vingt-quatre heures, aux yeux d'un juge impartial, elle paraissait arriver exactement dans les limites fixées. Mais une moyenne exacte n'est qu'une demi-vertu chez une montre, et je me décidai à la porter chez un nouvel horloger.

J'appris de lui que le pivot de l'échappement était cassé. J'exprimai ma joie que ce ne fût rien de plus sérieux. A dire le vrai, je n'avais aucune idée de ce que pouvait être le «pivot de l'échappement», mais je ne voulus pas laisser voir mon ignorance à un étranger. Il répara la montre, mais l'infortunée perdit d'un côté ce qu'elle gagnait d'un autre. Elle partait tout à coup, puis s'arrêtait net, puis repartait, puis s'arrêtait encore sans aucun souci de la régularité de ses mouvements. Et chaque fois elle donnait des secousses comme un fusil qui recule. Pendant quelque temps, je matelassai ma poitrine avec du coton, mais enfin je fus obligé de recourir à un nouvel horloger. Ce dernier la démonta, comme les autres avaient fait, et en mania un moment les débris sous sa loupe. Après cet examen: «Nous allons avoir, me dit-il, des difficultés avec le régulateur.» Il remit le régulateur en place et fit un nettoyage complet. La montre, dès lors, marcha très bien, avec ce léger détail que, toutes les dix minutes, les aiguilles se croisaient comme une paire de ciseaux et manifestaient dès lors l'intention bien arrêtée de voyager de compagnie. Le plus grand philosophe du monde eût été incapable de savoir l'heure avec une montre pareille, et de nouveau je dus m'occuper de remédier à cet état désastreux.

Cette fois, c'était le verre de la montre qui se trouvait en défaut et qui gênait le passage des aiguilles. De plus, une grande partie des rouages avaient besoin d'être réparés. L'horloger fit tout cela pour le mieux, et dès lors ma montre fonctionna exceptionnellement bien. Notez seulement qu'après avoir marqué l'heure bien exactement pendant une demi-journée, tout à coup, les diverses parties du mécanisme se mettaient à partir ensemble en ronflant comme un essaim d'abeilles. Les aiguilles aussitôt s'empressaient de tourner sur le cadran si vite que leur individualité devenait impossible à discerner; à peine si l'on distinguait quelque chose de semblable à une délicate toile d'araignée. La montre abattait ses vingt-quatre heures en six ou sept minutes, puis s'arrêtait avec un coup.

J'allai, le cœur navré, chez un dernier horloger et je l'examinai attentivement tandis qu'il la démontait. Je me préparais à l'interroger sévèrement, car la chose devenait sérieuse. La montre m'avait coûté à l'origine deux cents dollars; elle me revenait maintenant à deux ou trois mille dollars avec les réparations. Mais tout à coup, tandis que je l'examinais, je reconnus dans cet horloger une vieille connaissance, un de ces misérables à qui j'avais eu affaire déjà, plus capable de reclouer une machine à vapeur hors d'usage que de réparer une montre. Le scélérat examina toutes les parties de la montre avec grand soin, comme les autres avaient fait, et prononça son verdict avec la même assurance. «Elle fait trop de vapeur, vous devriez laisser ouverte la soupape de sûreté.» Pour toute réponse, je lui assénai sur la tête un coup formidable. Il en mourut, et je dus le faire enterrer à mes frais.

Feu mon oncle William (Dieu ait son âme) avait coutume de dire qu'un cheval est un bon cheval jusqu'au jour où il s'est une fois emporté, et qu'une bonne montre est une bonne montre jusqu'au moment où les horlogers, en y touchant, l'ont ensorcelée. Il se demandait aussi, avec une curiosité, vers quel métier se tournent tous les étameurs, armuriers, savetiers, mécaniciens, forgerons qui n'ont pas réussi. Mais personne n'a jamais pu le renseigner sur ce point.

LE GRAND CONTRAT POUR LA FOURNITURE DU BŒUF CONSERVÉ

Aussi brièvement que possible, je désire exposer à la nation la part, si petite soit-elle, que j'ai eue dans cette affaire qui a préoccupé si grandement l'opinion publique, engendré tant de querelles et rempli les journaux des deux continents de renseignements erronés et de commentaires extravagants.

Voici quelle fut l'origine de cet événement fâcheux. Je n'avance, dans le résumé suivant, aucun fait qui ne soit confirmé par les documents officiels du gouvernement.

John Wilson Mackensie, de Rotterdam, comté de Chemung, New-Jersey, actuellement décédé, fit un contrat avec le gouvernement général, le 10 octobre 1861, ou à peu près à cette date, pour fournir au général Sherman la somme totale de trente barils de bœuf conservé.

Très bien.

Il partit à la recherche de Sherman, avec son bœuf. Mais quand il fut à Washington, Sherman venait de quitter cette ville pour Manassas. Mackensie prit donc son bœuf, et l'y suivit, mais il arriva trop tard. Il le suivit à Nashville, et de Nashville à Chattanooga, et de Chattanooga à Atlanta, mais sans pouvoir le rejoindre. A Atlanta, il reprit sa course et poursuivit Sherman dans sa marche vers la mer. Il arriva quelques jours trop tard. Mais apprenant que Sherman s'était embarqué pour la Terre Sainte, en excursion, à bord de la *Cité des Quakers*, il fit voile pour Beyrouth, calculant qu'il dépasserait l'autre navire. Une fois à Jérusalem, avec son bœuf, il sut que Sherman ne s'était pas embarqué sur la *Cité des Quakers*, mais qu'il était retourné dans les plaines pour combattre les Indiens. Il revint en Amérique et partit pour les montagnes Rocheuses. Après soixante-huit jours de pénible voyage à travers les plaines, et comme il se trouvait à moins de quatre milles du quartier général de Sherman, il fut tomahawqué et scalpé, et les Indiens prirent le bœuf. Ils ne lui laissèrent qu'un baril. L'armée de Sherman s'en empara, et ainsi, même dans la mort, le hardi navigateur put exécuter une partie de son contrat. Dans son testament, écrit au jour le jour, il léguait le contrat à son fils Barthelemy Wilson. Barthelemy rédigea la note suivante, et mourut:

Doit le Gouvernement des États-Unis.

Pour son compte avec John Wilson Mackensie, de New-Jersey, décédé:

	Dollars
Trente barils de bœuf au général Sherman, à 100 dollars	3.000

Frais de voyage et de transport	14.000
Total	17.000
Pour acquit...	

Il mourut donc, mais légua son contrat à W. J. Martin, qui tenta de se faire payer, mais mourut avant d'avoir réussi. Lui, le légua à Barker J. Allen, qui fit les mêmes démarches, et mourut. Barker J. Allen le légua à Anson G. Rogers, qui fit les démarches pour être payé, et parvint jusqu'au bureau du neuvième auditeur à la Cour des comptes. Mais la mort, le grand régulateur, survint sans être appelée, et lui régla son compte à lui. Il laissa la note à un de ses parents du Connecticut, Vengeance Hopkins on le nommait, qui dura quatre semaines et deux jours, et battit le record du temps; il manqua de vingt-quatre heures d'être reçu par le douzième auditeur. Dans son testament il légua le contrat à son oncle, un nommé O Gai-Gai Johnson. Ce legs fut funeste à O Gai-Gai. Ses dernières paroles furent: «Ne me pleurez pas. Je meurs volontiers.» Il ne mentait pas, le pauvre diable. Sept autres personnes, successivement, héritèrent du contrat. Toutes moururent. Il est enfin venu entre mes mains. Je l'héritai d'un parent nommé Hubbard, Bethléhem Hubbard, d'Indiana. Il avait eu de l'inimitié pour moi pendant longtemps. Mais à ses derniers moments, il me fit appeler, se réconcilia avec moi complètement, et en pleurant me donna le contrat de bœuf.

Ici finit l'histoire du contrat jusqu'au jour où il vint en ma possession. Je vais essayer maintenant d'exposer impartialement, aux yeux de la nation, tout ce qui concerne ma part en cette matière. Je pris le contrat et la note pour frais de route et transport, et j'allai voir le président des États-Unis.

—«Monsieur, me dit-il, que désirez-vous?»

Je répondis:—«Sire, à la date, ou à peu près, du 10 octobre 1861, John Wilson Mackensie, de Rotterdam, comté de Chemung, New-Jersey, décédé, fit un contrat avec le gouvernement pour fournir au général Sherman la somme totale de trente barils de bœuf...»

Il m'arrêta là, et me congédia, avec douceur, mais fermeté. Le lendemain j'allais voir le secrétaire d'État.

Il me dit:—«Eh bien, Monsieur?»

Je répondis:—«Altesse Royale, à la date ou à peu près du 10 octobre 1861, John Wilson Mackensie, de Rotterdam, comté de Chemung, New-Jersey, décédé, fit un contrat avec le gouvernement pour fournir au général Sherman la somme totale de trente barils de bœuf...»

—«Cela suffit, Monsieur, cela suffit; ce bureau n'a rien à faire avec les fournitures de bœuf.»

Je fus salué et congédié. Je réfléchis mûrement là-dessus et me décidai, le lendemain, à voir le ministre de la marine, qui dit:—«Soyez bref, Monsieur, et expliquez-vous.»

Je répondis:—«Altesse Royale, à la date, ou à peu près, du 10 octobre 1861, John Wilson Mackensie, de Rotterdam, comté de Chemung, New-Jersey, décédé, fit un contrat avec le gouvernement pour fournir au général Sherman la somme totale de trente barils de bœuf.»

Bon. Ce fut tout ce qu'on me laissa dire. Le ministre de la marine n'avait rien à faire avec les contrats pour quel général Sherman que ce fût. Je commençai à trouver qu'un gouvernement était une chose curieuse. J'eus comme une vision vague qu'on faisait des difficultés pour me payer. Le jour suivant, j'allai voir le ministre de l'intérieur.

Je dis:—«Altesse Royale, à la date, ou à peu près, du 10 octobre...»

—«C'est assez, Monsieur. J'ai entendu parler de vous déjà. Allez, emportez votre infâme contrat de bœuf hors de cet établissement. Le ministère de l'intérieur n'a absolument rien à faire avec l'approvisionnement de l'armée.»

Je sortis, mais j'étais furieux. Je dis que je les hanterais, que je poursuivrais tous les départements de ce gouvernement inique, jusqu'à ce que mon compte fût approuvé. Je serais payé, ou je mourrais, comme mes prédécesseurs, à la peine. J'attaquai le directeur général des postes. J'assiégeai le ministère de l'agriculture. Je dressai des pièges au président de la Chambre des représentants. Ils n'avaient rien à faire avec les contrats pour fourniture de bœuf à l'armée. Je fus chez le commissaire du bureau des brevets.

Je dis:—«Votre auguste Excellence, à la date ou à peu près...»

—«Mort et damnation! Vous voilà enfin venu ici avec votre infernal contrat de bœuf! Nous n'avons rien à faire avec les contrats de bœuf à l'armée, mon cher seigneur.»

—«C'est très bien. Mais quelqu'un a affaire de payer pour ce bœuf. Il faut qu'il soit payé, maintenant, ou je fais mettre les scellés sur ce vieux bureau des brevets et tout ce qu'il contient.»

—«Mais, cher Monsieur...»

—«Il n'y a pas à discuter, Monsieur. Le bureau des brevets est comptable de ce bœuf. Je l'entends ainsi. Et, comptable ou non, le bureau des brevets doit payer.»

Épargnez-moi les détails. Cela finit par une bataille. Le bureau des brevets eut l'avantage. Mais je trouvai autre chose pour me rattraper. On me dit que le ministère des finances était l'endroit exact où je devais m'adresser. J'y allai. J'attendis deux heures et demie. Enfin je fus admis auprès du premier lord de la trésorerie. Je dis:

—«Très noble, austère et éminent Signor, à la date ou à peu près du 10 octobre 1861, John Wilson Macken...»

—«Je sais, Monsieur. Je vous connais. Allez voir le premier auditeur de la trésorerie...»

J'y allai. Il me renvoya au second auditeur, celui-ci au troisième, et le troisième m'envoya au premier contrôleur de la section des conserves de bœuf. Cela commençait à prendre tournure. Le contrôleur chercha dans ses livres et dans un tas de papiers épars, mais ne trouva pas la minute du contrat. Je vis le deuxième contrôleur de la section des conserves de bœuf. Il examina ses livres et feuilleta des papiers.—Rien.—Je fus encouragé, et dans la semaine j'allai jusqu'au sixième contrôleur de cette division. La semaine suivante, j'allai au bureau des réclamations. La troisième semaine j'entamai et achevai le département des comptes perdus, et je mis le pied sur le département des comptes morts. J'en finis avec ce dernier en trois jours. Il ne me restait plus qu'une place où pénétrer. J'assiégeai le commissaire des affaires au rebut. Son commis, plutôt, car lui n'était pas là.

Il y avait seize belles jeunes filles dans la salle, écrivant sur des registres, et sept jeunes clercs favorisés, qui leur montraient comment on fait. Les jeunes filles souriaient, la tête penchée vers les commis, et les commis souriaient aux jeunes filles, et tous paraissaient aussi joyeux qu'une cloche de mariage. Deux ou trois commis, en train de lire les journaux, me regardèrent plutôt fraîchement, mais continuèrent leur lecture, et personne ne dit mot. D'ailleurs j'avais eu le temps de m'habituer à ces accueils cordiaux de la part des moindres surnuméraires, depuis le premier jour où je pénétrai dans le premier bureau de la division des conserves de bœuf, jusqu'au jour où je sortis du dernier bureau de la division des comptes perdus. J'avais fait dans l'intervalle de tels progrès que je pouvais me tenir debout sur un pied depuis le moment où j'entrais dans un bureau jusqu'au moment où un commis me parlait, sans changer de pied plus de deux ou peut-être trois fois.

Ainsi je demeurai là, jusqu'à ce que j'eusse changé de pied quatre fois. Alors je dis à un des commis qui lisaient:

—«Illustre vagabond, où est le Grand Turc?»

—«Qu'est-ce que vous dites, Monsieur, qu'est-ce que vous dites? Si vous voulez parler du chef de bureau, il est sorti.»

—«Viendra-t-il visiter son harem aujourd'hui?»

Le jeune homme fixa ses yeux un moment sur moi, puis reprit la lecture de son journal. Mais j'avais l'expérience des commis. Je savais que j'étais sauvé s'il terminait sa lecture avant qu'arrivât le courrier suivant de New-York. Il n'avait plus à lire que deux journaux. Au bout d'un moment il eut fini. Il bâilla et me demanda ce que je voulais:

—«Renommé et respectable imbécile. A la date du...»

—«Vous êtes l'homme du contrat de bœuf. Donnez-moi vos papiers.»

Il les prit, et pendant longtemps farfouilla dans ses rebuts. Enfin, il trouva ce qui était pour moi le passage du Nord-Ouest. Il trouva la trace depuis si longtemps perdue de ce contrat de bœuf, le roc sur lequel tant de mes ancêtres s'étaient brisés avant de l'atteindre. J'étais profondément ému. Et cependant j'étais heureux, car j'avais vécu jusque-là. Je dis avec émotion:

—«Donnez-le-moi. Le gouvernement va le régler.»

Il m'écarta du geste, et me dit qu'il restait une formalité à remplir.

—«Où est ce John Wilson Mackensie?» dit-il.

—«Mort.»

—«Où est-il mort?»

—«Il n'est pas mort du tout. On l'a tué.»

—«Comment?»

—«D'un coup de tomahawk.»

—«Qui donc?»

—«Qui? un Indien, naturellement. Vous ne supposez pas que ce fut le directeur général des cours d'adultes.»

—«Non, en effet. Un Indien, dites-vous?»

—«C'est cela même.»

—«Le nom de l'Indien?»

—«Son nom? Mais je ne le connais pas!»

—«Il nous faut avoir le nom. Qui a assisté au meurtre?»

—«Je n'en sais rien.»

—«Vous n'étiez donc pas là, vous?»

—«Comme vous pouvez le voir à ma chevelure. J'étais absent.»

—«Alors, comment pouvez-vous savoir que Mackensie est mort?»

—«Parce qu'il mourut certainement à ce moment-là, et que j'ai toutes sortes de raisons de croire qu'il est resté mort depuis. Je le sais d'ailleurs pertinemment.»

—«Il nous faut des preuves. Avez-vous amené l'Indien?»

—«Sûrement non.»

—«Bien. Il faut l'amener. Avez-vous le tomahawk?»

—«Je n'y ai jamais songé.»

—«Vous devez présenter le tomahawk. Vous devez produire l'Indien et le tomahawk. La mort de M. Mackensie une fois prouvée par leur comparution, vous pourrez vous présenter devant la commission chargée des réclamations avec quelques chances de voir votre note accueillie assez favorablement pour que vos enfants, si leur vie est assez longue, puissent recevoir l'argent et en profiter. Mais *il faut* que la mort de cet homme soit prouvée. D'ailleurs, j'aime autant vous le dire, le gouvernement ne réglera jamais les frais de transport et frais de voyage du malheureux Mackensie. Peut-être paiera-t-il le baril de bœuf capturé par les soldats de Sherman, si vous pouvez obtenir un vote du Congrès autorisant ce paiement. Mais on ne paiera pas les vingt-neuf barils que les Indiens ont mangés.»

—«Alors on me doit seulement cent dollars, et cela même n'est pas sûr! Après tous les voyages de Mackensie en Europe, Asie, Amérique, avec son bœuf; après tous ses soucis, ses tribulations; après la mort lamentable des innocents qui ont essayé de toucher cette note!... Jeune homme, pourquoi le premier contrôleur de la division des conserves de bœuf ne me l'a-t-il pas dit tout d'abord?»

—«Il ne savait absolument rien sur le bien-fondé de votre réclamation.»

—«Pourquoi le second ne l'a-t-il pas dit? Et le troisième? Pourquoi toutes ces divisions et tous ces bureaux ne me l'ont-ils pas dit?»

—«Aucun d'eux n'en savait rien. Tout marche par routine ici... Vous avez suivi la routine et trouvé ce que vous vouliez savoir. C'est la meilleure voie. C'est la seule. Elle est très régulière, très lente, mais très sûre.»

—«C'est la mort qui est sûre, et qui l'a été pour tous les gens de ma tribu. Je commence à me sentir frappé, moi aussi. Jeune homme, vous aimez la belle créature qui est là-bas. Elle a des yeux bleus, et un porte-plume sur l'oreille. Je le devine à vos doux regards: vous voulez l'épouser, mais vous êtes pauvre. Approchez. Donnez votre main. Voici le contrat de bœuf. Allez, mariez-vous, et soyez heureux. Dieu vous bénisse, mes enfants!»

Voilà tout ce que je sais au sujet de ce grand contrat de bœuf, dont on a tant parlé. Le commis à qui je l'avais donné est mort. Je n'ai plus eu de nouvelles du contrat ou de quelque chose s'y rapportant. Je sais seulement que, pourvu qu'un homme vive assez longtemps, il peut suivre une affaire à travers les bureaux des circonlocutions de Washington, et découvrir à la fin, après beaucoup de travail, de fatigue et de patience, ce qu'il aurait pu découvrir dès le premier jour, si les affaires du bureau des circonlocutions étaient classées avec autant d'ordre qu'elles le seraient dans n'importe quelle grande entreprise commerciale privée.

UNE INTERVIEW

Le jeune homme nerveux, alerte et déluré, prit la chaise que je lui offrais, et dit qu'il était attaché à la rédaction du *Tonnerre Quotidien*. Il ajouta:

—«J'espère ne pas être importun. Je suis venu vous interviewer.»

—«Vous êtes venu quoi faire?»

—«Vous interviewer.»

—«Ah! très bien. Parfaitement. Hum!... Très bien...»

Je ne me sentais pas brillant, ce matin-là. Vraiment, mes facultés me semblaient un peu nuageuses. J'allai cependant jusqu'à la bibliothèque. Après avoir cherché six ou sept minutes, je me vis obligé de recourir au jeune homme.

—«Comment l'épelez-vous?» dis-je.

—«Épeler quoi?»

—«Interviewer.»

—«Bon Dieu! que diable avez-vous besoin de l'épeler?»

—«Je n'ai pas besoin de l'épeler, mais il faut que je cherche ce qu'il signifie.»

—«Eh bien, vous m'étonnez, je dois le dire. Il m'est facile de vous donner le sens de ce mot. Si...»

—«Oh, parfait! C'est tout ce qu'il faut. Je vous suis certes très obligé.»

—«I-n, in, t-e-r, ter, inter...»

—«Tiens, tiens... vous épelez avec un i.»

—«Évidemment.»

—«C'est pour cela que j'ai tant cherché!»

—«Mais, cher Monsieur, par quelle lettre auriez-vous cru qu'il commençât?»

—«Ma foi, je n'en sais trop rien. Mon dictionnaire est assez complet. J'étais en train de feuilleter les planches de la fin, si je pouvais dénicher cet objet dans les figures. Mais c'est une très vieille édition.»

—«Mon cher Monsieur, vous ne trouverez pas une figure représentant une interview, même dans la dernière édition... Ma foi, je vous demande pardon, je n'ai pas la moindre intention blessante, mais vous ne me paraissez pas être aussi intelligent que je l'aurais cru... Je vous jure, je n'ai pas l'intention de vous froisser.»

—«Oh! cela n'a pas d'importance. Je l'ai souvent entendu dire, et par des gens qui ne voulaient pas me flatter, et qui n'avaient aucune raison de le faire. Je suis tout à fait remarquable à ce point de vue. Je vous assure. Tous en parlent avec ravissement.»

—«Je le crois volontiers. Mais venons à notre affaire. Vous savez que c'est l'usage, maintenant, d'interviewer les gens connus.»

—«Vraiment, vous me l'apprenez. Ce doit être fort intéressant. Avec quoi faites-vous cela?»

—«Ma foi, vous êtes déconcertant. Dans certains cas, c'est avec un gourdin qu'on devrait interviewer. Mais d'ordinaire ce sont des questions que pose l'interviewer, et auxquelles répond l'interviewé. C'est une mode qui fait fureur. Voulez-vous me permettre de vous poser certaines questions calculées pour mettre en lumière les points saillants de votre vie publique et privée?»

—«Oh! avec plaisir, avec plaisir. J'ai une très mauvaise mémoire, mais j'espère que vous passerez là-dessus. C'est-à-dire que j'ai une mémoire irrégulière, étrangement irrégulière. Des fois, elle part au galop, d'autres fois, elle s'attardera toute une quinzaine à un endroit donné. C'est un grand ennui pour moi.»

—«Peu importe. Vous ferez pour le mieux.»

—«Entendu. Je vais m'y appliquer tout entier.»

—«Merci. Êtes-vous prêt? Je commence.»

—«Je suis prêt.»

—«Quel âge avez-vous?»

—«Dix-neuf ans, en juin.»

—«Comment! Je vous aurais donné trente-cinq ou trente-six ans. Où êtes-vous né?»

—«Dans le Missouri.»

—«A quel moment avez-vous commencé à écrire?»

—«En 1836.»

—«Comment cela serait-il possible, puisque vous n'avez que dix-neuf ans?»

—«Je n'en sais rien. Cela paraît bizarre, en effet.»

—«Très bizarre. Quel homme regardez-vous comme le plus remarquable de ceux que vous avez connus?»

—«Aaron Burr.»

—«Mais vous n'avez jamais pu connaître Aaron Burr, si vous n'avez que dix-neuf ans!»

—«Bon! si vous savez mieux que moi ce qui me concerne, pourquoi m'interrogez-vous?»

—«Oh! ce n'était qu'une suggestion. Rien de plus. Dans quelles circonstances avez-vous rencontré Aaron Burr?»

«Voici. Je me trouvai par hasard un jour à ses funérailles, et il me pria de faire un peu moins de bruit, et...»

—«Mais, bonté divine, si vous étiez à ses funérailles, c'est qu'il était mort. Et s'il était mort, que lui importait que vous fissiez ou non du bruit?»

—«Je n'en sais rien. Il a toujours été un peu maniaque, de ce côté-là.»

—«Allons, je n'y comprends rien. Vous dites qu'il vous parla, et qu'il était mort.»

—«Je n'ai jamais dit qu'il fût mort.»

—«Enfin était-il mort, ou vivant?»

—«Ma foi, les uns disent qu'il était mort, et d'autres qu'il était vivant.»

—«Mais vous, que pensiez-vous?»

—«Bon! Ce n'était pas mon affaire. Ce n'est pas moi que l'on enterrait.»

—«Mais cependant... Allons, je vois que nous n'en sortirons pas. Laissez-moi vous poser d'autres questions. Quelle est la date de votre naissance?»

—«Le lundi, 31 octobre 1693.»

—«Mais c'est impossible! Cela vous ferait cent quatre-vingts ans d'âge. Comment expliquez-vous cela?»

—«Je ne l'explique pas du tout.»

—«Mais vous me disiez tout à l'heure que vous n'aviez que dix-neuf ans! et maintenant vous en arrivez à avoir cent quatre-vingts ans! C'est une contradiction flagrante.»

—«Vraiment! L'avez-vous remarqué? (Je lui serrai les mains.) Bien souvent en effet cela m'a paru comme une contradiction. Je n'ai jamais pu, d'ailleurs, la résoudre. Comme vous remarquez vite les choses!»

—«Merci du compliment, quel qu'il soit. Aviez-vous, ou avez-vous des frères et des sœurs?»

—«Eh! Je... Je... Je crois que oui, mais je ne me rappelle pas.»

—«Voilà certes la déclaration la plus extraordinaire qu'on m'aie jamais faite!»

—«Pourquoi donc? Pourquoi pensez-vous ainsi?»

—«Comment pourrais-je penser autrement? Voyons. Regardez par là. Ce portrait sur le mur, qui est-ce? N'est-ce pas un de vos frères?»

—«Ah! oui, oui, oui! Vous m'y faites penser maintenant. C'était un mien frère. William, Bill, comme nous l'appelions. Pauvre vieux Bill!»

—«Quoi! il est donc mort?»

—«Certainement. Du moins, je le suppose. On n'a jamais pu savoir. Il y a un grand mystère là-dessous.»

—«C'est triste, bien triste. Il a disparu, n'est-ce pas?»

—«Oui, d'une certaine façon, généralement parlant. Nous l'avons enterré.»

—«Enterré! Vous l'avez enterré, sans savoir s'il était mort ou vivant!»

—«Qui diable vous parle de cela? Il était parfaitement mort.»

—«Ma foi! j'avoue ne plus rien comprendre. Si vous l'avez enterré, et si vous saviez qu'il était mort...»

—«Non, non, nous pensions seulement qu'il l'était.»

—«Ah! je vois. Il est revenu à la vie.»

—«Je vous parie bien que non.»

—«Eh bien! je n'entendis jamais raconter chose pareille. Quelqu'un est mort. On l'a enterré. Où est le mystère là-dedans?»

—«Mais là justement! C'est ce qui est étrange. Il faut vous dire que nous étions jumeaux, le défunt et moi. Et un jour, on nous a mêlés dans le bain, alors que nous n'avions que deux semaines, et un de nous a été noyé. Mais nous ne savons pas qui. Les uns croient que c'était Bill. D'autres pensent que c'était moi.»

—«C'est très curieux. Et quelle est votre opinion personnelle?»

—«Dieu le sait! Je donnerais tout au monde pour le savoir. Ce solennel et terrible mystère a jeté une ombre sur toute ma vie. Mais je vais maintenant vous dire un secret que je n'ai jamais confié à aucune créature jusqu'à ce jour.

Un de nous avait une marque, un grain de beauté, fort apparent, sur le dos de la main gauche. C'était *moi. Cet enfant est celui qui a été noyé.*»

—«Ma foi, je ne vois pas, dès lors, qu'il y ait là-dedans le moindre mystère, tout considéré.»

—«Vous ne voyez pas. Moi, je vois. De toute façon, je ne puis comprendre que les gens aient pu être assez stupides pour aller enterrer l'enfant qu'il ne fallait pas. Mais chut!... N'en parlez jamais devant la famille. Dieu sait que mes parents ont assez de soucis pour leur briser le cœur, sans celui-là.»

—«Eh bien, j'ai, ce me semble, des renseignements suffisants pour l'heure, et je vous suis très obligé pour la peine que vous avez prise. Mais j'ai été fort intéressé par le récit que vous m'avez fait des funérailles d'Aaron Burr. Voudriez-vous me raconter quelle circonstance, en particulier, vous fit regarder Aaron Burr comme un homme si remarquable?»

—«Oh! un détail insignifiant. Pas une personne sur cinquante ne s'en serait aperçue. Quand le sermon fut terminé, et que le cortège fut prêt à partir pour le cimetière, et que le corps était installé bien confortable dans le cercueil, il dit qu'il ne serait pas fâché de jeter un dernier coup d'œil sur le paysage. Il se leva donc et s'en fut s'asseoir sur le siège, à côté du conducteur.»

Le jeune homme, là-dessus, me salua et prit congé. J'avais fort goûté sa compagnie, et fus fâché de le voir partir.

ROGERS

Je rencontrai le nommé Rogers, et il se présenta lui-même, dans le sud de l'Angleterre, où je résidais alors. Son beau-père avait épousé une mienne parente éloignée, qui, par la suite, fut pendue. Il paraissait croire, en conséquence, à une parenté entre nous. Il venait me voir tous les jours, s'installait et causait. De toutes les curiosités humaines sympathiques et sereines que j'ai vues, je le regarde comme la première. Il désira examiner mon nouveau chapeau haut de forme. Je m'empressai, car je pensais qu'il remarquerait le nom du grand chapelier d'Oxford Street, qui était au fond, et m'estimerait d'autant. Mais il le tourna et le retourna avec une sorte de gravité compatissante, indiqua deux ou trois défauts et dit que mon arrivée, trop récente, ne pouvait pas laisser espérer que je susse où me fournir. Il m'enverrait l'adresse de son chapelier. Puis il ajouta: «Pardonnez-moi», et se mit à découper avec soin une rondelle de papier de soie rouge. Il entailla les bords minutieusement, prit de la colle, et colla le papier dans mon chapeau de manière à recouvrir le nom du chapelier. Il dit: «Personne ne saura maintenant où vous l'avez acheté. Je vous enverrai une marque de mon chapelier, et vous pourrez l'appliquer sur la rondelle de papier.» Il fit cela le plus calmement, le plus froidement du monde, je n'ai vu de ma vie un homme plus admirable. Remarquez que, pendant ce temps, son propre chapeau était là, sur la table, au grand détriment de mon odorat. C'était un vieil éteignoir informe, fripé et déjeté par l'âge, décoloré par les intempéries et bordé d'un équateur de pommade suintant au travers.

Une autre fois, il examina mon vêtement. J'étais sans effroi, car mon tailleur avait sur sa porte: «Par privilège spécial, fournisseur de S.A.R. le prince de Galles», etc... Je ne savais pas alors que la plupart des maisons de tailleurs ont le même signe sur la porte, et que, dès le moment qu'il faut neuf tailleurs pour faire un homme, comme on dit, il en faut cent cinquante pour faire un prince. Rogers fut touché de compassion par la vue de mon vêtement. Il me donna par écrit l'adresse de son tailleur. Il ne me dit pas, comme on fait d'ordinaire, en manière de compliment, que je n'aurais qu'à mentionner mon nom de plume, et que le tailleur mettrait à confectionner mes habits ses soins les plus dévoués. Son tailleur, m'apprit-il, se dérangerait difficilement pour un inconnu (inconnu! quand je me croyais si célèbre en Angleterre! ce fut le coup le plus cruel), mais il me prévint de me recommander de lui, et que tout irait bien.

Voulant être plaisant, je dis:—«Mais s'il allait passer la nuit, et compromettre sa santé?»

—«Laissez donc, répondit Rogers, j'ai assez fait pour lui pour qu'il m'en ait quelque égard.»

J'aurais aussi bien pu essayer de déconcerter une momie avec ma plaisanterie. Il ajouta:

—«C'est là que je fais tout faire. Ce sont les seuls vêtements où l'on puisse se voir.»

Je fis une autre tentative.—«J'aurais aimé en voir un sur vous, si vous en aviez porté un.»

—«Dieu vous bénisse, n'en porté-je pas un sur moi?... Cet article vient de chez Morgan.»

J'examinai le vêtement. C'était un article acheté tout fait, à un juif de Chatham Street, sans doute possible, vers 1848. Il avait dû coûter quatre dollars, quand il était neuf. Il était déchiré, éraillé, râpé, graisseux. Je ne pus m'empêcher de lui montrer où il était déchiré. Il en fut si affecté que je fus désolé de l'avoir fait. D'abord il parut plongé dans un abîme sans fond de douleur. Il se remit, fit le geste d'écarter de lui avec ses mains la pitié d'un peuple entier, et dit, avec ce qui me parut une émotion fabriquée: «Je vous en prie. Cela n'a pas d'importance. Ne vous en tourmentez pas. Je puis mettre un autre vêtement.»

Quand il fut tout à fait remis, qu'il put examiner la déchirure et commander à ses sentiments, il dit que, ah! *maintenant*, il comprenait. Son domestique avait fait cela, sans doute, en l'habillant, ce matin.

Son «domestique»! Il y avait quelque chose d'angoissant dans une telle effronterie.

Presque chaque jour il s'intéressait à quelque détail de mon vêtement. On eût pu s'étonner de trouver cette sorte d'infatuation chez un homme qui portait toujours le même costume, et un costume qui paraissait dater de la conquête de l'Angleterre par les Normands.

C'était une ambition méprisable, peut-être, mais je souhaitais pouvoir lui montrer quelque chose à admirer, dans mes vêtements ou mes actes. Vous auriez éprouvé le même désir. L'occasion se présenta. J'étais sur le point de mon retour à Londres, et je venais de compter mon linge sale pour le blanchissage. C'était vraiment une imposante montagne dans le coin de la chambre, cinquante-quatre pièces. J'espérais qu'il penserait que c'était le linge d'une seule semaine. Je pris le carnet de blanchissage, comme pour m'assurer que tout était en règle, puis le jetai sur la table, avec une négligence affectée. Naturellement, il le prit et promena ses yeux en descendant jusqu'au total. Alors, il dit: «Vous ne devez pas vous ruiner», et le reposa sur la table.

Ses gants étaient un débris sinistre. Mais il m'indiqua où je pourrais en avoir de semblables. Ses chaussures avaient des fentes à laisser passer des noix, mais il posait avec complaisance ses pieds sur le manteau de la cheminée et les contemplait. Il avait une épingle de cravate avec un morceau de verre terne, qu'il appelait un «diamant morphylitique», quoi que cela pût signifier. Il me dit qu'on n'en avait jamais trouvé que deux. L'empereur de Chine avait l'autre.

Plus tard, à Londres, ce fut une joie pour moi de voir ce vagabond fantastique s'avancer dans le vestibule de l'hôtel avec son allure de grand-duc; il avait toujours quelque nouvelle folie de grandeur à inaugurer. Il n'y avait d'usé chez lui que ses vêtements. S'il m'adressait la parole devant des étrangers, il élevait toujours un peu la voix pour m'appeler: «Sir Richard» ou «Général» ou «Votre Honneur», et quand les gens commençaient à faire attention et à regarder avec respect, il se mettait à me demander incidemment pourquoi je ne m'étais pas rendu la veille au rendez-vous du duc d'Argyll, ou bien me rappelait que nous étions attendus le lendemain chez le duc de Westminster. Je suis persuadé qu'à ce moment-là il était convaincu de la réalité de ce qu'il disait. Il vint un jour me voir et m'invita à passer la soirée chez le duc de Warwick, à sa maison de ville. Je dis que je n'étais pas personnellement invité. Il répondit que cela n'avait aucune importance, le duc ne faisant pas de cérémonies avec lui ou ses amis. Comme je demandais si je pouvais aller comme j'étais, il dit que non, ce serait peu convenable. L'habit de soirée était exigé, le soir, chez n'importe quel gentleman. Il offrit de m'attendre pendant que je m'habillerais. Puis nous irions chez lui. Je boirais une bouteille de champagne et fumerais un cigare pendant qu'il s'apprêterait. Fort désireux de voir la fin de cela, je m'habillai et nous partîmes pour chez lui. Il me proposa d'aller à pied, si je n'y voyais pas d'inconvénient. Nous pataugeâmes environ quatre milles à travers la boue et le brouillard. Finalement nous trouvâmes son appartement. C'était une simple chambre au-dessus de la boutique d'un barbier, dans une rue écartée. Deux chaises, une petite table, une vieille valise, une cuvette et une cruche (toutes deux dans un coin sur le plancher), un lit pas fait, un fragment de miroir, et un pot de fleur avec un petit géranium rose qui s'étiolait. C'était, me dit-il, une plante «séculaire». Elle n'avait pas fleuri depuis deux cents ans. Il la tenait de feu lord Palmerston. On lui en avait offert des sommes fantastiques. Tel était le mobilier. En outre, un chandelier de cuivre avec un fragment de bougie. Rogers alluma la bougie, et me pria de m'asseoir et de me considérer comme chez moi. Je devais avoir soif, espéra-t-il, car il voulait faire à mon palais la surprise d'une marque de champagne comme tout le monde n'en buvait pas. Aimais-je mieux du sherry, ou du porto? Il avait, me dit-il, du porto dans des bouteilles toutes recouvertes de toiles d'araignées stratifiées. Chaque couche représentait une génération. Pour les cigares, j'en jugerais par moi-même. Il mit la tête à la porte et appela:

—«Sackville!» Pas de réponse.

—«Hé! Sackville!» Pas de réponse.

—«Où diable peut être passé ce sommelier? Je ne permets jamais pourtant à un de mes domestiques de... Oh! l'idiot! il a emporté les clefs! Je ne puis pas aller dans les autres pièces sans les clefs.»

(J'étais justement en train d'admirer l'intrépidité avec laquelle il prolongeait la fiction du champagne, essayant de deviner comment il allait se tirer de là.)

Il cessa d'appeler Sackville et se mit à crier: «Anglesy!» Anglesy ne vint pas non plus. Il dit: «C'est la seconde fois que cet écuyer s'est absenté sans permission. Demain, je le renverrai.»

Il se mit alors à héler «Thomas!» Mais Thomas ne répondit pas. Puis «Théodore!» Pas de Théodore.

«Ma foi, j'y renonce, fit-il. Mes gens ne m'attendent jamais à cette heure-ci. Ils sont tous partis en bombe. A la rigueur on peut se passer de l'écuyer et du page, mais nous ne pouvons avoir ni vin ni cigares sans le sommelier. Et je ne puis pas m'habiller sans mon valet.»

J'offris de l'aider à s'habiller. Mais il ne voulut pas en entendre parler. D'ailleurs, dit-il, il ne se sentirait pas confortable s'il n'était arrangé par des mains expérimentées; finalement il conclut que le duc était un trop vieil ami pour se préoccuper de la manière dont il serait vêtu. Nous prîmes donc un cab, il donna quelques indications au cocher, et nous partîmes. Nous arrivâmes enfin devant une vieille maison et nous descendîmes. Je n'avais jamais vu Rogers avec un col. Il s'arrêta sous un réverbère, sortit de la poche de son vêtement un vieux col en papier, où pendait une cravate usée, et les mit. Il monta les marches et entra. Je le vis reparaître presque aussitôt; il marcha vers moi précipitamment et me dit:

—«Venez. Vite!»

Nous nous éloignâmes en hâte, et tournâmes le coin de la rue.

—«Nous voici en sûreté», fit-il.

Il quitta son col et sa cravate et les remit dans sa poche.

—«Je l'ai échappé belle», dit-il.

—«Comment cela?» fis-je.

—«Par saint Georges, la comtesse était là!»

—«Eh bien, quoi? Ne vous connaît-elle pas?»

—«Si, elle me connaît! Mais elle m'adore. J'ai pu jeter un coup d'œil avant qu'elle m'eût aperçu. Et j'ai filé. Je ne l'avais pas vue depuis deux mois. Entrer comme cela, sans la prévenir, eût été fatal. Elle n'aurait pas supporté le coup. Je ne savais pas qu'elle fût en ville. Je la croyais dans son château... Laissez-moi m'appuyer sur vous... un instant... Là, je me sens mieux; merci, grand merci. Dieu me bénisse. Quelle échappée!»

En définitive, ma visite au duc fut remise aux calendes grecques. Mais je notai la maison pour information plus ample. Je sus que c'était un hôtel de famille ordinaire, où perchaient environ un millier de gens quelconques.

Pour bien des choses, Rogers n'était nullement fou. Pour certaines, il l'était évidemment, mais sûrement il l'ignorait. Il se montrait, dans ces dernières, du sérieux le plus absolu. Il est mort au bord de la mer, l'été dernier, chez le «comte de Ramsgate».

L'INFORTUNÉ FIANCÉ D'AURÉLIA

Les faits suivants sont consignés dans une lettre que m'écrit une jeune fille habitant la belle ville de San José. Elle m'est parfaitement inconnue, et signe simplement: Aurélia-Maria, ce qui est peut-être un pseudonyme. Mais peu importe. La pauvre fille a le cœur brisé par les infortunes qu'elle a subies. Elle est si troublée par les conseils opposés de malveillants amis et d'ennemis insidieux, qu'elle ne sait à quel parti se résoudre pour se dégager du réseau de difficultés dans lequel elle semble prise presque sans espoir. Dans son embarras, elle a recours à moi, elle me supplie de la diriger et de la conseiller, avec une éloquence émouvante qui toucherait le cœur d'une statue. Écoutez sa triste histoire.

Elle avait seize ans, dit-elle, quand elle rencontra et aima, avec toute l'ardeur d'une âme passionnée, un jeune homme de New-Jersey, nommé Williamson Breckinridge Caruthers, de quelque six ans son aîné. Ils se fiancèrent, avec l'assentiment de leurs amis et parents, et, pour un temps, leur carrière parut devoir être caractérisée par une immunité de malheur au delà du lot ordinaire de l'humanité. Mais, un jour, la face de la fortune changea. Le jeune Caruthers fut atteint d'une petite vérole de l'espèce la plus virulente, et quand il retrouva la santé, sa figure était trouée comme un moule à gaufre et toute sa beauté disparue pour toujours.

Aurélia songea d'abord à rompre son engagement, mais, par pitié pour l'infortuné, elle se contenta de renvoyer le mariage à une autre saison, et laissa une chance au malheureux.

La veille même du jour où le mariage devait avoir lieu, Breckinridge, tandis qu'il était occupé à suivre des yeux un ballon, tomba dans un puits et se cassa une jambe, qu'on dut lui amputer au-dessus du genou. Aurélia, de nouveau, fut tentée de rompre son engagement, mais, de nouveau, l'amour triompha, et le mariage fut remis, et elle lui laissa le temps de se rétablir.

Une infortune nouvelle tomba sur le malheureux fiancé. Il perdit un bras par la décharge imprévue d'un canon que l'on tirait pour la fête nationale, et, trois mois après, eut l'autre emporté par une machine à carder. Le cœur d'Aurélia fut presque brisé par ces dernières calamités. Elle ne pouvait s'empêcher de ressentir une profonde affliction, en voyant son amoureux la quitter ainsi morceau par morceau, songeant qu'avec ce système de progressive réduction il n'en resterait bientôt plus rien, et ne sachant comment l'arrêter sur cette voie funeste. Dans son désespoir affreux, elle en venait presque à regretter, comme un négociant qui s'obstine dans une affaire et perd davantage chaque jour, de ne pas avoir accepté Breckinridge tout d'abord, avant qu'il eût subi une si alarmante dépréciation. Mais son cœur prit le dessus, et elle résolut de tenter l'épreuve des dispositions déplorables de son fiancé encore une fois.

De nouveau se rapprochait le jour du mariage, et de nouveau se rassemblèrent les nuages de désillusion. Caruthers tomba malade de l'érysipèle, et perdit l'usage de l'un de ses yeux, complètement. Les amis et les parents de la jeune fille, considérant qu'elle avait montré plus de généreuse obstination qu'on ne pouvait raisonnablement exiger d'elle, intervinrent de nouveau, et insistèrent pour qu'elle rompît son engagement. Mais après avoir un peu hésité, Aurélia, dans toute la générosité de ses honorables sentiments, dit qu'elle avait réfléchi posément sur la question, et qu'elle ne pouvait trouver dans Breckinridge aucun sujet de blâme. Donc, elle recula de nouveau la date, et Breckinridge se cassa l'autre jambe.

Ce fut un triste jour pour la pauvre fille, que celui où elle vit les chirurgiens emporter avec respect le sac dont elle avait appris l'usage par des expériences précédentes, et son cœur éprouva cruellement qu'en vérité quelque chose de son fiancé avait encore disparu. Elle sentit que le champ de ses affections diminuait chaque jour, mais encore une fois elle répondit négativement aux instances de tous les siens, et renouvela son engagement.

Enfin, peu de jours avant le terme fixé pour le mariage, un nouveau malheur arriva. Il n'y eut, dans toute l'année, qu'un seul homme scalpé par les Indiens d'Owen River, cet homme fut Williamson Breckinridge Caruthers, de New-Jersey. Il accourait chez sa fiancée, avec la joie dans le cœur, quand il perdit sa chevelure pour toujours. Et dans cette heure d'amertume, il maudit presque la chance ironique à laquelle il dut de sauver sa vie.

A la fin, Aurélia est fort perplexe sur la conduite à tenir. Elle aime encore son fiancé, m'écrit-elle,—ou, du moins, ce qu'il en reste,—de tout son cœur, mais sa famille s'oppose de toutes ses forces au mariage; Breckinridge n'a pas de fortune et est impropre à tout travail. Elle n'a pas d'autre part des ressources suffisantes pour vivre à deux confortablement.—«Que dois-je faire?» me demande-t-elle, dans cet embarras cruel.

C'est une question délicate. C'est une question dont la réponse doit décider pour la vie du sort d'une femme et de presque les deux tiers d'un homme. Je pense que ce serait assumer une trop grave responsabilité que de répondre par autre chose qu'une simple suggestion.

A combien reviendrait-il de reconstituer un Breckinridge complet? Si Aurélia peut supporter la dépense, qu'elle achète à son amoureux mutilé des jambes et des bras de bois, un œil de verre et une perruque, pour le rendre présentable. Qu'elle lui accorde alors quatre-vingt-dix jours sans délai, et si, dans cet intervalle, il ne se rompt pas le cou, qu'elle coure la chance de l'épouser. Je ne crois pas que, faisant cela, elle s'expose à un bien grand risque, de toute façon. Si votre fiancé, Aurélia, cède encore à la tentation bizarre qu'il a de se casser quelque chose chaque fois qu'il en trouve l'occasion, sa prochaine expérience lui sera sûrement fatale, et alors vous serez tranquille, mariée ou non. Mariée, les jambes de bois et autres objets, propriété du défunt, reviennent à sa veuve, et ainsi vous ne perdez rien, si ce n'est le dernier morceau vivant d'un époux honnête et malheureux, qui essaya sa vie durant de faire pour le mieux, mais qui eut sans cesse contre lui ses extraordinaires instincts de destruction.—Tentez la chance, Maria, j'ai longuement réfléchi sur ce sujet, et c'est le seul parti raisonnable. Certainement Caruthers aurait sagement fait de commencer, à sa première expérience, par se rompre le cou. Mais puisqu'il a choisi une autre méthode, décidé à se prolonger le plus possible, je ne crois pas que nous puissions lui faire un reproche d'avoir fait ce qui lui plaisait le plus. Nous devons tâcher de tirer le meilleur parti des circonstances, sans avoir la moindre amertume contre lui.

MADAME MAC WILLIAMS ET LE TONNERRE

Oui, Monsieur, continua M. Mac Williams,—car il parlait depuis un moment—la crainte du tonnerre est une des plus désespérantes infirmités dont une créature humaine puisse être affligée. Elle est en général limitée aux femmes. Mais parfois on la trouve chez un petit chien, ou chez un homme. C'est une infirmité spécialement désespérante, par la raison qu'elle bouleverse les gens plus qu'aucune autre peur ne peut le faire, et qu'il ne faut pas songer à raisonner avec, non plus qu'à en faire honte à celui qui l'éprouve. Une femme qui serait capable de regarder en face le diable,—ou une souris,—perd contenance et tombe en morceaux devant un éclair. Son effroi est pitoyable à voir.

Donc, comme j'étais en train de vous dire, je m'éveillai, avec, à mes oreilles, un gémissement étouffé venant je ne savais d'où: «Mortimer! Mortimer!» Dès que je pus rassembler mes esprits, j'avançai la main dans l'obscurité, et je dis:

—«Évangeline, est-ce vous qui appelez? Qu'y a-t-il? Où êtes-vous?»

—«Enfermée dans le cabinet des chaussures. Vous devriez être honteux de rester là à dormir au milieu d'un tel orage.»

—«Bon! comment pourrait-on être honteux, si on dort? C'est peu logique. Un homme ne peut pas être honteux quand il dort, Évangeline.»

—«Vous ne voulez pas comprendre, Mortimer, vous savez bien que vous ne voulez pas.»

Je perçus un sanglot étouffé.

Cela coupa net le discours mordant que j'allais prononcer. Et je dis par contre:

—«Je suis désolé, ma chérie, je suis tout à fait désolé. Je n'avais pas la moindre intention... Revenez donc, et...»

—«Mortimer!»

—«Ciel! Qu'y a-t-il, mon amour?»

—«Prétendez-vous dire que vous êtes encore dans ce lit?»

—«Mais évidemment.»

—«Sortez du lit immédiatement. J'aurais cru que vous auriez quelque souci de votre vie, pour moi et les enfants, si ce n'est pour vous.»

—«Mais, mon amour!...»

—«Ne me parlez pas, Mortimer. Vous savez très bien qu'il n'y a pas d'endroit plus dangereux qu'un lit, au milieu d'un orage. C'est dans tous les livres. Mais vous resteriez là, à risquer volontairement votre vie, pour Dieu sait quoi, à moins que ce soit pour le plaisir de discuter et...»

—«Mais que diable, Évangeline, je ne suis pas dans le lit, maintenant. Je...»

(Cette phrase fut interrompue par un éclair soudain, suivi d'un petit cri d'épouvante de Mme Mac Williams, et d'un terrible coup de tonnerre.)

—«Là! vous voyez le résultat! O Mortimer, comment pouvez-vous être assez impie pour jurer à un tel moment!»

—«Je n'ai pas juré. Et ce n'est pas ce qui a causé le coup de tonnerre, dans tous les cas. Il serait arrivé pareil, si je n'avais pas dit un mot. Vous savez très bien, Évangeline, du moins vous devriez savoir, que, l'atmosphère se trouvant chargée d'électricité...»

—«Oui, raisonnez, raisonnez, raisonnez! Je ne comprends pas que vous ayez ce courage, quand vous savez qu'il n'y a pas sur la maison un seul paratonnerre, et que votre pauvre femme et vos enfants sont absolument à la merci de la Providence... Qu'est-ce que vous faites?... Vous allumez une allumette!... Mais vous êtes complètement fou!»

—«Par Dieu! Madame, où est le mal? La chambre est aussi noire que le cœur d'un mécréant, et...»

—«Soufflez cette allumette! Soufflez-la tout de suite. Êtes-vous décidé à nous sacrifier tous? Vous savez qu'il n'y a rien qui attire la foudre comme une lumière. (Fzt!—crash!—boum—bolooum—!! boum—! boum!—) Oh! entendez!... Vous voyez ce que vous faites!»

—«Pas du tout. Une allumette peut attirer la foudre. C'est après tout possible. Mais elle ne cause pas la foudre. Je parierais bien n'importe quoi. Et encore, pour l'attirer, elle ne l'attire pas pour deux sous. Si cet éclair était dirigé vers mon allumette, c'était pauvre comme adresse. Ce serait touché une fois sur un million... Vrai, à la foire, avec une adresse pareille...»

—«Par pudeur, Mortimer! C'est au moment où nous nous trouvons juste en présence de la mort, à ce moment si solennel, que vous osez parler ainsi!... Si vous ne songez pas à ce qu'il y aura après... Mortimer!»

—«Eh bien!»

—«Avez-vous dit vos prières, ce soir?»

—«Je... j'y ai pensé, mais je me suis mis à calculer combien font douze fois treize, et...»

(Fzt!...—Boum—berroum—boum! bumble—umble—bang!—pan!)

—«Oh! nous sommes perdus! plus d'espoir! Comment avez-vous pu commettre une telle négligence, en un tel moment!»

—«Mais quand je me suis couché, ce n'était pas du tout un tel moment. Il n'y avait pas un nuage au ciel. Comment aurais-je pu penser qu'il allait y avoir tout ce tapage et ce tohu-bohu pour un petit oubli comme celui-là? Et je ne trouve pas que ce soit juste à vous de faire tant d'affaires, car, après tout, c'est un accident très rare. Je n'avais pas oublié mes prières depuis le jour que j'ai amené ce tremblement de terre, vous vous rappelez, il y a quatre ans.»

—«Mortimer! Comme vous parlez! Avez-vous oublié la fièvre jaune?»

—«Ma chère, vous êtes sans cesse à me jeter à la tête la fièvre jaune, et je trouve cela tout à fait déraisonnable. On ne peut même pas envoyer directement un télégramme d'ici à Memphis, comment voulez-vous qu'un petit oubli religieux de ma part aille si loin! J'admets pour le tremblement de terre, parce que j'étais dans le voisinage. Mais que je sois pendu si je dois accepter la responsabilité de chaque damné...»

(Boum—berooum—booum—pan!)

—«O mon cher, mon cher! Je suis sûre qu'il est tombé quelque part. Mortimer! Nous ne verrons pas le jour suivant. Puissiez-vous vous rappeler, pour votre profit, quand nous serons morts, que c'est votre langage impie... Mortimer!»

—«Eh bien! quoi?»

—«J'entends votre voix qui vient de... Mortimer, seriez-vous par hasard debout devant cette cheminée ouverte?»

—«C'est exactement le crime que je suis en train de commettre.»

—«Sortez de là tout de suite! Vous paraissez décidé à nous faire tous périr. Ignorez-vous qu'il n'y a pas de meilleur conducteur de la foudre qu'une cheminée ouverte?... Où êtes-vous maintenant?»

—«Je suis ici, près de la fenêtre.»

—«Je vous en supplie, Mortimer. Êtes-vous devenu fou? Éloignez-vous vite. L'enfant à la mamelle connaît le danger de se tenir près d'une fenêtre, pendant un orage. C'est mon dernier jour, mon pauvre ami. Mortimer!»

—«Oui.»

—«Qu'est-ce qui remue comme cela?»

—«C'est moi.»

—«Que faites-vous donc?»

—«Je cherche à enfiler mon pantalon.»

—«Vite, vite, jetez-le. Vous allez tranquillement vous habiller avec un temps pareil! Et cependant, vous le savez fort bien, toutes les autorités s'accordent pour dire que les étoffes de laine attirent la foudre. O mon cher ami, n'est-ce pas assez que votre existence soit en péril par des causes naturelles, que vous fassiez tout ce qu'il est humainement possible de faire pour augmenter le danger!... Oh! Ne chantez pas!... A quoi donc pensez-vous?»

—«Bon! encore! Où est le mal?»

—«Mortimer, je vous ai dit, non pas une fois, mais cent, que le chant cause des vibrations dans l'atmosphère, et que ces vibrations détournent le courant électrique, et que... Pourquoi donc ouvrez-vous cette porte?»

—«Bonté divine! Madame! Quel inconvénient y a-t-il là?»

—«Quel inconvénient! La mort, voilà tout. Il suffit d'avoir étudié la question une seconde pour savoir que, faire un courant d'air, c'est adresser une invitation à la foudre. Cette porte est encore aux trois quarts ouverte. Fermez-la exactement. Et hâtez-vous, ou nous allons tous mourir. Oh! quelle affreuse chose d'être enfermée avec un fou dans un cas semblable!... Que faites-vous, Mortimer?»

—«Rien du tout. J'ouvre le robinet de l'eau. On étouffe. Il fait chaud et tout est fermé. Je vais me passer un peu d'eau sur la figure et les mains.»

—«Vous avez perdu tout à fait la tête. Sur cinquante fois que frappe la foudre, elle frappe l'eau quarante-neuf fois. Fermez le robinet. Oh! mon ami, rien ne peut plus nous sauver! Il me semble que... Mortimer! qu'est-ce qu'il y a?»

—«C'est ce damné... C'est un tableau que j'ai fait tomber.»

—«Alors vous êtes près du mur! Je n'ai jamais vu pareille imprudence. Vous ne savez pas que rien n'est meilleur conducteur de la foudre qu'un mur! Écartez-vous! Et vous alliez encore jurer. Oh! comment pouvez-vous être si désespérément criminel, quand votre famille est dans un tel péril! Mortimer! Avez-vous commandé un édredon, comme je vous l'avais dit?»

—«Je l'ai tout à fait oublié.»

—«Oublié! Il peut vous en coûter la vie. Si vous aviez un édredon, maintenant, vous pourriez l'étendre au milieu de la chambre et vous coucher, vous seriez tout à fait en sûreté. Venez vite ici, venez vite, avant que vous ayez l'occasion de commettre quelque nouvelle folie imprudente.»

J'essayai d'entrer dans le réduit, mais nous ne pouvions pas y tenir tous deux, la porte refermée, sans étouffer. Je fis ce que je pus pour respirer, mais je fus bientôt forcé de sortir. Ma femme me rappela:

—«Mortimer, il faut faire quelque chose pour votre salut. Donnez-moi ce livre allemand qui est sur le bord de la cheminée, et une bougie. Ne l'allumez pas. Donnez-moi l'allumette. Je vais l'allumer ici dedans. Il y a quelques instructions dans ce livre.»

J'eus le livre, au prix d'un vase et de quelques menus objets fragiles. La dame s'enferma avec la bougie. Ce fut un moment de calme. Puis elle appela:

—«Mortimer, qu'est cela?»

—«Rien que le chat.»

—«Le chat! Nous sommes perdus. Prenez-le, et l'enfermez dans le lavabo. Vite, vite, mon amour! Les chats sont pleins d'électricité. Je suis sûre que mes cheveux seront blancs quand cette nuit effroyable sera passée.»

J'entendis de nouveau des sanglots étouffés. Sans cela, je n'aurais pas remué pied ou main pour une pareille entreprise dans l'obscurité.

Cependant je vins à bout de ma tâche, par-dessus chaises et toutes sortes d'obstacles divers, tous durs, la plupart à rebords aigus; enfin je saisis le chat acculé sous la commode, après avoir fait pour plus de quatre cents dollars de frais en mobilier brisé, et aux dépens aussi de mes tibias. Alors me parvinrent du cabinet ces mots sanglotants:

—«Le livre dit que le plus sûr est de se tenir debout sur une chaise au milieu de la chambre, Mortimer. Les pieds de la chaise doivent être isolés par des corps non conducteurs. C'est-à-dire que vous devez mettre les pieds de la chaise dans des verres.»

(Fzt!—booum!—boum!—pan!)

—«Oh! écoutez! Dépêchez-vous, Mortimer, avant d'être foudroyé.»

Je m'occupai de trouver les verres. J'eus les quatre derniers, après avoir cassé tout le reste. J'isolai les pieds de la chaise, et m'enquis de nouvelles instructions.

—«Mortimer, voici le texte allemand: «Pendant l'orage, il faut garder attaché de soi... métaux... c'est... bagues, garder montres, clefs... et on ne doit jamais... ne pas... se tenir dans les endroits... où sont placés des métaux nombreux ou des corps... reliés ensemble, comme... des poêles articulés, des foyers, des grilles...»—Qu'est-ce que cela signifie, Mortimer? Veut-il dire que l'on doit garder les métaux sur soi, ou se garder d'en avoir?»

—«Ma foi, je ne sais trop. C'est un peu confus. Toutes les phrases allemandes sont plus ou moins obscures. Pourtant je crois qu'il faut lire «attaché à». La phrase est plutôt au datif, avec un petit génitif ou un accusatif piqué, çà et là, pour l'ornement. D'après moi cela signifie qu'on doit garder sur soi des métaux.»

—«Ce doit être cela. Cela saute aux yeux. C'est le même principe que pour les paratonnerres, vous comprenez. Mettez votre casque de pompier, Mortimer! C'est presque pur métal.»

Il n'y a rien de plus lourd, de plus embarrassant, de moins confortable qu'un casque de pompier sur la tête, par une nuit étouffante, dans une chambre fermée. Il faisait si chaud que mes vêtements de nuit déjà me paraissaient trop pesants.

—«Mortimer, je songe qu'il faut protéger le milieu de votre corps. Auriez-vous l'obligeance de mettre à la ceinture votre sabre de garde national?»

J'obéis.

—«Maintenant, Mortimer, il faut s'occuper de garantir vos pieds. S'il vous plaît, chaussez vos éperons.

Je chaussai les éperons, en silence, et fis mon possible pour rester calme.

—«Mortimer, voici la suite: «... il est très dangereux... il ne faut pas... ne pas sonner les cloches... pendant l'orage... le courant d'air... la hauteur du clocher... de la cloche pouvant attirer la foudre.»—Mortimer! Cela veut-il dire qu'il est dangereux de ne pas sonner les cloches des églises pendant l'orage?»

—«Il me semble que c'est bien le sens, si le participe passé est au nominatif, comme il me paraît. Cela veut dire, je pense, que la hauteur du clocher et l'absence de courant d'air font très dangereux de ne pas sonner les cloches pendant un orage. Ne voyez-vous pas, d'ailleurs, que l'expression...»

—«Peu importe, Mortimer. Ne perdez pas en paroles un temps précieux. Allez chercher la grosse cloche du dîner. Elle est dans le hall, sûrement. Vite, Mortimer, mon ami, nous sommes presque sauvés. O mon cher, nous allons enfin être en sûreté!»

Notre petit cottage est situé au sommet d'une chaîne de collines assez élevées, dominant une vallée. Il y a plusieurs fermes dans le voisinage. La plus proche est à quelque trois ou quatre cents mètres.

Il y avait une pièce de sept ou huit minutes que, monté sur une chaise, je faisais sonner cette satanée cloche, quand les volets de notre fenêtre furent soudain tirés du dehors, la clarté d'une lanterne sourde traversa la fenêtre ouverte, suivie d'une question enrouée:

—«Que diable se passe-t-il?»

L'embrasure était pleine de têtes de gens. Les têtes étaient pleines d'yeux qui regardaient avec stupeur mon accoutrement belliqueux.

Je laissai tomber la cloche, sautai tout honteux en bas de la chaise et dis:

—«Il n'y a rien du tout, mes amis; seulement un peu de trouble causé par l'orage. J'essayais d'écarter la foudre.»

—«Un orage?... La foudre?... Quoi donc, monsieur Mac Williams, avez-vous perdu l'esprit? Il fait une superbe nuit d'étoiles. Pas l'ombre d'un nuage dans le ciel.»

Je regardai au dehors, et fus si surpris que je fus un moment sans pouvoir parler.

—«Je n'y comprends rien, dis-je enfin. Nous avons vu distinctement la lueur des éclairs à travers les volets et les rideaux, et entendu le tonnerre.»

Tous les assistants, successivement, tombèrent de rire sur le sol. Deux en moururent. Un des survivants remarqua:

—«Il est malheureux que vous n'ayez pas songé à ouvrir vos jalousies et à regarder là-bas, au sommet de cette colline. Ce que vous avez entendu, c'est canon. Ce que vous avez vu, ce sont les feux de joie. Il faut vous dire que le télégraphe a porté quelques nouvelles ce minuit. Garfield est élu. Voilà toute l'histoire.»

Enfin, monsieur Twain, comme je le disais au début, ajouta M. Mac Williams, les moyens de se préserver d'un orage sont si efficaces et si nombreux que l'on ne pourra jamais me faire comprendre comment il peut y avoir au monde des gens qui s'arrangent pour être foudroyés.

Là-dessus, il ramassa son sac et son parapluie et prit congé, car le train était à sa station.

NOTES SUR PARIS

Le Parisien voyage très peu, ne connaît pas d'autre langue que la sienne, ne lit pas d'autre littérature que la sienne[A]. Aussi a-t-il l'esprit très étroit et très suffisant. Cependant, ne soyons pas trop sévères. Il y a des Français qui connaissent une autre langue que la leur, ce sont les garçons d'hôtel. Entre autres ils savent l'anglais. C'est à dire qu'ils le savent à la façon européenne... Ils le parlent, mais ne le comprennent pas. Ils se font comprendre facilement, mais il est presque impossible de prononcer une phrase anglaise de telle sorte qu'ils puissent en saisir le sens. Ils croient le saisir. Ils le prétendent. Mais non. Voici une conversation que j'ai eue avec une de ces créatures. Je l'ai notée dans le temps, pour en avoir le texte exact:

Moi.—«Ces oranges sont fort belles; d'où viennent-elles?»

Lui.—«D'autres. Parfaitement. Je vais en chercher.»

Moi.—«Non, je n'en demande pas d'autres. Je voudrais seulement savoir d'où elles viennent, où elles ont poussé.»

Lui.—«Oui» (la mine imperturbable et le ton assuré).

Moi.—«Pouvez-vous me dire de quel pays elles viennent?»

Lui.—«Oui» (l'air aimable, la voix énergique).

Moi (découragé).—«Elles sont excellentes.»

Lui.—«Bonne nuit, Monsieur.» (Il se retire, en saluant, tout à fait satisfait de lui-même.)

Ce jeune homme aurait pu apprendre très convenablement l'anglais, en prenant la peine, mais il était Français, et ne voulait pas. Combien différents sont les gens de chez nous! Ils ne négligent aucun moyen. Il y a quelques soi-disant protestants français à Paris. Ils ont construit une jolie petite église sur l'une des grandes avenues qui partent de l'Arc de Triomphe, se proposant d'y aller écouter la bonne parole, prêchée en bonne et due forme, dans leur bonne langue française, et d'être heureux. Mais leur petite ruse n'a pas réussi. Le dimanche, les Anglais arrivent toujours là, les premiers, et prennent toute la place. Quand le ministre se lève pour prêcher, il voit sa maison pleine de dévots étrangers tous sérieux et attentifs, avec un petit livre dans les mains. C'est une bible reliée en marocain, semble-t-il. Mais il ne fait que sembler. En réalité c'est un admirable et très complet petit dictionnaire français-anglais, qui, de forme, de reliure et de dimension, est juste comme une bible. Et ces Anglais sont là pour apprendre le français[B]. Ce temple a été surnommé: l'église des cours gratuits de français.

D'ailleurs, les assistants doivent acquérir plutôt la connaissance des mots qu'une instruction générale. Car, m'a-t-on dit, un sermon français est comme un discours en français. Il ne cite jamais un événement historique, mais seulement la date. Si vous n'êtes pas fort sur les dates, vous n'y comprenez rien. Un discours, en France, est quelque chose dans ce genre:

—«Camarades citoyens, frères, nobles membres de la seule sublime et parfaite nation, n'oublions pas que le 10 août nous a délivrés de la honteuse présence des espions étrangers, que le 5 septembre s'est justifié lui-même à la face du ciel et de l'humanité, que le 18 Brumaire contenait les germes de sa propre punition, que le 14 Juillet a été la voix puissante de la liberté proclamant la résurrection, le jour nouveau, et invitant les peuples opprimés de la terre à contempler la face divine de la France, et à vivre. Et n'oublions pas nos griefs éternels contre l'homme du 2 Décembre, et déclarons sur un ton de tonnerre, le ton habituel en France, que, sans lui, il n'y aurait pas eu dans l'histoire de 17 mars, de 12 octobre, de 19 janvier, de 22 avril, de 16 novembre, de 30 septembre, de 2 juillet, de 14 février, de 29 juin, de 15 août, de 31 mai; que, sans lui, la France, ce pays pur, noble et sans pair, aurait un calendrier serein et vide jusqu'à ce jour!»

J'ai entendu un sermon français qui finissait par ces paroles éloquentes et bizarres:

—«Mes frères, nous avons de tristes motifs de nous rappeler l'homme du 13 janvier. Les suites du crime du 13 janvier ont été en justes proportions avec l'énormité du forfait. Sans lui, n'eût pas été de 30 novembre, triste spectacle! Le forfait du 16 juin n'eût pas été commis, et l'homme du 16 juin n'eût pas, lui-même, existé. C'est à lui seul que nous devons le 3 septembre et le fatal 12 octobre. Serons-nous donc reconnaissants au 13 janvier, qui soumit au joug de la mort, vous et moi, et tout ce qui respire? Oui, mes frères, car c'est à lui que nous devons aussi le jour, qui ne fût jamais venu sans lui, le 25 décembre béni!»

Il serait peut-être bon de donner quelques explications, bien que, pour beaucoup de mes lecteurs, cela soit peu nécessaire. L'homme du 13 janvier est Adam. Le crime, à cette date, fut celui de la pomme mangée. Le désolant spectacle du 30 novembre est l'expulsion de l'Éden; le forfait du 16 juin, le meurtre d'Abel; l'événement du 3 septembre, le départ en exil de Caïn pour la terre de Nod; le 12 octobre, les derniers sommets de montagnes disparurent sous les eaux du déluge. Quand vous irez à l'église, en France, emportez un calendrier,—annoté.

L'ARTICLE DE M. BLOQUE

Notre honorable ami, M. John William Bloque, de Virginia City, entra dans le bureau du journal où je suis sous-directeur, à une heure avancée, hier soir. Son attitude exprimait une souffrance profonde et poignante. En poussant un grand soupir, il posa poliment sur mon bureau l'article suivant et se retira d'un pas discret. Un moment il s'arrêta sur la porte, parut lutter pour se rendre maître de son émotion et pouvoir parler, puis remuant la tête vers son manuscrit, il dit d'une voix entrecoupée: «Mes chers amis, quelle triste chose!» et fondit en larmes. Nous fûmes si émus de sa détresse que nous ne songeâmes à le rappeler et à essayer de le consoler qu'après qu'il eut disparu. Il était trop tard. Le journal était déjà à l'impression, mais, comprenant l'importance que notre ami devait attacher à la publication de son article, et dans l'espoir que le voir imprimé apporterait quelque mélancolique consolation à son cœur désolé, nous suspendîmes le tirage, et l'insérâmes dans nos colonnes:

«Désastreux accident: Hier soir, vers six heures, comme M. William Schuyler, un vieux et respectable citoyen de South Park, quittait sa maison pour descendre en ville, suivant sa coutume constante depuis des années, à l'unique exception d'un court intervalle au printemps de 1850, pendant lequel il dut garder le lit à la suite de contusions reçues en essayant d'arrêter un cheval emporté, et se plaçant imprudemment juste dans son sillage, les mains tendues et poussant des cris, ce que faisant il risquait d'accroître l'effroi de l'animal au lieu de modérer sa vitesse, bien que l'événement ait été assez désastreux pour lui, et rendu plus triste et plus désolant par la présence de sa belle-mère, qui était là et vit l'accident, quoiqu'il soit cependant vraisemblable, sinon indispensable, qu'elle eût dû se trouver en reconnaissance dans une autre direction, au moment d'un accident, n'étant pas, en général, très alerte et très à propos, mais tout le contraire, comme fut, dit-on, feu sa mère, morte avec l'espoir confiant d'une glorieuse résurrection, il y a trois ans passés, à l'âge de quatre-vingt-six, femme vraiment chrétienne et sans artifice, comme sans propriétés, par suite de l'incendie de 1849, qui détruisit tout ce qu'elle possédait au monde. Mais c'est la vie. Faisons tous notre profit de cet exemple solennel, nous efforçant d'agir de telle sorte que nous soyons prêts à bien mourir, quand le jour sera venu. Mettons la main sur notre cœur, et engageons-nous, avec une ardeur sincère, à nous abstenir désormais de tout breuvage enivrant.»

(*Le Calédonien. 1re édition.*)

Le rédacteur en chef vient d'entrer dans mon bureau, en s'arrachant les cheveux, brisant les meubles et me maltraitant comme un pickpocket. Il dit que chaque fois qu'il me confie le soin du journal pendant seulement une demi-heure, je m'en laisse imposer par le premier enfant ou le premier idiot qui se présente. Et il dit que ce désastreux article de M. Bloque n'est qu'un tissu de désastreuses stupidités, et ne rime à rien, et ne signifie rien, et n'a aucune valeur d'information, et qu'il n'était absolument pas nécessaire de suspendre le tirage pour le publier.

Voilà ce que c'est qu'avoir trop bon cœur. Si j'avais été désobligeant et désagréable, comme certaines gens, j'aurais dit à M. Bloque que je ne pouvais recevoir son article à une heure si tardive; mais non, ses pleurnichements de détresse touchèrent mon cœur, et je saisis l'occasion de soulager sa peine. Je ne lus pas même son article pour m'assurer qu'il pouvait passer, mais j'écrivis rapidement quelques lignes en tête, et je l'envoyai à l'impression. A quoi m'a servi ma bienveillance? A rien, qu'à attirer sur moi un orage de malédictions violentes et dithyrambiques.

Je vais lire cet article moi-même, et voir s'il y avait quelque raison de faire tant de tapage. Si oui, l'auteur entendra parler de moi.

Je l'ai lu et je crois pouvoir dire qu'il paraît un peu embrouillé à première vue. D'ailleurs je vais le relire.

Je l'ai relu. Et réellement il me semble un peu plus obscur qu'avant.

Je l'ai lu cinq fois. Mais si j'y comprends un mot, je veux être richement récompensé. Il ne supporte pas l'analyse. Il y a des passages incompréhensibles. Il ne dit pas ce qu'est devenu William Schuyler. Il en dit juste assez sur lui pour intéresser le lecteur à ce personnage, puis le laisse de côté. Qui est-ce, en somme, William Schuyler? Dans quelle partie de South Park habitait-il? S'il descendit en ville, à six heures, s'y arrêta-t-il? Si oui, que lui arriva-t-il? Est-ce lui, l'individu qui fut victime du désastreux accident? Considérant le luxe minutieux de détails qu'on observe dans cet article, il me semble qu'il devrait donner plus de renseignements qu'il ne fait. Au contraire, il est obscur. Non pas seulement obscur, tout à fait incompréhensible. La fracture de la jambe de M. Schuyler, quinze ans auparavant, est-ce là le désastreux accident qui plongea M. Bloque dans une affliction indescriptible, et le fit venir ici, à la nuit noire, pour suspendre notre tirage afin de communiquer au monde cet événement?—Ou bien, le «désastreux accident» est-ce la destruction des propriétés de la belle-mère de M. Schuyler, dans les temps anciens?—Ou encore la mort de cette dame, qui eut lieu il y a trois ans (bien qu'il ne paraisse pas qu'elle soit morte d'un accident)? En un mot, en quoi consiste le «désastreux accident»? Pourquoi cet âne bâté de Schuyler se plaça-t-il dans le sillage d'un cheval emporté, en criant et gesticulant, s'il prétendait l'arrêter? Et comment diable fit-il pour être renversé par un cheval qui était déjà devant lui? Et quel est l'exemple dont nous devons faire notre profit? Et comment cet extraordinaire chapitre d'absurdités peut-il renfermer un enseignement? Et, par-dessus tout, qu'est-ce que le «breuvage enivrant» vient faire là? On n'a pas dit que Schuyler buvait, ou sa femme, ou sa belle-mère, ou le cheval. Pourquoi, alors, cette allusion au «breuvage enivrant»? Il me semble que si M. Bloque avait laissé lui-même tranquille le «breuvage enivrant», il ne se serait jamais tourmenté de la sorte pour cet exaspérant et fantastique accident. J'ai relu et relu cet article absurde en faisant toutes les suppositions qu'il peut permettre, jusqu'à en avoir la tête qui tourne, mais je ne puis lui trouver ni tête ni queue. Il semble certain qu'il y a eu un accident de quelque nature, mais il est impossible de déterminer de quelle nature ou à qui il arriva. Je ne veux de mal à personne, mais je suis décidé à exiger que la prochaine fois qu'il arrivera quelque chose à l'un des amis de M. Bloque il accompagne son récit de notes explicatives qui me permettent de savoir exactement quelle sorte d'accident ce fut, et à qui il arriva. J'aimerais mieux voir mourir tous ses amis, que de me trouver à nouveau devenu aux trois quarts fou, en essayant de déchiffrer le sens de quelque autre semblable production.

UN ROMAN DU MOYEN ÂGE

CHAPITRE PREMIER

LE SECRET RÉVÉLÉ

Il était nuit. Le calme régnait dans le grand vieux château féodal de Klugenstein. L'an 1222 touchait à sa fin. Là-bas, au haut de la plus haute tour, une seule clarté luisait. Un conseil secret s'y tenait. Le sévère vieux lord de Klugenstein était assis dans une chaise d'apparat et plongé dans la méditation. Bientôt il dit, avec un accent de tendresse: «Ma fille!»

Un jeune homme de noble allure, vêtu, des pieds à la tête, d'une armure de chevalier, répondit: «Parlez, mon père.»

«Ma fille, le temps est venu de révéler le mystère qui pesa sur toute votre jeunesse. Ce mystère a sa source dans les faits que je vais aujourd'hui vous exposer. Mon frère Ulrich est le grand-duc de Brandenbourg. Notre père, à son lit de mort, décida que, si Ulrich n'avait pas d'héritier mâle, la succession reviendrait à ma branche, à condition que j'eusse un fils. En outre, au cas où ni l'un ni l'autre n'aurait de fils, mais aurait des filles seulement, l'héritage reviendrait à la fille d'Ulrich, si elle pouvait prouver un nom sans tache, sinon, ma fille serait l'héritière, pourvu qu'elle témoignât d'une conduite irréprochable. Ainsi, ma vieille femme et moi, nous priâmes avec ferveur pour obtenir la faveur d'un fils. Mais nos prières furent vaines. Vous naquîtes. J'étais désolé. Je voyais la richesse m'échapper, le songe splendide s'évanouir. Et j'avais eu tant d'espoir! Ulrich avait vécu cinq ans dans les liens du mariage, et sa femme ne lui avait donné aucun héritier de sexe quelconque.

«Mais, attention, me dis-je, tout n'est pas perdu. Un plan sauveur se dessinait dans mon esprit. Vous étiez née à minuit. Seuls le médecin, la nourrice, et six servantes savaient votre sexe. Je les fis pendre successivement en moins d'une heure de temps. Au matin, tous les habitants de la baronnie devinrent fous de joie en apprenant par les hérauts qu'un fils était né à Klugenstein, un héritier au puissant Brandenbourg! Et le secret a été bien gardé. Votre propre tante maternelle vous a nourrie, et jusqu'à maintenant nous n'avons eu aucune crainte...

«Quand vous aviez déjà dix ans, une fille naquit à Ulrich. Nous fûmes peinés, mais nous espérâmes dans le secours de la rougeole, des médecins ou autres ennemis naturels de l'enfance. Hélas! nous fûmes désappointés. Elle grandit et prospéra, le ciel la maudisse! Peu importe. Nous sommes tranquilles. Car, ha! ha! n'avons-nous pas un fils? Notre fils n'est-il pas le futur duc? Notre bien-aimé Conrad, n'est-ce pas exact? Car femme de vingt-huit ans que vous êtes, mon enfant, jamais un autre nom ne vous fut donné.

«Maintenant, voici le temps où la vieillesse s'est appesantie sur mon frère et il s'affaiblit. Le fardeau de l'État pèse lourdement sur lui, aussi veut-il que vous alliez le rejoindre et prendre les fonctions de duc, en attendant d'en avoir le nom. Vos serviteurs sont prêts. Vous partez ce soir.

«Écoutez-moi bien. Rappelez-vous chacun de mes mots. Il existe une loi aussi vieille que la Germanie, que si une femme s'assied un seul instant sur le grand trône ducal avant d'avoir été dûment couronnée en présence du peuple, elle mourra. Ainsi, retenez mes paroles. Affectez l'humilité. Prononcez vos jugements du siège du premier ministre, qui est placé au pied du trône. Agissez ainsi jusqu'au jour où vous serez couronnée et sauve. Il est peu probable que votre sexe soit jamais découvert, cependant il est sage de garder toutes les précautions possibles dans cette traîtreuse vie terrestre.

—«O mon père! c'est donc pour cela que ma vie tout entière est un mensonge! Pourquoi faut-il que je dépouille mon inoffensive cousine de ses droits? Épargnez-moi, mon père, épargnez votre enfant!»

—«Quoi! méchante! Voilà ma récompense pour la haute fortune que je vous ai préparée! Par les os de mon père, vos pleurnicheries sentimentales s'accordent mal avec mon humeur. Partez pour aller trouver le duc immédiatement et prenez garde de contrarier mes projets.»

Telle fut la conversation. Qu'il suffise de savoir que les prières, les supplications et les pleurs de l'aimable enfant furent inutiles. Ni cela ni rien ne pouvait toucher l'obstiné vieux seigneur de Klugenstein. Et ainsi, enfin, le cœur gros, la jeune fille vit les portes du château se fermer derrière elle, et se trouva, chevauchant dans la nuit, entourée d'une troupe armée de chevaliers vassaux, et d'une brave suite de serviteurs.

Après le départ de sa fille, le vieux baron demeura quelques minutes silencieux, puis se tournant vers sa femme triste, il dit:

«Madame, nos affaires semblent marcher très bien. Il y a trois mois pleins que j'envoyai l'habile et beau comte Detzin, avec sa mission diabolique, à la fille de mon frère, Constance. S'il échoue, nous n'aurons pas tout gagné, mais s'il réussit, nul pouvoir au monde n'empêchera notre fille d'être duchesse, quand même la mauvaise fortune voudrait qu'elle ne soit jamais duc.»

—«Mon cœur est plein d'appréhensions. Cependant tout peut encore réussir.»

—«Fi donc! Madame! laissez croasser les chouettes. Allons nous coucher et rêver de Brandenbourg et de sa grandeur!»

CHAPITRE II

FÊTES ET PLEURS

Six jours après les événements relatés dans le précédent chapitre, la brillante capitale du duché de Brandenbourg resplendissait de pompe militaire et retentissait des cris joyeux du peuple loyal. Conrad, le jeune héritier de la couronne, était arrivé. Le cœur du vieux duc débordait de joie, car la belle prestance de Conrad et ses façons gracieuses l'avaient séduit aussitôt. Les grandes salles du palais étaient remplies de seigneurs, qui reçurent Conrad noblement. Et l'avenir s'annonçait sous des couleurs si attrayantes et si heureuses que les craintes et les soucis du duc s'évanouissaient, et faisaient place à une confortable satisfaction.

Mais dans une salle reculée du palais se passait une scène bien différente. A une fenêtre se tenait la fille unique du duc, dame Constance. Ses yeux étaient rouges et gonflés, et pleins de pleurs. Elle était seule. Elle se remit à gémir et dit à haute voix:

«Le cruel Detzin est venu,—mon beau duché a disparu—je ne l'aurais cru jamais,—hélas! ce n'est que trop vrai!—Et je l'aimais, je l'aimais,—j'ai osé l'aimer, bien que sachant—que mon père le noble duc,—ne me permettrait pas de l'épouser!—Je l'ai aimé—je le hais.—Qu'est-il arrivé de moi?—Je suis folle, folle, folle!—Tout est maintenant perdu!—»

CHAPITRE III

L'INTRIGUE SE NOUE

Quelques mois passèrent.—Tout le peuple chantait les louanges du gouvernement du jeune Conrad. Chacun célébrait la sagesse de ses jugements, la clémence de ses arrêts, la modestie avec laquelle il s'acquittait de sa haute charge. Bientôt le vieux duc abandonna toutes choses entre ses mains, et, assis à part, écoutait avec une orgueilleuse joie son héritier rendre les sentences royales du siège du premier ministre. Il semblait qu'un prince aussi aimé et applaudi de tous que l'était le jeune Conrad ne pouvait être que très heureux. Mais, chose étrange, il ne l'était pas. Car il voyait avec effroi que la princesse Constance s'était éprise de lui. L'amour du reste du monde eût été pour lui une bonne fortune, mais celui-ci était lourd de dangers. Il voyait en outre le duc joyeux d'avoir découvert de son côté la passion de sa fille, et rêvant déjà d'un mariage. Chaque jour s'évanouissaient les nuages de tristesse qui avaient assombri les traits de la jeune fille, chaque jour l'espérance et l'enthousiasme luisaient plus clairs dans ses yeux. Et peu à peu d'errants sourires visitaient son visage si troublé jusqu'alors.

Conrad fut épouvanté! Il se reprochait amèrement d'avoir cédé à la sympathie qui lui avait fait rechercher la société d'une personne de son sexe quand il était nouveau venu et étranger dans le palais; mélancolique et soupirant vers une amitié que les femmes seules peuvent désirer ou éprouver. Il tâcha d'éviter sa cousine. Cela mit les choses au pis, car, naturellement, plus il l'évitait, plus elle cherchait ses rencontres. Il s'en étonna d'abord, puis s'en effraya. Ce fut une hantise, une chasse. Elle le surprenait en tous temps et partout, la nuit et le jour. Elle semblait singulièrement anxieuse. Il y avait un mystère quelque part.

Cela ne pouvait durer. C'était le sujet des conversations de tous. Le duc commençait à paraître perplexe. La frayeur et la détresse affreuse faisaient un spectre du pauvre Conrad. Un jour qu'il sortait d'une antichambre précédant la galerie des tableaux, Constance fut devant lui, et lui prenant les mains, s'écria:

«Oh! pourquoi me fuyez-vous? Qu'ai-je fait ou qu'ai-je dit, pour détruire votre bonne opinion sur moi? Car sûrement j'eus votre amitié. Ne me méprisez pas, Conrad, prenez en pitié mon cœur torturé. Je ne puis me taire plus longtemps. Le silence me tuerait. Je vous aime, Conrad! Méprisez-moi, si vous pouvez. Ces mots devaient être dits.»

Conrad était sans voix. Constance hésita un moment, puis, se méprenant sur ce silence, une joie sauvage brilla dans ses yeux; elle lui mit les bras autour du cou, en disant:

—«Vous cédez, vous cédez enfin. Vous pouvez m'aimer. Vous voulez m'aimer! O dites que vous le voulez, mon cher, mon adoré Conrad!»

Conrad poussa un gémissement. Une pâleur mortelle envahit ses traits. Il se mit à trembler comme une feuille de tremble. Puis, désespéré, il repoussa la jeune fille, en criant:

«Vous ne savez pas ce que vous demandez! C'est à jamais impossible.» Puis il s'enfuit comme un criminel, laissant la pauvre princesse muette de stupeur. Un instant après, tandis que, restée là, elle criait et sanglotait, Conrad criait et sanglotait dans sa chambre; tous deux étaient au désespoir. Tous deux voyaient la ruine devant leurs yeux.

Après quelque temps, Constance se releva lentement, et s'éloigna en disant:

«Ah! songer qu'il méprisait mon amour, au moment même où je croyais que son cœur cruel se laissait toucher! Je le hais! Il m'a repoussée, il m'a repoussée comme un chien!»

CHAPITRE IV

L'EFFROYABLE RÉVÉLATION

Le temps passa. La tristesse fut à nouveau gravée pour toujours sur les traits de la fille du bon duc. On ne vit plus désormais ensemble elle et Conrad. Le duc s'en affligea. Mais avec les semaines successives, les couleurs revinrent aux joues de Conrad, son ancienne vivacité brilla dans ses yeux, il continua à administrer le royaume avec une sagesse lucide et mûrissante chaque jour.

Un bruit étrange, bientôt, se glissa dans le palais. Il grandit, et se propagea. Les racontars de la cité le répandirent. Il pénétra dans tout le duché. Et l'on entendait chuchoter: «La dame Constance a donné naissance à un fils?»

Quand ce bruit parvint aux oreilles du seigneur de Klugenstein, il agita par trois fois son casque à panache autour de sa tête, en criant:

«Longue vie au duc Conrad! Los! Sa couronne est sûre maintenant. Detzin s'est acquitté de sa mission. Le brave scélérat a bien mérité sa récompense!»

Il partit semer la nouvelle au large et au loin. Pendant quarante-huit heures, il n'y eut pas une âme dans la baronnie qui ne dansât et ne chantât, ne banquetât et n'illuminât, pour célébrer le grand événement, le tout aux frais généreux et gais du vieux Klugenstein.

CHAPITRE V

CATASTROPHE ÉPOUVANTABLE

Le procès était en cours. Tous les hauts seigneurs et les barons de Brandenbourg étaient assemblés dans la salle de justice du palais ducal. Pas une place inoccupée où un spectateur pût se tenir assis ou debout. Conrad, vêtu de pourpre et d'hermine, siégeait dans la chaire du ministre; de chaque côté s'alignaient les grands juges du royaume. Le vieux duc avait sévèrement commandé que le procès de sa fille fût jugé sans faveur aucune, puis avait gagné son lit le cœur brisé. Ses jours étaient comptés. Le pauvre Conrad avait supplié, comme pour sa propre vie, qu'on lui épargnât la douleur de juger le crime de sa cousine, mais en vain.

Le plus triste cœur de la nombreuse assemblée était dans la poitrine de Conrad.

Le plus joyeux dans celle de son père. Car sans être vu de sa fille Conrad, le vieux baron Klugenstein était venu; il était dans la foule des nobles, triomphant de la fortune grandissante de sa maison.

Les hérauts avaient fait les proclamations en forme. Les autres préliminaires étaient terminés. Le vénérable ministre de la justice prononça:

«Accusée, levez-vous!»

L'infortunée princesse se leva, et se tint, visage découvert, devant la foule assemblée. Le président continua:

«Très noble dame, devant les grands juges de ce royaume, il a été déposé et prouvé que, en dehors des liens sacrés du mariage, Votre Grâce a donné naissance à un fils. De par nos anciennes lois, la peine applicable est la mort. Un seul secours vous reste, dont Sa Grâce le duc régnant, notre bon seigneur Conrad, va vous faire part solennellement. Prêtez attention.»

Conrad, à contre-cœur, étendit son sceptre, en même temps que, sous sa robe, son cœur de femme s'apitoyait sur le sort de la malheureuse prisonnière. Des pleurs vinrent à ses yeux. Il ouvrit la bouche pour parler; mais le ministre de la justice lui dit précipitamment:

«Non de là, Votre Grâce, non de là! Il n'est pas légal de prononcer une sentence contre une personne de race ducale, sinon du trône ducal!»

Le cœur du pauvre Conrad frissonna. Un tremblement secoua la carcasse en fer du vieux baron de Klugenstein. Conrad n'était pas encore couronné! Oserait-il profaner le trône? Il hésita et se détourna, pâle d'effroi. Mais il le fallait. Des yeux, déjà, s'étonnaient vers lui. S'il hésitait plus longtemps, ils se changeraient en yeux soupçonneux. Il gravit les degrés du trône. Puis il étendit le sceptre et dit:

«Accusée, au nom de notre souverain seigneur Ulrich, duc de Brandenbourg, je m'acquitte de la charge solennelle qui m'a été dévolue. Écoutez-moi. De par l'antique loi de la nation, vous n'échapperez à la mort qu'en produisant et livrant au bourreau le complice de votre crime. Prenez cette chance de salut. Sauvez-vous, tant que cela vous est possible; nommez le père de votre enfant!»

Un silence solennel tomba sur la cour suprême, un silence si profond que l'on pouvait entendre battre les cœurs. La princesse lentement se tourna, les yeux brillants de haine, et pointant son index droit vers Conrad, elle dit:

«C'est toi qui es cet homme.»

La désolante conviction d'un péril sans secours et sans espoir fit passer au cœur de Conrad un frisson tel que celui de la mort. Quel pouvoir au monde pouvait le sauver? Pour se disculper, il devait révéler qu'il était une femme, et pour une femme non couronnée, s'être assise sur le trône, c'était la mort. D'un seul et simultané mouvement, lui et son farouche vieillard de père s'évanouirent et tombèrent sur le sol.

On ne trouvera pas ici, ni ailleurs, la suite de ce palpitant et dramatique récit, pas plus aujourd'hui que jamais.

La vérité est que j'ai placé mon héros (ou mon héroïne) dans une situation si particulièrement sans issue que je ne vois nul moyen possible de le (ou la) faire s'en sortir. Et d'ailleurs je me lave les mains de toute l'affaire. C'est à cette personne de trouver la façon de s'en tirer,—ou bien d'y rester. Je pensais d'abord pouvoir dénouer aisément cette petite difficulté, mais j'ai changé d'avis.

UN RÊVE BIZARRE

L'avant-dernière nuit, j'eus un rêve singulier. Il me parut que j'étais assis au seuil d'une porte (peut-être dans une ville indéterminée), en train de songer. Il pouvait être minuit ou une heure. La saison était embaumée et délicieuse. Aucun bruit humain dans l'air, pas même celui d'un pas. Il n'y avait nul son de quelque sorte pour accentuer le profond silence, excepté parfois le rauque aboiement d'un chien dans le voisinage, et l'écho plus faible d'un chien lointain. Tout à coup, en haut de la rue, j'ouïs un claquement d'osselets, et supposai les castagnettes d'une troupe en sérénade. Une minute plus tard, un grand squelette, encapuchonné, à moitié vêtu d'un linceul dépenaillé et moisi, dont les lambeaux flottaient sur les côtes treillagées de sa carcasse, vint vers moi à majestueuses enjambées, et disparut dans la lueur douteuse de la nuit sans lune. Il avait sur les épaules un cercueil brisé et vermoulu, et un paquet dans la main. Je compris d'où venait le claquement. C'étaient les articulations du personnage qui jouaient, et ses coudes qui, dans la marche, frappaient contre ses côtes. Je puis dire que je fus surpris. Mais avant d'avoir retrouvé mes esprits, et d'avoir pu rien conjecturer sur ce que pouvait présager cette apparition, j'en entendis un autre venir, car je reconnus le claquement. Celui-ci avait sur l'épaule deux tiers d'un cercueil, et sous le bras quelques planches de tête et de pieds. J'aurais bien voulu regarder sous son capuchon et lui parler, mais quand il se tourna pour me sourire au passage, de ses orbites caverneux et de sa mâchoire qui ricanait, je n'eus plus envie de le retenir. Il avait à peine passé, que j'entendis à nouveau le claquement, et un autre spectre sortit de la clarté douteuse. Ce dernier marchait courbé sous une lourde pierre tombale, et derrière lui, par une ficelle, tirait un cercueil sordide. Quand il fut auprès, il me regarda fixement le temps d'une ou deux minutes, puis, se retournant, me tendit le dos:

—«Un coup de main, camarade, pour me décharger, s'il vous plaît.»

Je soutins la pierre jusqu'à ce qu'elle reposât sur le sol. Et je remarquai le nom gravé: «John Baxter Copmanhurst.—Mai 1839.» C'était la date de la mort. Le défunt s'assit, épuisé, à mon côté, et prit son maxillaire inférieur pour s'essuyer l'os frontal,—sûrement, pensai-je, par vieille habitude, car je ne vis après sur le maxillaire aucune trace de sueur.

—«C'est trop, c'est trop», dit-il, ramenant sur lui les débris de son linceul, et posant pensivement sa mâchoire sur sa main. Il mit ensuite son pied gauche sur son genou, et se mit distraitement à se gratter la cheville, avec un clou rouillé qu'il tira de son cercueil.

—«Qu'est-ce qui est trop, mon ami?» dis-je.

—«Tout, tout est trop. Il y a des moments où je voudrais presque n'être jamais mort.»

—«Vous m'étonnez. Que dites-vous là? Quelque chose va-t-il mal? Quoi donc?»

—«Quoi donc? regardez ce linceul,—une ruine; cette pierre,—toute fendue; regardez cet abominable vieux cercueil! Tout ce qu'un homme possède au monde s'en va en morceaux et en débris sous ses yeux, et vous demandez: «Qu'y a-t-il? Ah! Sang et tonnerre!»

—«O mon cher, calmez-vous, dis-je. Vous avez raison. C'est trop. Je ne supposais pas, à vrai dire, que ces détails vous préoccupassent, dans votre actuelle situation.»

—«Ils me préoccupent, cher Monsieur. Mon orgueil est blessé. Mon confort, détruit, anéanti, devrais-je dire. Tenez, laissez-moi vous conter l'histoire. Je vais vous exposer mon cas. Vous comprendrez parfaitement bien si vous voulez m'écouter.»

Le pauvre squelette, ce disant, jetait en arrière le capuchon de son linceul, comme énergiquement décidé. Cela lui donna, sans qu'il s'en doutât, un air pimpant et gracieux, très peu d'accord avec son actuelle situation dans la vie,—pour ainsi parler,—et d'un contraste absolu avec sa désastreuse humeur.

—«Allons-y», fis-je.

—«Je réside dans ce damné vieux cimetière que vous voyez là-haut, à deux ou trois pâtés de maisons d'ici, dans la rue,—allons bon! j'étais sûr que ce cartilage allait partir,—la troisième côte en partant du bas, cher Monsieur, attachez-le par le bout à mon épine dorsale, avec une ficelle, si vous en avez une sur vous. Un bout de fil d'argent serait à vrai dire beaucoup plus seyant, et plus durable, et plus agréable, quand on l'entretient bien reluisant. Penser qu'on s'en va ainsi par morceaux, à cause de l'indifférence et de l'abandon de ses descendants!» Et le pauvre spectre grinça des dents, d'une façon qui me secoua et me fit frissonner, car l'effet est puissamment accru par l'absence de chair et de peau pour l'atténuer.—«J'habite donc ce vieux cimetière, depuis trente ans. Et je vous assure que les choses ont bien changé depuis le jour où je vins reposer là ma vieille carcasse usée, et me retirer des affaires, et où je me couchai pour un long sommeil, avec la sensation exquise d'en avoir fini pour toujours et pour toujours avec les soucis, les ennuis, les troubles, le doute, la crainte. Mon impression de confortable et de satisfaction s'accroissait à entendre le bruit du fossoyeur au travail, depuis le choc précurseur de la première pelletée de terre sur le cercueil, jusqu'au murmure atténué de la pelle disposant à petits coups le toit de ma nouvelle maison,— délicieux! Je voudrais, mon cher, que vous éprouviez, cette nuit même, cette impression!» Et pour me tirer de ma rêverie, le défunt m'appliqua une claque de sa rude main osseuse.

—«Oui, Monsieur, il y a trente ans, je me couchai là, et je fus heureux. C'était loin dans la campagne, alors, loin dans les grands vieux bois de brises et de fleurs. Le vent paresseux babillait avec les feuilles. L'écureuil batifolait au-dessus et près de nous. Les êtres rampants nous visitaient. Les oiseaux charmaient de leur voix la solitude paisible. On aurait donné dix ans de sa vie pour mourir à ce moment-là. Tout était parfait. J'étais dans un bon voisinage, car tous les morts qui vivaient à côté de moi appartenaient aux meilleures familles de la cité. Notre postérité paraissait faire le plus grand cas de nous. Nos tombes étaient entretenues dans les meilleures conditions; les haies toujours bien soignées; les plaques d'inscription peintes ou badigeonnées, et remplacées aussitôt qu'elles se rouillaient ou s'abîmaient; les monuments tenus très propres; les grilles solides et nettes; les rosiers et les arbustes, échenillés, artistement disposés, sans défaut; les sentiers ratissés et ensablés. Ces jours ne sont plus. Nos descendants nous ont oubliés. Mon petit-fils habite la somptueuse demeure construite des deniers amassés par ces vieilles mains que voilà. Et je dors dans un tombeau abandonné, envahi par la vermine qui troue mon linceul pour en construire ses nids! Moi et mes amis qui sont là, nous avons fondé et assuré la prospérité de cette superbe cité, et les opulents marmots de nos cœurs nous laissent pourrir dans un cimetière en ruines, insultés de nos voisins, et tournés en dérision par les étrangers. Voyez la différence entre le vieux temps et le temps présent. Nos tombes sont toutes trouées; les inscriptions se sont pourries et sont tombées. Les grilles trébuchent d'ici et de là, un pied en l'air, d'après une mode d'invraisemblable équilibre. Nos monuments se penchent avec lassitude. Nos pierres tombales secouent leurs têtes découragées. Il n'y a plus d'ornements, plus de roses, plus de buissons, plus de sentiers ensablés, plus rien pour réjouir les yeux. Même les vieilles barrières en planches déteintes qui avaient l'air de nous protéger de l'approche des bêtes et du mépris des pas insouciants ont vacillé jusqu'au moment où elles se sont abattues sur le bord de la rue, paraissant ne plus servir qu'à signaler la présence de notre lugubre champ de repos pour attirer sur nous les railleries. Et nous ne pouvons plus songer à cacher notre misère et nos haillons dans les bois amis, car la cité a étendu ses bras flétrissants au loin et nous y a enserrés. Tout ce qui reste de la joie de notre séjour ancien, c'est ce bouquet d'arbres lugubres, qui se dressent, ennuyés et fatigués du voisinage de la ville, avec leurs racines en nos cercueils, regardant là-bas dans la brume, et regrettant de n'y être pas. Je vous dis que c'est désolant!

«Vous commencez à comprendre. Vous voyez la situation. Tandis que nos héritiers mènent une vie luxueuse avec notre argent, juste autour de nous dans la cité, nous avons à lutter ferme pour garder ensemble crâne et os. Dieu vous bénisse! il n'y a pas un caveau dans le cimetière qui n'ait des fuites,— pas un. Chaque fois qu'il pleut, la nuit, nous devons escalader notre fosse pour aller percher sur les arbres; parfois même, nous sommes réveillés en sursaut par l'eau glacée qui ruisselle dans le dos de notre cou. C'est alors, je vous assure, une levée générale hors des vieux tombeaux, une ruée de squelettes vers les arbres. Ah! malheur! vous auriez pu venir ces nuits-là, après minuit. Vous auriez vu une cinquantaine de nous perchés sur une jambe, avec nos os heurtés d'un bruit lugubre et le vent soufflant à travers nos côtes! Souvent nous avons perché là trois ou quatre mortelles heures, puis nous descendions, raidis par le froid, morts de sommeil, obligés de nous prêter mutuellement nos crânes pour écoper l'eau de nos fosses. Si vous voulez bien jeter un coup d'œil dans ma bouche, pendant que je tiens la tête en arrière, vous pouvez voir que ma boîte crânienne est à moitié pleine de vieille boue desséchée. Dieu sait combien cela me rend balourd et stupide, à certains moments! Oui, Monsieur, s'il vous était arrivé parfois de venir ici juste avant l'aurore, vous nous auriez trouvés en train de vider l'eau de nos fosses et d'étendre nos linceuls sur les haies pour les faire sécher. Tenez, j'avais un linceul fort élégant. On me l'a volé comme cela. Je soupçonne du vol un individu nommé Smith, qui habite un cimetière plébéien par là-bas; je le soupçonne parce que la première fois que je le vis il n'avait rien sur le corps qu'une méchante chemise à carreaux, et à notre dernière rencontre (une réunion corporative dans le nouveau cimetière), il était le cadavre le mieux mis de l'assemblée. Il y a ceci, en outre, de significatif, qu'il est parti quand il m'a vu. Dernièrement, une vieille femme a aussi perdu son cercueil. Elle le prenait d'ordinaire avec elle, quand elle allait quelque part, étant sujette à s'enrhumer et à ressentir de nouvelles attaques du rhumatisme spasmodique dont elle était morte, pour peu qu'elle s'exposât à l'air frais de la nuit. Elle s'appelait Hotchkiss, Anne Mathilde Hotchkiss. Peut-être vous la connaissez. Elle a deux dents à la mâchoire supérieure, sur le devant; elle est grande, mais très courbée. Il lui manque une côte à gauche, elle a une touffe de cheveux moisis sur la gauche de la tête, deux autres mèches, l'une au-dessus, l'autre en arrière de l'oreille droite; sa mâchoire inférieure est ficelée d'un côté, car l'articulation jouait; il lui manque un morceau d'os à l'avant-bras gauche, perdu dans une dispute; sa démarche est hardie et elle a une façon fort délurée d'aller avec ses poings sur les hanches, et le nez à l'air. Elle a dû être jolie et fort gracieuse, mais elle est tout endommagée et démolie, à tel point qu'elle ressemble à un vieux panier d'osier hors d'usage. Vous l'avez probablement rencontrée?»

—«Dieu m'en préserve!» criai-je involontairement. Car je ne m'attendais pas à cette question, qui me prit à l'improviste. Mais je me hâtai de m'excuser de ma rudesse, et dis que je voulais seulement faire entendre «que je n'avais pas eu l'honneur...»—«car je ne voudrais pas me montrer incivil en parlant d'une amie à vous... Vous disiez qu'on vous avait volé...

C'est honteux, vraiment... On peut conjecturer par le morceau de linceul qui reste qu'il a dû être fort beau dans son temps. Combien...»

Une expression vraiment spectrale se dessina graduellement sur les traits en ruine et les peaux desséchées de la face de mon interlocuteur. Je commençais à me sentir mal à l'aise, et en détresse, quand il me dit qu'il essayait seulement d'esquisser un aimable et gai sourire, avec un clignement d'œil pour me suggérer que, vers le temps où il acquit son vêtement actuel, un squelette du cimetière à côté perdit le sien. Cela me rassura, mais je le suppliai dès lors de s'en tenir aux paroles, parce que son expression faciale était ambiguë. Même avec le plus grand soin, ses sourires risquaient de faire long feu. Le sourire était ce dont il devait le plus se garder. Ce qu'il croyait honnêtement devoir obtenir un brillant succès n'était capable de m'impressionner que dans un sens tout différent. «Je ne vois pas de mal, ajoutai-je, à ce qu'un squelette soit joyeux, disons même décemment gai, mais je ne pense pas que le sourire soit l'expression convenable pour son osseuse physionomie.»

—«Oui, mon vieux, dit le pauvre squelette, les faits sont tels que je vous les ai exposés. Deux de ces vieux cimetières, celui où je résidais, et un autre, plus éloigné, ont été délibérément abandonnés par nos descendants actuels, depuis qu'on n'y enterre plus. Sans parler du déconfort ostéologique qui en résulte,—et il est difficile de n'en pas parler en cette saison pluvieuse,—le présent état de choses est ruineux pour les objets mobiliers. Il faut nous résoudre à partir ou à voir nos effets abîmés et détruits complètement. Vous aurez peine à le croire, c'est pourtant la vérité: il n'y a pas un seul cercueil en bon état parmi toutes mes connaissances. C'est un fait absolu. Je ne parle pas des gens du commun, qui viennent ici dans une boîte en sapin posée sur un brancard; mais de ces cercueils fashionables, montés en argent, vrais monuments qui voyagent sous des panaches de plumes noires en tête d'une procession et peuvent choisir leur caveau. Je parle de gens comme les Jarvis, les Bledso, les Burling et autres. Ils sont tous à peu près ruinés. Ils tenaient ici le haut du pavé. Maintenant, regardez-les. Réduits à la stricte misère. Un des Bledso a vendu dernièrement son marbre à un ancien cafetier contre quelques copeaux secs pour mettre sous sa tête. Je vous jure que le fait est significatif. Il n'y a rien qui pour un cadavre ait autant de prix que son monument. Il aime à relire l'inscription. Il passe des heures à songer sur ce qui est dit de lui; vous pouvez en voir qui demeurent des nuits assis sur la haie, se délectant à cette lecture. Une épitaphe ne coûte pas cher, et procure à un pauvre diable un tas de plaisirs après sa mort, surtout s'il a été malheureux vivant. Je voudrais qu'on en usât davantage. Maintenant, je ne me plains pas, mais je crois, en confidence, que ce fut un peu honteux de la part de mes descendants de ne me donner que cette vieille plaque de pierre, d'autant plus que l'inscription n'était guère flatteuse. Il y avait ces mots écrits:

«Il a eu la récompense qu'il méritait.»

Je fus très fier, au premier abord, mais avec le temps, je remarquai que lorsqu'un de mes vieux amis passait par là, il posait son menton sur la grille, allongeait la face, et se mettait à rire silencieusement, puis s'éloignait, d'un air confortable et satisfait. J'ai effacé l'inscription pour faire pièce à ces vieux fous. Mais un mort est toujours orgueilleux de son monument. Voilà que viennent vers nous une demi-douzaine de Jarvis, portant la pierre familiale. Et Smithers vient de passer, il y a quelques minutes, avec des spectres embauchés pour porter la sienne.—Eh! Higgins! bonjour, mon vieux!—C'est Meredith Higgins,—mort en 1844,—un voisin de tombe, vieille famille connue,—sa bisaïeule était une Indienne—je suis dans les termes les plus intimes avec lui.—Il n'a pas entendu, sans quoi il m'aurait bien répondu. J'en suis désolé. J'aurais été ravi de vous présenter. Il eût fait votre admiration. C'est le plus démoli, le plus cassé, le plus tors vieux squelette que vous ayez jamais vu, mais plein d'esprit. Quand il rit, vous croiriez qu'on râcle deux pierres l'une sur l'autre, et il s'arrête régulièrement avec un cri aigu qui imite à s'y méprendre le grincement d'un clou sur un carreau.—Hé! Jones!—C'est le vieux Colombus Jones. Son linceul a coûté quatre cents dollars. Le trousseau entier, monument compris, deux mille sept cents. C'était au printemps de 1826. Une somme énorme pour ce temps-là. Des morts vinrent de partout, depuis les monts Alleghanies, par curiosité. Le bonhomme qui occupait le tombeau voisin du mien se le rappelle parfaitement. Maintenant regardez cet individu qui s'avance avec une planche à épitaphe sous le bras. Il lui manque un os de la jambe au-dessus du genou. C'est Barstow Dalhousie. Après Colombus Jones, c'était la personne la plus somptueusement mise qui entra dans notre cimetière. Nous partons tous. Nous ne pouvons pas supporter la manière dont nous traitent nos descendants. Ils ouvrent de nouveaux cimetières, mais nous abandonnent à notre ignominie. Ils entretiennent les rues, mais ne font jamais de réparations à quoi que ce soit qui nous concerne ou nous appartienne. Regardez ce mien cercueil. Je puis vous assurer que dans son temps c'était un meuble qui aurait attiré l'attention dans n'importe quel salon de la ville. Vous pouvez le prendre si vous voulez. Je ne veux pas faire les frais de remise à neuf. Mettez-y un autre fond, changez une partie du dessus, remplacez la bordure du côté gauche, et vous aurez un cercueil presque aussi confortable que n'importe quel objet analogue. Ne me remerciez point. Ce n'est pas la peine. Vous avez été civil envers moi, et j'aimerais mieux vous donner tout ce que je possède que de paraître ingrat. Ce linceul est lui aussi quelque chose de charmant dans l'espèce. Si vous le désirez... Non... très bien... comme vous voudrez... Je ne disais cela que par correction et générosité. Il n'y a rien de bas chez moi. Au revoir, mon cher. Je dois partir. Il se peut que j'aie un bon bout de chemin à faire cette nuit, je n'en sais rien. Ce que je sais, c'est que je suis en route pour l'exil et que je ne dormirai jamais plus dans ce vieux cimetière décrépit. J'irai jusqu'à ce que je rencontre un séjour convenable, quand même je devrais marcher jusqu'à New-Jersey. Tous les gars s'en vont. La décision a été prise en réunion publique, la nuit dernière, d'émigrer, et au lever du soleil il ne restera pas un os dans nos vieilles demeures. De pareils cimetières peuvent convenir à mes amis les vivants, mais ils ne conviennent pas à la dépouille mortelle qui a l'honneur de faire ces remarques. Mon opinion est l'opinion générale. Si vous en doutez, allez voir comment les spectres qui partent ont laissé les choses en quittant. Ils ont été presque émeutiers dans leurs démonstrations de dégoût. Hé là!—Voilà quelques-uns des Bledso; si vous voulez me donner un coup de main pour mon marbre, je crois bien que je vais rejoindre la compagnie et cheminer cahin-caha avec eux.—Vieille famille puissamment respectable, les Bledso. Ils ne sortaient jamais qu'avec six chevaux attelés à leur corbillard, et tout le tralala, il y a cinquante ans, quand je me promenais dans ces rues de jour. Au revoir, mon vieux.»

Et avec sa pierre sur l'épaule, il rejoignit la procession effrayante, traînant derrière lui son cercueil en lambeaux, car bien qu'il me pressât si chaleureusement de l'accepter, je refusai absolument son hospitalité. Je suppose que durant deux bonnes heures ces lugubres exilés passèrent, castagnettant, chargés de leurs affreux bagages, et, tout le temps je restai assis, à les plaindre. Un ou deux des plus jeunes et des moins démolis s'informaient des trains de nuit, mais les autres paraissaient ignorants de ce mode de voyager, et se renseignaient simplement sur les routes publiques allant à telle ou telle ville, dont certaines ne sont plus sur les cartes maintenant, et en disparurent, et de la terre, il y a trente ans, et dont certaines jamais n'ont existé que sur les cartes, et d'autres, plus particulières, seulement dans les agences de terrains à constructions futures.—Et ils questionnaient sur l'état des cimetières dans ces villes, et sur la réputation des citoyens au point de vue de leur respect pour les morts.

Tout cela m'intéressait profondément et excitait aussi ma sympathie pour ces pauvres gens sans maison. Tout cela me paraissait réel, car je ne savais pas que ce fût un rêve. Aussi j'exprimai à l'un de ces errants en linceul une idée qui m'était venue en tête, de publier un récit de ce curieux et très lamentable exode. Je lui avouai en outre que je ne saurais le décrire fidèlement, et juste suivant les faits, sans paraître plaisanter sur un sujet grave, et montrer une irrévérence à l'égard des morts, qui choquerait et affligerait, sans doute, leurs amis survivants.—Mais cet aimable et sérieux débris de ce qui fut un citoyen se pencha très bas sur mon seuil et murmura à mon oreille:

—«Que cela ne vous trouble pas. La communauté qui peut supporter des tombeaux comme ceux que nous quittons peut supporter quoi que l'on dise sur l'abandon et l'oubli où l'on laisse les morts qui y sont couchés.»

Au moment même, un coq chanta. Et le cortège fantastique s'évanouit, ne laissant derrière lui ni un os ni un haillon. Je m'éveillai et me trouvai couché avec la tête hors du lit penchée à un angle considérable. Cette position est excellente pour avoir des rêves enfermant une morale, mais aucune poésie[C].

SUR LA DÉCADENCE DANS L'ART DE MENTIR

(Essai lu et présenté à une réunion du Cercle d'Histoire et d'Antiquité, à Hartford.)

Tout d'abord, je ne prétends pas avancer que la *coutume* de mentir ait souffert quelque décadence ou interruption. Non, car le mensonge, en tant que vertu et principe, est éternel. Le mensonge, considéré comme une récréation, une consolation, un refuge dans l'adversité, la quatrième grâce, la dixième muse, le meilleur et le plus sûr ami de l'homme, est immortel et ne peut disparaître de la terre tant que ce Cercle existera. Mes doléances ont trait uniquement à la décadence dans l'*art* de mentir. Aucun homme de haute intelligence et de sentiments droits ne peut considérer les mensonges lourds et *laids* de nos jours sans s'attrister de voir un art noble ainsi prostitué. En présence de vous, vétérans, j'aborde naturellement le sujet avec circonspection. C'est comme si une vieille fille voulait donner des conseils de nourrice aux matrones d'Israël. Il ne me conviendrait pas de vous critiquer, messieurs; vous êtes presque tous mes aînés,—et mes supérieurs à ce point de vue. Ainsi, que je vous paraisse le faire ici ou là, j'ai la confiance que ce sera presque toujours plutôt pour admirer que pour contredire. Et vraiment, si le plus beau des beaux-arts avait été partout l'objet du même zèle, des mêmes encouragements, *de la même* pratique consciencieuse et progressive, que ce Cercle lui a dévoués, je n'aurais pas besoin de proférer cette plainte ou de verser un seul pleur. Je ne dis point cela pour flatter. Je le dis dans un esprit de juste et loyale appréciation. (J'avais l'intention, à cet endroit, de citer des noms et des exemples à l'appui, mais des conseils dont je devais tenir compte m'ont poussé à ne pas faire de personnalités et à m'en tenir au général.)

Aucun fait n'est établi plus solidement que celui-ci: Il y a des circonstances où le mensonge est nécessaire. Il s'ensuit, sans qu'il soit nécessaire de l'ajouter, qu'il est alors une vertu. Aucune vertu ne peut atteindre son point de perfection sans une culture soigneuse et diligente. Il va donc sans dire que celle-là devrait être enseignée dans les écoles publiques, au foyer paternel, et même dans les journaux. Quelle chance peut avoir un menteur ignorant et sans culture, en face d'un menteur instruit et d'expérience? Quelle chance puis-je avoir, par exemple, contre M. Per..., contre un homme de loi? Ce qu'il nous faut, c'est un mensonge judicieux. Je pense parfois qu'il serait même meilleur et plus sûr de ne pas mentir du tout que de mentir d'une façon peu judicieuse. Un mensonge maladroit, non scientifique, est souvent aussi fâcheux qu'une vérité.

Voyons maintenant ce que disent les philosophes. Rappelez-vous l'antique proverbe: Les enfants et les fous disent *toujours* la vérité. La déduction est claire. Les adultes et les sages ne la disent *jamais*. L'historien Parkman prétend quelque part: «Le principe du vrai peut lui-même être poussé à l'absurde.» Dans un autre passage du même chapitre, il ajoute: «C'est une vieille vérité que la vérité n'est pas toujours bonne à dire. Ceux qu'une conscience corrompue entraîne à violer habituellement ce principe sont des sots dangereux.» Voilà un langage vigoureux et juste. Personne ne pourrait vivre avec celui qui dirait habituellement la vérité. Mais, grâce à Dieu, on ne le rencontre jamais. Un homme régulièrement véridique est tout bonnement une créature impossible. Il n'existe pas. Il n'a jamais existé. Sans doute, il y a des gens qui croient ne mentir jamais. Mais il n'en est rien. Leur ignorance est une des choses les plus honteuses de notre prétendue civilisation. Tout le monde ment. Chaque jour. A chaque heure. Éveillé. Endormi. Dans les rêves, dans la joie, dans le deuil. Si la langue reste immobile, les mains, les pieds, les yeux, l'attitude cherchent à tromper—et de propos délibéré. Même dans les sermons..., mais cela est une platitude.

Dans un pays lointain, où j'ai vécu jadis, les dames avaient l'habitude de rendre des visites un peu partout, sous le prétexte aimable de se voir les unes les autres. De retour chez elles, elles s'écriaient joyeusement: «Nous avons fait seize visites, dont quatorze où nous n'avons rien trouvé», ne voulant pas signifier par là qu'elles auraient voulu trouver quelque chose de fâcheux. C'était une phrase usuelle pour dire que les gens étaient sortis. Et la façon de dire indiquait une intense satisfaction de ce fait. Le désir supposé de voir ces personnes, les quatorze d'abord, puis les deux autres, chez qui l'on avait été moins heureux, n'était qu'un mensonge sous la forme habituelle et adoucie, que l'on aura suffisamment définie en l'appelant une vérité détournée. Est-il excusable? Très certainement. Il est beau. Il est noble. Car il n'a pas d'autre but et d'autre profit que de faire plaisir aux seize personnes. L'homme véridique, à l'âme de bronze, dirait carrément ou ferait entendre qu'il n'avait nul besoin de voir ces gens. Il serait un âne, il causerait une peine tout à fait sans nécessité. Ainsi les dames de ce pays. Mais n'ayez crainte. Elles avaient mille façons charmantes de mentir, inspirées par leur amabilité, et qui faisaient le plus grand honneur à leur intelligence et à leur cœur. Laissez donc dire les gens.

Les hommes de ce pays lointain étaient tous menteurs, sans exception. Jusqu'à leur «Comment allez-vous?» qui était un mensonge. Car ils ne se souciaient pas du tout de savoir comment vous alliez, sinon quand ils étaient entrepreneurs des pompes funèbres. La plupart du temps aussi, on mentait en leur répondant. On ne s'amusait pas, avant de répondre, à faire une étude consciencieuse de sa santé, mais on répondait au hasard presque toujours tout à faux. Vous mentiez par exemple à l'entrepreneur, et lui disiez que votre santé était chancelante. C'était un mensonge très recommandable, puisqu'il ne vous coûtait rien, et faisait plaisir à l'autre. Si un étranger venait vous rendre visite et vous déranger, vous lui disiez chaleureusement: «Je suis heureux de vous voir», tandis que vous pensiez tout au fond du cœur: «Je voudrais que tu fusses chez les cannibales et que ce fût l'heure du dîner.» Quand il partait vous disiez avec regret: «Vous partez déjà!» et vous ajoutiez un «Au revoir!» mais il n'y avait là rien de mal. Cela ne trompait et ne blessait personne. La vérité dite, au contraire, vous eût tous les deux rendus malheureux.

Je pense que tout ce mentir courtois est un art charmant et aimable, et qui devrait être cultivé. La plus haute perfection de la politesse n'est qu'un superbe édifice, bâti, de la base au sommet, d'un tas de charitables et inoffensifs mensonges, gracieusement disposés et ornementés.

Ce qui me désole, c'est la prévalence croissante de la vérité brutale. Faisons tout le possible pour la déraciner. Une vérité blessante ne vaut pas mieux qu'un blessant mensonge. L'un ni l'autre ne devrait jamais être prononcé. L'homme qui profère une vérité fâcheuse, serait-ce même pour sauver sa vie, devrait réfléchir qu'une vie comme la sienne ne vaut pas rigoureusement la peine d'être sauvée. L'homme qui fait un mensonge pour rendre service à un pauvre diable est un de qui les anges disent sûrement: «Gloire à cet être héroïque! Il s'expose à se mettre en peine pour tirer de peine son voisin. Que ce menteur magnanime soit loué!»

Un mensonge fâcheux est une chose peu recommandable. Une vérité fâcheuse, également. Le fait a été consacré par la loi sur la diffamation.

Parmi d'autres mensonges communs, nous avons le mensonge silencieux, l'erreur où quelqu'un nous induit en gardant simplement le silence et cachant la vérité. Beaucoup de diseurs de vrai endurcis se laissent aller à cette pente, s'imaginant que l'on ne ment pas, quand on ne ment pas en paroles. Dans ce pays lointain où j'ai vécu était une dame d'esprit charmant, de sentiments nobles et élevés, et d'un caractère qui répondait à ces sentiments. Un jour, à dîner chez elle, j'exprimai cette réflexion générale que nous étions tous menteurs. Étonnée: «Quoi donc, tous?» dit-elle. Je répondis franchement: «Tous, sans exception.» Elle parut un peu offensée: «Me comprenez-vous dans le nombre, moi aussi?» «Certainement, répondis-je. Je pense même que vous y êtes en très bon rang.»—«Chut! fit-elle, les enfants...!» On changea de conversation, par égard pour la présence des enfants; et nous parlâmes d'autre chose. Mais aussitôt que le petit peuple fut couché, la dame revint avec vivacité à son sujet et dit: «Je me suis fait une règle dans la vie de ne jamais mentir, et je ne m'en suis jamais départie, jamais une fois.»—«Je n'y entends aucun mal et ne veux pas être irrespectueux, fis-je, mais réellement vous avez menti sans interruption depuis que nous sommes ici. Cela m'a fait beaucoup de peine, car je n'y suis pas habitué.» Elle me demanda un exemple, un seul. Alors, je dis:

—«Très bien. Voici le double de l'imprimé que les gens de l'hôpital d'Oakland vous ont fait remettre par la garde-malade, quand elle est venue ici pour soigner votre petit neveu dans la grave maladie qu'il a eue dernièrement. Ce papier pose toutes sortes de questions sur la conduite de cette garde-malade que l'hôpital vous a envoyée: «S'est-elle jamais endormie pendant sa garde?—A-t-elle jamais oublié d'administrer la potion?» Ainsi de suite. Il y a un avis vous priant d'être très exacte et très explicite dans vos réponses, car le bon fonctionnement du service exige que cette garde-malade soit promptement punie, soit par une amende, soit autrement, pour ses négligences. Vous m'avez dit avoir été tout à fait satisfaite de cette personne, qu'elle avait mille perfections et un seul défaut. Vous n'avez jamais pu, m'avez-vous dit, obtenir qu'elle couvrît à moitié assez votre petit Jean, pendant qu'il attendait sur une chaise froide qu'elle eût préparé son lit bien chaud. Vous avez rempli le double de ce papier et l'avez renvoyé à l'hôpital par les mains de la garde-malade. Comment répondîtes-vous à la question: «A-t-on jamais eu à reprocher à la garde quelque négligence qui aurait pu faire que l'enfant s'enrhumât?» Tenez. Ici, en Californie, on règle tout par des paris. Dix dollars contre dix centimes que vous avez menti dans votre réponse.» La dame dit:—«Non pas. *J'ai laissé la réponse en blanc.*»—«Justement. Vous avez fait un mensonge silencieux. Vous avez laissé supposer que vous n'aviez aucun reproche à faire de ce côté-là.»—«Oh! me répondit la dame, était-ce un mensonge!... Comment pouvais-je relever ce défaut, le seul? Elle était parfaite, par ailleurs. Cela eût été de la cruauté.»—«Il ne faut pas craindre, répondis-je, de mentir pour rendre service. Votre intention était bonne, mais votre jugement, fautif. C'est un manque d'expérience. Maintenant, observez le résultat de cette erreur irréfléchie. Vous savez que le petit William de M. Jones est très malade. Il a la fièvre scarlatine. Très bien. Votre recommandation a été si enthousiaste que la dite garde-malade est chez eux, en train de le soigner. Toute la famille, perdue de fatigue, dort depuis hier tranquillement; ils ont confié l'enfant en toute sécurité à ces mains fatales; parce que, vous, comme le jeune Georges Washington, avez une réputa... D'ailleurs, si vous n'avez rien à faire demain, je passerai vous prendre. Nous irons ensemble à l'enterrement. Vous avez évidemment une raison personnelle de vous intéresser au jeune William, une raison aussi personnelle, si j'ose dire, que l'entrepreneur...»

Mais tout mon discours était en pure perte. Avant que je fusse à moitié, elle avait pris une voiture et filait à trente milles à l'heure vers la maison du jeune William, pour sauver ce qui restait de l'enfant, et dire tout ce qu'elle savait sur la fatale garde-malade, toutes choses fort inutiles, car William n'était pas malade. J'avais menti. Mais le jour même, néanmoins, elle envoya à l'hôpital une ligne pour remplir le blanc, et rétablir les faits, si possible, très exactement.

Vous voyez donc que la faute de cette dame n'avait pas été de mentir, mais de mentir mal à propos. Elle aurait très bien pu dire la vérité, à l'endroit voulu, et compenser avec un mensonge aimable ailleurs. Elle aurait pu dire, par exemple: «A un point de vue, cette personne est parfaite. Quand elle est de garde, elle ne ronfle jamais.» N'importe quel petit mensonge flatteur aurait corrigé la mauvaise impression d'une vérité fâcheuse à dire, mais indispensable.

Le mensonge est universel. Nous mentons tous. Nous devons tous mentir. Donc la sagesse consiste à nous entraîner soigneusement à mentir avec sagesse et à propos, à mentir dans un but louable, et non pas dans un nuisible, à mentir pour le bien d'autrui, non pour le nôtre, à mentir sainement, charitablement, humainement, non par cruauté, par méchanceté, par malice, à mentir aimablement et gracieusement, et non pas avec gaucherie et grossièreté, à mentir courageusement, franchement, carrément, la tête haute, et non pas d'une façon détournée et tortueuse, avec un air effrayé, comme si nous étions honteux de notre rôle cependant très noble. Ainsi nous affranchirons-nous de la fâcheuse et nuisible vérité qui infeste notre pays. Ainsi serons-nous grands, bons, et beaux, et dignes d'habiter un monde où la bienveillante nature elle-même ment toujours, excepté quand elle promet un temps exécrable. Ainsi..., mais je ne suis qu'un novice et qu'un faible apprenti dans cet art. Je ne puis en remontrer aux membres de ce Cercle.

Pour parler sérieusement, il me paraît très opportun d'examiner sagement à quels mensonges il est préférable et plus avantageux de s'adonner, puisque nous devons tous mentir et que nous mentons tous en effet, et de voir quels mensonges il est au contraire préférable d'éviter. C'est un soin, que je puis, me semble-t-il, remettre en toute confiance aux mains de ce Cercle expérimenté, de cette sage assemblée dont les membres peuvent être, et sans flatterie déplacée, appelés de vieux routiers dans cet art.

LE MARCHAND D'ÉCHOS

Pauvre et piteux étranger! Il y avait, dans son attitude humiliée, son regard las, ses vêtements, du bon faiseur, mais en ruines, quelque chose qui alla toucher le dernier germe de pitié demeurant encore, solitaire et perdu, dans la vaste solitude de mon cœur. Je vis bien, pourtant, qu'il avait un portefeuille sous le bras, et je me dis: Contemple. Le Seigneur a livré son fidèle aux mains d'un autre commis voyageur.

D'ailleurs, ces gens-là trouvent toujours moyen de vous intéresser. Avant que j'aie su comment il s'y était pris, celui-ci était en train de me raconter son histoire, et j'étais tout attentif et sympathique. Il me fit un récit dans ce genre:

—«J'ai perdu, hélas! mes parents, que j'étais encore un innocent petit enfant. Mon oncle Ithuriel me prit en affection, et m'éleva comme son fils. C'était mon seul parent dans le vaste monde, mais il était bon, riche et généreux. Il m'éleva dans le sein du luxe. Je ne connus aucun désir que l'argent peut satisfaire.

«Entre temps, je pris mes grades, et partis avec deux serviteurs, mon chambellan et mon valet, pour voyager à l'étranger. Pendant quatre ans, je voltigeai d'une aile insoucieuse à travers les jardins merveilleux de la plage lointaine, si vous permettez cette expression à un homme dont la langue fut toujours inspirée par la poésie. Et vraiment je parle ainsi avec confiance, et je suis mon goût naturel, car je perçois par vos yeux que, vous aussi, Monsieur, êtes doué du souffle divin. Dans ces pays lointains, je goûtai l'ambroisie charmante qui féconde l'âme, la pensée, le cœur. Mais, plus que tout, ce qui sollicita mon amour naturel du beau, ce fut la coutume en faveur, chez les gens riches de ces contrées, de collectionner les raretés élégantes et chères, les bibelots précieux; et, dans une heure maudite, je cherchai à entraîner mon oncle Ithuriel sur la pente de ce goût et de ce passe-temps exquis.

«Je lui écrivais et lui parlais d'un gentleman qui avait une belle collection de coquillages, d'un autre et de sa collection unique de pipes en écume. Je lui contais comme quoi tel gentleman avait une collection d'autographes indéchiffrables, propres à élever et former l'esprit, tel autre, une collection inestimable de vieux chines, tel autre, une collection enchanteresse de timbres-poste. Et ainsi de suite. Mes lettres, bientôt, portèrent fruit. Mon oncle se mit à chercher ce qu'il pourrait bien collectionner. Vous savez, sans doute, avec quelle rapidité un goût de ce genre se développe. Le sien devint une fureur, que j'en étais encore ignorant. Il commença à négliger son grand commerce de porcs. Bientôt, il se retira complètement, et au lieu de prendre un agréable repos, il se consacra avec rage à la recherche des objets curieux. Sa fortune était considérable. Il ne l'épargna pas. Il rechercha d'abord les clochettes de vache. Il eut une collection qui remplissait cinq grands salons, et comprenait toutes les différentes sortes de clochettes de vache qu'on eût jamais inventées,—excepté une. Celle-là, un vieux modèle, dont un seul spécimen existait encore, était la propriété d'un autre collectionneur. Mon oncle offrit des sommes énormes pour l'avoir, mais l'autre ne voulut jamais la vendre. Vous savez sûrement la suite forcée. Un vrai collectionneur n'attache aucun prix à une collection incomplète. Son grand cœur se brise, il vend son trésor, et tourne sa pensée vers quelque champ d'exploration qui lui paraît vierge encore.

«Ainsi fit mon oncle. Il essaya d'une collection de briques. Après en avoir empilé un lot immense et d'un intense intérêt, la difficulté précédente se représenta. Son grand cœur se rebrisa. Il se débarrassa de l'idole de son âme au profit du brasseur retiré qui possédait la brique manquante. Il essaya alors des haches en silex et des autres objets remontant à l'homme préhistorique. Mais, incidemment, il découvrit que la manufacture d'où le tout provenait fournissait à d'autres collectionneurs dans d'aussi bonnes conditions qu'à lui. Il recherche dès lors les inscriptions aztèques, et les baleines empaillées. Nouvel insuccès, après des fatigues et des frais incroyables. Au moment où sa collection paraissait parfaite, une baleine empaillée arriva du Groenland, et une inscription aztèque du Condurado, dans l'Amérique Centrale, qui réduisaient à zéro tous les autres spécimens. Mon oncle fit toute la diligence pour s'assurer ces deux joyaux. Il put avoir la baleine, mais un autre amateur prit l'inscription. Un Condurado authentique, peut-être le savez-vous, est un objet de telle valeur que, lorsqu'un collectionneur s'en est procuré un, il abandonnera plutôt sa famille que de s'en dessaisir. Mon oncle vendit donc et vit ses richesses fuir sans espoir de retour. Dans une seule nuit, sa chevelure de charbon devint blanche comme la neige.

«Alors, il se prit à réfléchir. Il savait qu'un nouveau désappointement le tuerait. Il se décida à choisir, pour sa prochaine expérience, quelque chose qu'aucun autre homme ne collectionnât. Il pesa soigneusement sa décision dans son esprit, et une fois de plus descendit en lice, cette fois pour faire collection d'échos.»

—«De quoi?» dis-je.

—«D'échos, Monsieur. Son premier achat fut un écho en Géorgie qui répétait quatre fois. Puis, ce fut un écho à six coups, dans le Maryland; ensuite, un écho à treize coups, dans le Maine; un autre, à douze coups, dans le Tennessee, qu'il eut à bon compte, pour ainsi parler, parce qu'il avait besoin de réparations. Une partie du rocher réflecteur s'était écroulée. Il pensa pouvoir faire la réparation pour quelques milliers de dollars, et, en surélevant le rocher de quelque maçonnerie, tripler le pouvoir répétiteur. Mais l'architecte qui eut l'entreprise n'avait jamais construit d'écho jusqu'alors, et abîma celui-là complètement. Avant qu'on y mît la main, il était aussi bavard qu'une belle-mère. Mais après, il ne fut bon que pour l'asile des sourds-muets. Bien. Mon oncle acheta ensuite, pour presque rien, un lot d'échos à deux coups, disséminés à travers des États et Territoires différents. Il eut vingt pour cent de remise en prenant le lot entier. Après cela, il fit l'acquisition d'un véritable canon Krupp. C'était un écho dans l'Orégon, qui lui coûta une fortune, je puis l'affirmer. Vous savez sans doute, Monsieur, que, sur le marché des échos, l'échelle des prix est cumulative comme l'échelle des carats pour les diamants. En fait, on se sert des mêmes expressions. Un écho d'un carat ne vaut que dix dollars en plus de la valeur du sol où il se trouve. Un écho de deux carats, ou à deux coups, vaut trente dollars; un écho de cinq carats vaut neuf cent cinquante dollars; un de dix carats, treize mille dollars. L'écho de mon oncle dans l'Orégon, qu'il appela l'écho Pitt, du nom du célèbre orateur, était une pierre précieuse de vingt-deux carats, et lui coûta deux cent seize mille dollars. On donna la terre sur le marché, car elle était à quatre cent milles de tout endroit habité.

«Pendant ce temps, mon sentier était un sentier de roses. J'étais le soupirant agréé de la fille unique et belle d'un comte anglais, et j'étais amoureux à la folie. En sa chère présence, je nageais dans un océan de joie. La famille me voyait d'un bon œil, car on me savait le seul héritier d'un oncle tenu pour valoir cinq millions de dollars. D'ailleurs nous ignorions tous que mon oncle fût devenu collectionneur, du moins autrement que d'inoffensive façon, pour un amusement d'art.

«C'est alors que s'amoncelèrent les nuages sur ma tête inconsciente. Cet écho sublime, connu depuis à travers le monde comme le grand Koh-i-noor, ou Montagne à répétition, fut découvert. C'était un joyau de soixante-cinq carats! Vous n'aviez qu'à prononcer un mot. Il vous le renvoyait pendant quinze minutes, par un temps calme. Mais, attendez. On apprit en même temps un autre détail. Un second collectionneur était en présence. Tous les deux se précipitèrent pour conclure cette affaire unique. La propriété se composait de deux petites collines avec, dans l'intervalle, un vallon peu profond, le tout situé sur les territoires les plus reculés de l'état de New-York. Les deux acheteurs arrivèrent sur le terrain en même temps, chacun d'eux ignorant que l'autre fût là. L'écho n'appartenait pas à un propriétaire unique. Une personne du nom de Williamson Bolivar Jarvis possédait la colline est; une personne du nom de Harbison J. Bledso, la colline ouest. Le vallon intermédiaire servait de limite. Ainsi, tandis que mon oncle achetait la colline de Jarvis pour trois millions deux cent quatre-vingt-cinq mille dollars, l'autre achetait celle de Bledso pour un peu plus de trois millions.

«Vous voyez d'ici le résultat. La plus belle collection d'échos qu'il y eût au monde était dépareillée pour toujours, puisqu'elle n'avait que la moitié du roi des échos de l'univers. Aucun des deux ne fut satisfait de cette propriété partagée. Aucun des deux ne voulut non plus céder sa part. Il y eut des grincements de dents, des disputes, des haines cordiales; pour finir, l'autre collectionneur, avec une méchanceté que seul un collectionneur peut avoir envers un homme, son frère, se mit à démolir sa colline?

«Parfaitement. Dès l'instant qu'il ne pouvait pas avoir l'écho, il avait décidé que personne ne l'aurait. Il voulait enlever sa colline, il n'y aurait plus rien, dès lors, pour refléter l'écho de mon oncle. Mon oncle lui fit l'objection. L'autre répondit: «Je possède la moitié de l'écho. Il me plaît de la supprimer. C'est à vous de vous arranger pour conserver votre moitié.»

«Très bien. Mon oncle fit opposition. L'autre en appela et porta l'affaire devant un tribunal plus élevé. On alla plus loin encore, et jusqu'à la Cour Suprême des États-Unis. L'affaire n'en fut pas plus claire. Deux des juges opinèrent qu'un écho était propriété personnelle, parce qu'il n'était ni visible ni palpable, que par conséquent on pouvait le vendre, l'acheter, et, aussi, le taxer. Deux autres pensèrent qu'un écho était bien immobilier, puisque manifestement il était inséparable du terrain, et ne pouvait être transporté ailleurs. Les autres juges furent d'avis qu'un écho n'était propriété d'aucune façon.

«Il fut décidé, pour finir, que l'écho était propriété, et les collines aussi, que les deux collectionneurs étaient possesseurs, distincts et indépendants, des deux collines, mais que l'écho était propriété indivise; donc le défendant avait toute liberté de jeter à bas sa colline, puisqu'elle était à lui seul, mais aurait à payer une indemnité calculée d'après le prix de trois millions de dollars, pour le dommage qui pourrait en résulter à l'égard de la moitié d'écho dont mon oncle était possesseur. Le jugement interdisait également à mon oncle de faire usage de la colline du défendant pour refléter sa part d'écho, sans le consentement du défendant. Il ne devrait se servir que de sa colline propre. Si sa part d'écho ne marchait pas, dans ces conditions, c'était fâcheux, très fâcheux, mais le tribunal n'y pouvait rien. La cour interdit de même au défendant d'user de la colline de mon oncle, dans le même but, sans consentement.

«Vous voyez d'ici le résultat admirable. Aucun des deux ne donna son consentement. Et ainsi ce noble et merveilleux écho dut cesser de faire entendre sa voix grandiose. Cette inestimable propriété fut dès lors sans usage et sans valeur.

«Une semaine avant mes fiançailles, tandis que je continuais à nager dans mon bonheur, et que toute la noblesse des environs et d'ailleurs s'assemblait pour honorer nos épousailles, arriva la nouvelle de la mort de mon oncle, et une copie de son testament, qui m'instituait seul héritier. Il était mort. Mon cher bienfaiteur, hélas! avait disparu. Cette pensée me fait le cœur gros, quand j'y songe, encore aujourd'hui. Je tendis au comte le testament. Je ne pouvais le lire; les pleurs m'aveuglaient. Le comte le lut, puis me dit d'un air sévère: «Est-ce là, Monsieur, ce que vous appelez être riche? Peut-être dans votre pays vaniteux. Vous avez, Monsieur, pour tout héritage une vaste collection d'échos, si on peut appeler collection une chose dispersée sur toute la surface, en long et en large, du continent américain. Ce n'est pas tout. Vous êtes couvert de dettes jusque par-dessus les oreilles. Il n'y a pas un écho dans le tas sur lequel ne soit une hypothèque... Je ne suis pas un méchant homme, Monsieur, mais je dois voir l'intérêt de mon enfant. Si vous possédiez seulement un écho que vous eussiez le droit de dire à vous, si vous possédiez seulement un écho libre de dettes, où vous puissiez vous retirer avec ma fille et que vous puissiez, à force d'humble et pénible travail, cultiver et faire valoir, et ainsi en tirer votre subsistance, je ne vous dirais pas non; mais je ne puis donner ma fille en mariage à un mendiant. Quittez la place, mon cher. Allez, Monsieur. Emportez vos échos hypothéqués, et qu'on ne vous revoie plus.»

—«Ma noble Célestine, tout en larmes, se cramponnait à moi de ses bras aimants, jurant qu'elle m'épouserait volontiers, oui, avec joie, bien que je n'eusse pas un écho vaillant. Rien n'y fit. On nous sépara, elle pour languir et mourir au bout d'un an, moi pour peiner, tout le long du voyage de la vie, triste et seul, implorant chaque jour, à chaque heure, le repos où nous serons réunis dans le royaume bienheureux. On n'y redoute plus les méchants, et les malheureux y trouvent la paix. Si vous voulez avoir l'obligeance de jeter un coup d'œil sur les cartes et les plans que j'ai là dans mon portefeuille je suis sûr que je puis vous vendre un écho à meilleur compte que n'importe quel autre commerçant. En voici un qui coûta à mon oncle dix dollars il y a trente ans. C'est une des plus belles choses du Texas. Je vous le laisserai pour...»

—«Souffrez que je vous interrompe, dis-je. Jusqu'à ce moment, mon cher ami, les commis voyageurs ne m'ont pas laissé une minute de repos. J'ai acheté une machine à coudre dont je n'avais nul besoin. J'ai acheté une carte qui est fausse jusqu'en ses moindres détails. J'ai acheté une cloche qui ne sonne pas. J'ai acheté du poison pour les mites, que les mites préfèrent à n'importe quel autre breuvage. J'ai acheté une infinité d'inventions impraticables. Et j'en ai assez de ces folies. Je ne voudrais pas un de vos échos quand même vous me le donneriez pour rien. Je n'en souffrirai pas un chez moi. J'exècre les gens qui veulent me vendre des échos. Vous voyez ce fusil? Eh bien! prenez votre collection et déguerpissez. Qu'il n'y ait pas de sang ici.»

Il se contenta de sourire doucement et tristement, et entra dans d'autres explications. Vous savez très bien que lorsqu'une fois vous avez ouvert la porte à un commis voyageur, le mal est fait, vous n'avez qu'à le subir.

Au bout d'une heure intolérable, je transigeai. J'achetai une paire d'échos à deux coups, dans de bonnes conditions. Il me donna, sur le marché, un troisième, impossible à vendre, dit-il, parce qu'il ne parlait qu'allemand. C'était autrefois un parfait polyglotte, mais il avait eu une chute de la voûte palatine.

HISTOIRE DU MÉCHANT PETIT GARÇON

Il y avait une fois un méchant petit garçon qui s'appelait Jim. Cependant, si l'on veut bien le remarquer, les méchants petits garçons s'appellent presque toujours James dans les livres de l'école du dimanche. C'était bizarre, mais on n'y peut rien. Celui-là s'appelait Jim.

Il n'avait pas non plus une mère malade, une pauvre mère pieuse et poitrinaire, et qui eût souhaité mourir et se reposer dans la tombe, sans le grand amour qu'elle portait à son fils, et la crainte qu'elle avait que le monde fût méchant et dur pour lui, quand elle aurait disparu. Tous les méchants petits garçons dans les livres de l'école du dimanche s'appellent James, et ont une mère malade qui leur enseigne à répéter: «Maintenant, je vais m'en aller...» et chantent pour les endormir d'une voix douce et plaintive, et les baisent, et leur souhaitent bonne nuit, et s'agenouillent au pied du lit pour pleurer. Il en était autrement pour notre garçon. Il s'appelait Jim. Et rien de semblable chez sa mère, ni phtisie, ni autre chose. Elle était plutôt corpulente, et n'avait nulle piété. En outre elle ne se tourmentait pas outre mesure au sujet de Jim. Elle avait coutume de dire que s'il se cassait le cou, ce ne serait pas une grande perte. Elle l'envoyait coucher d'une claque, et ne l'embrassait jamais, pour lui souhaiter bonne nuit. Au contraire, elle lui frottait les oreilles quand il la quittait pour dormir.

Un jour ce méchant petit garçon vola la clef de l'office, s'y glissa, mangea de la confiture, et remplit le vide du pot avec du goudron, pour que sa mère ne soupçonnât rien. Mais à ce moment même un terrible sentiment ne l'envahit pas. Quelque chose ne lui sembla pas murmurer: «Ai-je bien fait de désobéir à ma mère?» «N'est-ce pas un péché d'agir ainsi?» «Où vont les méchants petits garçons qui mangent gloutonnement la confiture maternelle?» Et alors, il ne se mit pas à genoux, tout seul, et ne fit pas la promesse de n'être plus jamais méchant; il ne se releva pas, le cœur léger et heureux, pour aller trouver sa mère et tout lui raconter; et demander son pardon, et recevoir sa bénédiction, elle ayant des pleurs de joie et de gratitude dans les yeux. Non. C'est ainsi que se comportent les autres méchants petits garçons dans les livres. Mais chose étrange, il en arriva autrement avec ce Jim. Il mangea la confiture et dit que c'était «épatant» dans son langage grossier et criminel. Et il versa le goudron dans le pot, et dit que c'était aussi «épatant» et se mit à rire, et observa que la vieille femme sauterait et renâclerait, quand elle s'en apercevrait. Et quand elle découvrit la chose, il affirma qu'il ignorait ce qu'il en était; elle le fouetta avec sévérité; il se chargea de l'accompagnement. Tout s'arrangeait autrement pour lui que pour les méchants James dans les histoires.

Un autre jour, il grimpa sur le pommier du fermier Acorn, pour voler des pommes. La branche ne cassa pas. Il ne tomba pas et ne se cassa pas le bras, et ne fut pas mis en pièces par le gros chien du fermier, pour languir de longues semaines sur un lit de douleur, et se repentir, et devenir bon. Oh! non! Il prit autant de pommes qu'il voulut, et descendit sans encombre. Et d'ailleurs, il était paré pour le chien, et le chassa avec une brique lorsqu'il s'avança pour le mordre. C'était bizarre. Rien de semblable jamais dans ces aimables petits livres à couverture marbrée, où l'on voit des images qui représentent des messieurs en queue-de-pie et chapeaux hauts en forme de cloche, avec des pantalons trop courts, et des dames ayant la taille sous les bras et sans crinolines. Rien de pareil dans les livres de l'école du dimanche.

Il déroba, une autre fois, le canif du maître d'école, et, pour éviter d'être fouetté, il le glissa dans la casquette de Georges Wilson, le fils de la pauvre veuve Wilson, le jeune garçon moral, le bon petit garçon du village, qui toujours obéissait à sa mère et qui ne mentait jamais, et qui était amoureux de ses leçons et infatué de l'école du dimanche. Quand le canif tomba de la casquette, et que le pauvre Georges baissa la tête et rougit comme surpris sur le fait, et que le maître en colère l'accusa, et était juste au moment de laisser tomber le fouet sur ses épaules tremblantes, on ne vit pas apparaître soudain, l'attitude noble, au milieu des écoliers, un improbable juge de paix à perruque blanche, pour dire: «Épargnez ce généreux enfant. Voici le coupable et le lâche. Je passais par hasard sur la porte de l'école, et, sans être vu, j'ai tout vu.» Et Jim ne fut pas harponné, et le vénérable juge ne prononça pas un sermon devant toute l'école émue jusqu'aux larmes et ne prit pas Georges par la main pour déclarer qu'un tel enfant méritait qu'on lui rendît hommage, et ne lui dit pas de venir habiter chez lui, balayer le bureau, préparer le feu, faire les courses, fendre le bois, étudier les lois, aider la femme du juge dans ses travaux d'intérieur, avec la liberté de jouer tout le reste du temps, et la joie de gagner dix sous par mois. Non. Les choses se seraient passées ainsi dans les livres, mais ce ne fut pas ainsi pour Jim. Aucun vieil intrigant de juge ne tomba là pour tout déranger. Et l'écolier modèle Georges fut battu, et Jim fut heureux de cela, car Jim détestait les petits garçons moraux. Jim disait qu'il fallait mettre à bas ces «poules mouillées». Tel était le grossier langage de ce méchant et mal élevé petit garçon.

La plus étrange chose arriva à Jim, le jour qu'il était allé, un dimanche, faire une promenade en bateau. Il ne fut pas du tout noyé. Une autre fois, il fut surpris par l'orage, pendant qu'il pêchait, toujours un dimanche, et ne fut pas foudroyé. Eh bien! Vous pouvez consulter et consulter d'un bout jusqu'à l'autre, et d'ici au prochain Christmas, tous les livres de l'école du dimanche, sans rencontrer chose pareille. Vous trouverez que les méchants garçons qui vont en bateau le dimanche sont invariablement noyés, et que tous les méchants garçons qui sont surpris par un orage en train de pêcher un dimanche sont infailliblement foudroyés. Les bateaux porteurs de méchants garçons, le dimanche, chavirent toujours. Et l'orage éclate toujours quand les méchants petits garçons vont à la pêche ce jour-là. Comment Jim toujours échappa demeure pour moi un mystère.

Il y avait dans la vie de Jim quelque chose de magique. C'est sans doute la raison. Rien ne pouvait lui nuire. Il donna même à un éléphant de la ménagerie un paquet de tabac au lieu de pain, et l'éléphant, avec sa trompe, ne lui cassa pas la tête. Il alla fouiller dans l'armoire pour trouver la bouteille de pippermint, et ne but pas par erreur du vitriol. Il déroba le fusil de son père et s'en alla chasser le jour du sabbat; le fusil n'éclata pas en lui emportant trois ou quatre doigts. Il donna à sa petite sœur un coup de poing sur la tempe, dans un accès de colère, elle ne languit pas malade pendant tout un long été, pour mourir enfin avec sur les lèvres de douces paroles de pardon qui redoublèrent l'angoisse dans le cœur brisé du criminel—non. Elle n'eut rien. Il s'échappa pour aller au bord de la mer, et ne revint pas se trouvant triste et solitaire au monde, tous ceux qu'il aimait endormis dans la paix du cimetière, et la maison de son enfance avec la treille de vigne tombée en ruines et démolie. Pas du tout. Il revint chez lui aussi ivre qu'un tambour et fut conduit au poste à peine arrivé.

Et il grandit et se maria, et eut de nombreux enfants. Et il fendit la tête à tous, une nuit, à coup de hache, et s'enrichit par toutes sortes de fourberies et de malhonnêtetés. Et à l'heure actuelle, c'est le plus infernal damné chenapan de son village natal, il est universellement respecté, et fait partie du parlement.

HISTOIRE DU BON PETIT GARÇON

Il y avait une fois un bon petit garçon du nom de Jacob Blivens. Il obéissait toujours à ses parents quelque absurdes et déraisonnables que fussent leurs ordres. Il apprenait exactement ses leçons, et n'était jamais en retard à l'école du dimanche. Il ne voulait pas jouer au croquet, même aux heures où son jugement austère lui disait que c'était l'occupation la plus convenable. C'était un enfant si étrange qu'aucun des autres petits garçons ne pouvait l'entraîner. Il ne mentait jamais, quelque utilité qu'il y eût. Il disait simplement que le mensonge était un péché, et cela suffisait. Enfin il était si honnête qu'il en devenait absolument ridicule. Ses bizarres façons d'agir dépassaient tout. Il ne jouait pas aux billes le dimanche, il ne cherchait pas des nids, il ne donnait pas des sous rougis au feu aux singes des joueurs d'orgue. Il ne semblait prendre intérêt à aucune espèce d'amusement raisonnable. Les autres garçons essayaient de se rendre compte de son naturel, et d'arriver à le comprendre, mais ils ne pouvaient parvenir à aucune conclusion satisfaisante. Comme j'ai déjà dit, ils se faisaient seulement une sorte de vague idée qu'il était «frappé». Aussi l'avaient-ils pris sous leur protection, et ne permettaient pas qu'on lui fît du mal.

Ce bon petit garçon lisait tous les livres de l'école du dimanche. C'était son plus grand plaisir. C'est qu'il croyait fermement à la réalité de toutes les histoires qu'on y racontait sur les bons petits garçons. Il avait une confiance absolue dans ces récits. Il désirait vivement rencontrer un de ces enfants, quelque jour, en chair et en os, mais il n'eut jamais ce bonheur. Peut-être que tous étaient morts avant sa naissance. Chaque fois qu'il lisait l'histoire d'un garçon particulièrement remarquable, il tournait vite les pages pour savoir ce qu'il était advenu de lui, il aurait volontiers couru des milliers de kilomètres pour le rencontrer. Mais, inutile. Le bon petit garçon mourait toujours au dernier chapitre, il y avait une description de ses funérailles, avec tous ses parents et les enfants de l'école du dimanche debout autour de la tombe, en pantalons trop courts et en casquettes trop larges, et tout le monde sanglotant dans des mouchoirs qui avaient au moins un mètre et demi d'étoffe. Ainsi le bon petit garçon était toujours désappointé. Il ne pouvait jamais songer à voir un de ces jeunes héros, car ils étaient toujours morts en arrivant au dernier chapitre.

Jacob, cependant, avait la noble ambition d'être mis un jour dans les livres. Il souhaitait qu'on l'y vît, avec des dessins qui le représenteraient refusant glorieusement de faire un mensonge à sa mère, qui pleurait de joie. D'autres gravures l'auraient montré debout sur le seuil de la porte, donnant deux sous à une pauvre mendiante, mère de six enfants, et lui recommandant de les dépenser librement, mais sans profusion, car la profusion est un péché. Et ailleurs, on l'aurait vu refusant généreusement de dénoncer le méchant gars qui l'attendait chaque jour au coin de la rue à son retour de l'école, et lui donnait sur la tête des coups de bâton, et le poursuivait jusqu'à sa maison, en criant «Hi! hi!» derrière lui. Telle était l'ambition du jeune Jacob Blivens. Il souhaitait de passer dans un livre de l'école du dimanche. Quelque chose seulement lui faisait éprouver une impression manquant de confortable: il songeait que tous les bons petits garçons mouraient à la fin du livre. Sachez qu'il aimait à vivre, et c'était là le trait le plus désagréable dans la peinture d'un bon garçon des livres de l'école du dimanche. Il voyait qu'il n'était pas sain d'être saint. Il se rendait compte qu'il était moins fâcheux d'être phtisique que de faire preuve de sagesse surnaturelle comme les petits garçons des livres. Aucun d'eux, remarquait-il, n'avait pu soutenir longtemps son personnage, et Jacob s'attristait de penser que si on le mettait dans un livre, il ne le verrait jamais. Si même on éditait le livre avant qu'il mourût, l'ouvrage ne serait pas populaire, manquant du récit de ses funérailles à la fin. Ce n'était pas grand'chose qu'un livre de l'école du dimanche où ne se trouveraient pas les conseils donnés par lui mourant à la communauté. Ainsi, pour conclure, il devait se résoudre à faire le mieux suivant les circonstances, vivre honnêtement, durer le plus possible, et tenir prêt son discours suprême pour le jour.

Cependant, rien ne réussissait à ce bon petit garçon. Rien ne lui arrivait jamais comme aux bons petits garçons des livres. Ceux-là avaient toujours de la chance, et les méchants garçons se cassaient les jambes. Mais, dans son cas, il devait y avoir une vis qui manquait au mécanisme, et tout allait de travers. Quand il trouva Jim Blake en train de voler des pommes, et qu'il vint sous l'arbre pour lui lire l'histoire du méchant petit garçon qui tomba de l'arbre du voisin et se cassa le bras, Jim tomba de l'arbre lui aussi, mais il tomba sur Jacob et lui cassa le bras, et lui-même n'eut rien. Jacob ne put comprendre. Il n'y avait rien de semblable dans les livres.

Et un jour que des méchants garçons poussaient un aveugle dans la boue, et que Jacob courut pour le secourir et recevoir ses bénédictions, l'aveugle ne lui donna aucune bénédiction, mais lui tapa sur la tête avec son bâton et dit: «Que je vous y prenne encore à me pousser et à venir ensuite à mon aide ironiquement!» Cela ne s'accordait avec aucune histoire des livres. Jacob les examina tous pour voir.

Un rêve de Jacob était de trouver un chien estropié et abandonné, affamé et persécuté, et de l'emmener chez lui pour le choyer et mériter son impérissable reconnaissance. A la fin, il en trouva un et fut heureux. Il le prit à la maison et le nourrit. Mais quand il se mit à le caresser, le chien sauta après lui et lui déchira tous ses vêtements, excepté sur le devant, ce qui fit de lui un spectacle surprenant. Il examina ses auteurs, mais ne put trouver d'explication. C'était la même race de chien que dans les livres, mais se comportant très différemment. Quoi que fît ce garçon, tout tournait mal. Les actions même qui valaient aux petits garçons des histoires des éloges et des récompenses devenaient pour lui l'occasion des plus désavantageux accidents.

Un dimanche, sur la route de l'école, il vit quelques méchants gars partir pour une promenade en bateau. Il fut consterné, car il savait par ses lectures que les garçons qui vont en bateau le dimanche sont infailliblement noyés. Aussi courut-il sur un radeau pour les avertir. Mais un tronc d'arbre à la dérive fit chavirer le radeau, qui plongea, et Jacob avec lui. On le repêcha aussitôt, et le docteur pompa l'eau de son estomac, et rétablit sa respiration avec un soufflet, mais il avait pris froid, et fut au lit neuf semaines. Ce qu'il y eut de plus incroyable fut que les méchants garçons du bateau eurent un temps superbe tout le jour, et rentrèrent chez eux sains et saufs, de la plus surprenante façon. Jacob Blivens dit qu'il n'y avait rien de semblable dans ses livres. Il était tout stupéfait.

Une fois rétabli, il fut un peu découragé, mais se résolut néanmoins à continuer ses expériences. Jusqu'alors, il est vrai, les événements n'étaient pas de nature à être mis dans les livres, mais il n'avait pas encore atteint le terme fixé pour la fin de la vie des bons petits garçons. Il espérait trouver l'occasion de se distinguer en persévérant jusqu'au bout. Si tout venait à échouer, il avait son discours mortuaire, en dernière ressource, prêt.

Il examina les auteurs et vit que c'était le moment de partir en mer comme mousse. Il alla trouver un capitaine et fit sa demande. Quand le capitaine lui demanda ses certificats, il tira fièrement un traité où étaient écrits ces mots: «A Jacob Blivens, son maître affectueux.» Mais le capitaine était un homme grossier et vulgaire. «Que le diable vous emporte! cria-t-il; cela prouve-t-il que vous sachiez laver les assiettes ou porter un seau? J'ai comme une idée que je n'ai pas besoin de vous.» Ce fut l'événement le plus extraordinaire de la vie de Jacob Blivens. Un compliment de maître, sur un livre, n'avait jamais manqué d'émouvoir les plus tendres émotions des capitaines, et d'ouvrir l'accès à tous les emplois honorables et lucratifs dont ils pouvaient disposer. Cela n'avait jamais manqué dans aucun des livres qu'il eût lus. Il pouvait à peine en croire ses sens.

Ce garçon n'eut jamais de chance. Rien ne lui arriva jamais en accord avec les autorités. Enfin, un jour qu'il était en chasse de méchants petits garçons à admonester, il en trouva une troupe, dans la vieille fonderie, qui avaient trouvé quelque amusement à attacher ensemble quatorze ou quinze chiens en longue file, et à les orner de bidons vides de nitro-glycérine solidement fixés à leurs queues. Le cœur de Jacob fut touché. Il s'assit sur un bidon (car peu lui importait de se graisser quand son devoir était en jeu) et, prenant par le collier le premier chien, il attacha un œil de reproche sur le méchant Tom Jones. Mais juste à ce moment, l'alderman Mac Welter, tout en fureur, arriva. Tous les méchants garçons s'enfuirent, mais Jacob Blivens, fort de son innocence, se leva et commença un de ces pompeux discours comme dans les livres, dont le premier mot est toujours: «Oh! Monsieur!» en contradiction flagrante avec ce fait que jamais garçon bon ou mauvais ne commence un discours par «Oh! Monsieur!» Mais l'alderman n'attendit pas la suite. Il prit Jacob Blivens par l'oreille et le fit tourner, et le frappa vigoureusement sur le derrière avec le plat de la main. Et subitement le bon petit garçon fit explosion à travers le toit et prit son essor vers le soleil, avec les fragments des quinze chiens pendus après lui comme la queue d'un cerf-volant. Et il ne resta pas trace de l'alderman ou de la vieille fonderie sur la surface de la terre. Pour le jeune Jacob Blivens, il n'eut pas même la chance de pouvoir prononcer son discours mortuaire après avoir pris tant de peine à le préparer, à moins qu'il ne l'adressât aux oiseaux. Car, quoique le gros de son corps tombât tout droit au sommet d'un arbre dans une contrée voisine, le reste de lui fut dispersé sur le territoire de quatre communes à la ronde, et l'on dut faire quatre enquêtes pour le retrouver, et savoir s'il était mort ou vivant, et comment l'accident s'était produit. On ne vit jamais un gars aussi dispersé.

Ainsi périt le bon petit garçon, après avoir fait tous ses efforts pour vivre selon les histoires, sans pouvoir y parvenir. Tous ceux qui vécurent comme lui prospérèrent, excepté lui. Son cas est vraiment remarquable. Il est probable qu'on n'en pourra pas donner d'explication.

SUR LES FEMMES DE CHAMBRE

Contre toutes les femmes de chambre, de n'importe quel âge ou pays, je lève le drapeau des célibataires parce que:

Elles choisissent, pour l'oreiller, le côté du lit invariablement opposé au bec de gaz. Ainsi, voulez-vous lire ou fumer, avant de vous endormir (ce qui est la coutume ancienne et honorée des célibataires), il vous faut tenir le livre en l'air, dans une position incommode, pour empêcher la lumière de vous éblouir les yeux.

Si, le matin, elles trouvent l'oreiller remis en place, elles n'acceptent pas cette indication dans un esprit bienveillant. Mais, fières de leur pouvoir absolu et sans pitié pour votre détresse, elles refont le lit exactement comme il était auparavant, et couvent des yeux, en secret, l'angoisse que leur tyrannie vous causera.

Et chaque fois, inlassablement, elles détruisent votre ouvrage, vous défiant et cherchant à empoisonner l'existence que vous tenez de Dieu.

S'il n'y a pas d'autre moyen de mettre la lumière dans une position incommode, elles retournent le lit.

Quand vous avez placé votre malle à cinq ou six pouces du mur, pour que le couvercle puisse rester debout, la malle ouverte, elles repoussent invariablement la malle contre le mur. Elles font cela exprès.

Il vous convient d'avoir le crachoir à une certaine place où vous puissiez en user commodément. Mais il ne leur convient pas. Elles le mettent ailleurs.

Vos chaussures de rechange sont exilées à des endroits inaccessibles. Leur grande joie est de les pousser sous le lit aussi loin que le mur le permet. Vous serez forcé ainsi de vous aplatir sur le sol, dans une attitude humiliante et de ramer sauvagement pour les atteindre avec le tire-bottes, dans l'obscurité, et de jurer.

Elles trouvent toujours pour la boîte d'allumettes un nouvel endroit. Elles dénichent une place différente chaque jour, et posent une bouteille, ou quelque autre objet périssable, en verre, où la boîte se trouvait d'abord. C'est pour vous forcer à casser le verre, en tâtonnant dans le noir, et vous causer du trouble.

Sans cesse elles modifient la disposition du mobilier. Quand vous entrez, dans la nuit, vous pouvez compter que vous trouverez le bureau où se trouvait la commode le matin. Et quand vous sortez, le matin, laissant le seau de toilette près de la porte, et le rocking-chair devant la fenêtre, de retour aux environs de minuit, vous trébucherez sur la chaise et vous irez à la fenêtre vous asseoir dans le seau. Cela vous dégoûtera. C'est ce qu'elles aiment.

Peu importe où vous placiez quelque objet que ce soit, elles ne le laisseront jamais là. Elles le prendront pour le mettre ailleurs à la première occasion. C'est leur nature. C'est un moyen de se montrer fâcheuses et odieuses. Elles mourraient si elles ne pouvaient vous être désagréables.

Elles ramassent avec un soin extrême tous les bouts de journal que vous jetez sur le sol et les rangent minutieusement sur la table, cependant qu'elles allument le feu avec vos manuscrits les plus précieux. S'il y a quelque vieux chiffon de papier dont vous soyez particulièrement encombré, et que vous épuisiez graduellement votre énergie à essayer de vous en débarrasser, vous pouvez faire tous vos efforts. Ils seront vains. Elles ramasseront sans cesse ce vieux bout de papier, et le remettront régulièrement à la même place. C'est leur joie.

Elles consomment plus d'huile à cheveux que six hommes. Si on les accuse d'en avoir soustrait, elles mentent avec effronterie. Que leur importe leur salut éternel? Rien du tout absolument.

Si, pour plus de commodité, vous laissez la clef sur la porte, elles la descendront au bureau et la donneront au garçon. Elles agissent ainsi sous le vil prétexte de garder vos affaires des voleurs. Mais en réalité, c'est pour vous forcer à redescendre à la recherche jusqu'au bas de l'escalier, quand vous rentrez fatigué, ou pour vous causer l'ennui d'envoyer un garçon la prendre. Ce garçon comptera bien recevoir quelque chose pour sa peine. Dans ce cas, je suppose que ces misérables créatures partagent le gain.

Elles viennent régulièrement chercher à faire votre lit avant que vous soyez levé, détruisant ainsi votre repos, et vous réduisant à l'agonie. Mais dès que vous êtes levé, elles ne reparaissent plus jusqu'au lendemain.

Elles commettent toutes les infamies qu'elles peuvent imaginer, cela par perversité pure, et non pour quelque autre motif.

Les femmes de chambre sont mortes à tout sentiment humain.

Si je puis présenter une pétition à la chambre, pour l'abolition des femmes de chambre, je le ferai.

LA GRANDE RÉVOLUTION DE PITCAIRN

Que le lecteur me permette de lui rafraîchir un peu la mémoire. Il y a cent ans, à peu près, l'équipage d'un vaisseau anglais, le *Bounty*, se révolta. Les matelots abandonnèrent le capitaine et les officiers, à l'aventure, en pleine mer, s'emparèrent du navire et firent voile vers le sud. Ils se procurèrent des femmes parmi les naturels de Tahiti, puis allèrent jusqu'à un petit rocher isolé au milieu du Pacifique, appelé île de Pitcairn, brisèrent le vaisseau, après l'avoir vidé de tout ce qui pouvait être utile à une nouvelle colonie, et s'établirent sur le rivage de l'île.

Pitcairn est si écarté des routes commerciales qu'il se passa des années avant qu'un autre navire y abordât. On avait toujours regardé l'île comme inhabitée. Aussi, lorsqu'en 1808 un navire y jeta l'ancre, le capitaine fut grandement surpris de trouver la place occupée. Les matelots mutinés avaient, il est vrai, lutté ensemble, et leur nombre avait graduellement diminué par des meurtres mutuels, tant qu'il n'en était resté que deux ou trois du stock primitif. Mais ces tragédies avaient duré assez longtemps pour que quelques enfants fussent nés; aussi, en 1808, l'île avait-elle une population de vingt-sept personnes. John Adams, le chef des mutinés, vivait encore, et devait vivre encore longtemps, comme gouverneur et patriarche du troupeau. L'ancien révolté homicide était devenu un chrétien et un prêcheur, et sa nation de vingt-sept personnes était maintenant la plus pure et la plus dévouée à Christ. Adams avait depuis longtemps arboré le drapeau britannique, et constitué son île en apanage du royaume anglais.

Aujourd'hui la population compte quatre-vingt-dix personnes, seize hommes, dix-neuf femmes, vingt-cinq garçons et trente filles, tous descendants des révoltés, tous portant les noms de famille de ces révoltés, tous parlant exclusivement anglais. L'île s'élève haut de la mer, et ses bords sont escarpés. Sa longueur est environ de trois quarts de mille, et, par places, sa largeur atteint un demi-mille. Les terres labourables qu'elle renferme sont distribuées entre les différentes familles, suivant un partage fait depuis de longues années. Il y a quelque bétail, chèvres, porcs, volaille, chats. Pas de chiens, ni de grands animaux. Il y a une église dont les constructions servent aussi de capitole, de maison d'école, et de bibliothèque publique. Le gouverneur s'est appelé, pendant une ou deux générations, «Magistrat et chef suprême, en subordination à Sa Majesté la reine de Grande-Bretagne». Il avait la charge de faire les lois et de les exécuter. Ses fonctions étaient électives. A dix-sept ans révolus, tout le monde était électeur, sans distinction de sexe.

Les seules occupations du peuple étaient l'agriculture et la pêche; leur seul amusement, les services religieux. Il n'y a jamais eu dans l'île une boutique, ou de l'argent. Les mœurs et les vêtements du peuple ont toujours été primitifs; les lois, d'une puérile simplicité. Ils ont vécu dans le calme profond d'un dimanche, loin du monde, de ses ambitions, de ses vexations, ignorants et insoucieux de ce qui se passait dans les puissants empires situés au delà des solitudes illimitées de l'océan.

Une fois, en trois ou quatre ans, un navire abordait là, les émouvait avec de vieilles nouvelles batailles sanglantes, épidémies dévastatrices, trônes tombés, dynasties écroulées, puis leur cédait quelque savon et flanelle pour des fruits d'igname ou d'arbre à pain, et refaisait voile, les laissant à nouveau se retirer vers leurs songes paisibles et leurs pieuses dissipations.

Le 8 septembre dernier, l'amiral de Horsey, commandant en chef de l'escadre anglaise dans le Pacifique, visita l'île de Pitcairn. Voici comment il s'exprime dans son rapport officiel à l'amirauté: «Ils ont des haricots, des carottes, des navets, des choux, un peu de maïs, des ananas, des figues et des oranges, des citrons et des noix de coco. Les vêtements leur viennent uniquement des navires qui passent, et qui prennent en échange des provisions fraîches. Il n'y a pas de sources dans l'île, mais comme il pleut en général une fois par mois, ils ont abondance d'eau. Cependant, parfois, dans les premières années, ils ont souffert de la soif. Les liqueurs alcooliques ne sont employées que comme remèdes, et un ivrogne est chose inconnue.

«Quels sont les objets nécessaires que les habitants ont à se procurer du dehors? Le mieux est de voir ceux fournis par nous en échange de provisions fraîches: c'est de la flanelle, de la serge, des vrilles, des bottines, des peignes et du savon. Il leur faut aussi des cartes et des ardoises pour leur école. Les outils de toute sorte sont reçus avec plaisir. Je leur ai fait livrer un drapeau national de notre matériel, afin qu'ils puissent le déployer à l'arrivée des vaisseaux, et une longue scie, dont ils avaient grand besoin. Cela sera approuvé, je crois, de Vos Seigneuries. Si la généreuse nation anglaise était seulement informée des besoins de cette petite colonie si méritante, il y serait pourvu avant peu.

«Le service divin a lieu chaque dimanche à dix heures et demie et à trois heures, dans l'édifice bâti pour cet usage par John Adams, et où il officia jusqu'à sa mort en 1829. Il se célèbre exactement suivant la liturgie de l'église anglicane; le pasteur actuel est M. Simon Young. Il est fort respecté. Un cours d'instruction religieuse a lieu tous les mercredis. Tous ceux qui peuvent y assister le font. Il y a aussi une réunion générale de prière le premier vendredi de chaque mois. Les prières familiales se disent dans chaque maison. C'est la première chose qu'on fait au réveil, la dernière avant le coucher. On ne prend sa part d'aucun repas sans invoquer les bénédictions divines avant et après. Nul ne peut parler sans profond respect des vertus religieuses de ces insulaires. Des gens dont le plus grand plaisir et le plus estimé est de communier par la prière avec Dieu, et de s'unir pour chanter des hymnes à sa gloire, des gens qui sont, en outre, aimables, actifs, et probablement plus exempts de vice que toute autre réunion d'hommes, n'ont pas besoin de prêtres parmi eux.»

J'arrive maintenant à une phrase, dans le rapport de l'amiral, qu'il laissa tomber de sa plume négligemment, j'en suis sûr, et sans arrière-pensée. Voici la phrase:

«Un étranger, un Américain, est venu s'installer dans l'île. C'est une acquisition douteuse.»

Une acquisition douteuse, certes! Le capitaine Ornsby, du navire américain *Hornet*, toucha à Pitcairn quatre mois à peine après la visite de l'amiral, et par les faits qu'il y a recueillis, nous sommes tout à fait renseignés, maintenant, sur cet Américain. Réunissons ces faits, par ordre chronologique. Le nom de l'Américain était Butterworth Stavely. Dès qu'il eut fait connaissance avec tout le peuple,—et cela, naturellement, ne lui demanda que quelques jours,—il s'occupa de se mettre en faveur par tous les moyens possibles. Il devint excessivement populaire, et très considéré. La première chose qu'il fit, en effet, fut d'abandonner ses mœurs profanes et de mettre toutes ses énergies dans l'exercice de la religion. Il était sans cesse à lire sa Bible, à prier, à chanter des hymnes, à demander les bénédictions divines. Pour la prière, nul n'avait plus de facilité que lui. Personne ne pouvait prier aussi longtemps et aussi bien.

Enfin, quand il pensa que son projet était mûr, il commença à semer secrètement des germes de mécontentement parmi le peuple. Son dessein caché était, dès le début, de renverser le gouvernement; mais il le garda pour lui, comme il convenait, pendant quelque temps. Il usa de moyens divers avec les différents individus. Il éveilla le mécontentement de certains en appelant leur attention sur la brièveté des offices le dimanche. Il prétendit que, chaque dimanche, on dût avoir trois offices de trois heures chacun, au lieu de deux. Beaucoup de gens, en secret, avaient eu la même idée auparavant; ils formèrent dès lors un parti occulte pour le triomphe de ce projet. Il démontra à certaines des femmes qu'on ne leur accordait pas assez de voix aux prières dans les réunions. Ainsi se forma un autre parti. Aucune arme ne lui échappait. Il alla même jusqu'aux enfants, éveillant dans leur cœur une amertume, parce que, trouva-t-il pour eux, l'école du dimanche était trop courte. Cela fit un troisième parti.

Dès lors, chef de ces trois partis, il se trouva maître de la situation, et put songer à la suite de son plan. Il ne s'agissait de rien moins que de la mise en accusation du premier magistrat, James Russell Nickoy, homme remarquable par son caractère et son talent, fort riche, car il possédait une maison pourvue d'un salon, trois acres et demie de terrain planté d'ignames, et le seul bateau de l'île, une baleinière. Malheureusement, un prétexte d'accusation se présenta juste au même temps. Une des lois les plus vieilles et les plus sacrées de l'île était celle sur la violation de propriété. On la tenait en grand respect. Elle était le palladium des libertés populaires. Quelque trente ans auparavant, un débat fort grave, qui tombait sous cette loi, s'était présenté devant la cour. Il s'agissait d'un poulet appartenant à Élizabeth Young (alors âgée de cinquante-huit ans, fille de John Mills, un des révoltés du *Bounty*); le poulet passa sur des terres appartenant à Jeudi Octobre Christian (âgé de vingt-neuf ans, petit-fils de Fletcher Christian, un des révoltés). Christian tua le poulet. D'après la loi, Christian pouvait garder le poulet, ou, à son choix, rendre sa dépouille mortelle au propriétaire, et recevoir, en nature, des dommages-intérêts en accord avec le dégât et le tort à lui causés par l'envahisseur. Le rapport de la cour établissait que «le susdit Christian délivra la susdite dépouille mortelle à la susdite Élizabeth Young, et demanda un boisseau d'ignames en réparation du dommage causé». Mais Élizabeth Young trouva la demande exorbitante. Les parties ne purent s'accorder, et Christian poursuivit. Il perdit son procès en première instance; du moins on ne lui accorda qu'un demi-boisseau d'ignames, ce qu'il regarda comme insuffisant, et comme un échec. Il fit appel. Le procès traîna des années devant des tribunaux de divers degrés, avec des jugements successifs confirmant toujours le premier. L'affaire vint enfin devant la cour suprême, où elle s'arrêta vingt ans. Mais, l'été dernier, la cour suprême elle-même se décida à prononcer son verdict. Et le premier jugement fut confirmé une fois de plus.

Christian se déclara satisfait. Mais Stavely était présent, et lui parlant à voix basse, ainsi qu'à son avocat, lui suggéra, comme une simple question de forme, de demander que l'on produisît le texte de la loi, pour que l'on fût sûr qu'elle existait. Cette idée parut bizarre, mais ingénieuse. La demande fut adressée. On envoya un express à la demeure du magistrat. Il revint aussitôt pour annoncer que le texte de loi avait disparu des archives.

La cour annula son jugement, comme ayant été prononcé d'après une loi qui n'avait pas d'existence actuelle.

Il s'ensuivit une vive et subite émotion. La nouvelle se répandit par toute l'île que le palladium des libertés populaires était perdu, peut-être détruit traîtreusement. Dans l'espace d'une heure, presque toute la nation se trouvait réunie dans le prétoire, c'est-à-dire l'église. Le renversement du magistrat suprême suivit, sur la motion de Stavely. L'accusé supporta son infortune avec la dignité qu'il fallait. Il ne plaida ni ne discuta. Il dit simplement pour sa défense qu'il n'était pour rien dans la perte du texte de loi, qu'il avait gardé constamment les archives publiques dans la même caisse à bougies qui avait servi depuis l'origine à cet usage et qu'il était innocent de l'enlèvement ou de la destruction du document perdu.

Mais rien ne put le sauver. Il fut déclaré coupable de trahison et de dissimulation, déchu de ses fonctions; et toutes ses propriétés furent confisquées. La partie la moins solide de tout ce honteux procès fut la raison indiquée par ses ennemis à la destruction du texte de loi; à savoir qu'il voulait favoriser Christian parce qu'il était son cousin! Stavely était, à vrai dire, parmi toute la nation, le seul individu qui ne fût pas le cousin du juge. Le lecteur doit se souvenir que tous les gens de ce peuple descendaient d'une demi-douzaine de personnes. Les premiers enfants s'étaient mariés ensemble et avaient donné aux révoltés des petits-enfants. Ces petits-enfants s'étaient mariés entre eux. Ensuite on vit des mariages d'arrière-petits-fils et de leurs enfants. Aujourd'hui, par suite, tous sont consanguins. Il y a des parentés étonnantes, stupéfiantes même, par leurs combinaisons compliquées. Un étranger, par exemple, dira à un habitant de l'île:

—«Vous parlez de cette jeune fille comme de votre cousine. Tout à l'heure, vous l'appeliez votre tante.»

—«Parfaitement. Elle est ma tante et aussi ma cousine. Elle est également ma belle-sœur, ma nièce, ma cousine au quatrième degré, au trente-troisième, ou quarante-deuxième, ma grand'tante, ma grand'mère, la veuve de mon beau-frère, et, la semaine prochaine, elle sera ma femme.»

Ainsi l'accusation de népotisme contre le premier magistrat était faible. Mais, peu importe. Faible ou forte, elle convint à Stavely. Il fut immédiatement élu à la place vacante, et, suant des réformes par tous les pores, il se mit à l'œuvre avec vigueur. En peu de temps, les services religieux firent rage, partout et sans discontinuer. Par ordre, la seconde prière de l'office du matin, qui avait jusqu'alors duré quelque trente-cinq ou quarante minutes, et où l'on faisait des vœux pour le monde, en énumérant les continents et puis les nations et les tribus, fut étendue à une heure et demie. On y ajouta des supplications en faveur des peuples possibles dans les diverses planètes. Tout le monde en fut ravi. Chacun disait: «Cela commence à prendre tournure.» Par ordre les trois sermons habituels de trois heures chacun furent doublés en longueur. La nation vint en corps signifier sa gratitude au nouveau magistrat. La vieille loi défendant de faire la cuisine le jour du sabbat s'étendit à l'interdiction de manger, également. Par ordre, l'école du dimanche eut le privilège de se continuer pendant la semaine. La joie de tous fut complète. En un mois à peine, le nouveau magistrat était devenu l'idole du peuple.

Le moment lui parut propice au nouveau mouvement qu'il méditait. Il commença, d'abord avec prudence, à exciter l'opinion publique contre l'Angleterre. Il prit à part, un par un, les principaux citoyens, et causa avec eux sur ce sujet. Bientôt, il s'enhardit, et parla ouvertement. Il dit que la nation devait à elle-même, à son honneur, à ses grandes traditions, de se dresser dans sa force et de secouer le joug écrasant de l'Angleterre.

Les naïfs insulaires répondirent:—«Nous n'avons jamais remarqué qu'il nous écrasât. Comment pourrait-il nous écraser! Une fois en trois ou quatre ans, l'Angleterre nous envoie un navire, avec du savon et des vêtements, et toutes les choses dont nous avons grand besoin et que nous recevons avec reconnaissance. Elle ne nous dérange jamais. Elle nous laisse aller comme nous voulons.»

—«Aller comme vous voulez! De tout temps les esclaves ont pensé et parlé ainsi. Vos paroles montrent combien vous êtes tombés bas, combien vils et abrutis vous êtes devenus, sous cette tyrannie qui vous écrase. Eh! quoi? avez-vous renié toute fierté humaine? N'est-ce rien que la liberté? Êtes-vous satisfaits de n'être qu'une dépendance d'une souveraineté étrangère et odieuse, alors que vous pourriez vous lever et prendre votre juste place dans l'auguste famille des nations? Vous seriez libres, grands, civilisés, indépendants. Vous ne seriez plus les serviteurs d'un maître couronné, mais les arbitres de votre destin. Vous auriez le droit de parler et vous pèseriez dans la balance des destinées des nations terrestres, vos sœurs.»

De semblables discours produisirent leur effet. Les citoyens commencèrent à sentir le joug anglais. Ils ne savaient pas exactement comment et où, mais ils étaient parfaitement sûrs de le sentir. Ils se mirent à murmurer avec insistance, à secouer leurs chaînes, à soupirer pour le soulagement et la délivrance. Ils en vinrent à la haine du drapeau anglais, le signe et le symbole de leur humiliation nationale. Ils cessèrent de le regarder quand ils passaient près du Capitole, détournèrent les yeux et grincèrent des dents. Et quand, un beau matin, on le trouva piétiné dans la boue, au bas du poteau, on le laissa là; personne n'avança la main pour le rehisser. Une chose alors, qui devait arriver tôt ou tard, se produisit. Quelques-uns des principaux citoyens allèrent trouver une nuit le magistrat et lui dirent:

—«Nous ne pouvons supporter plus longtemps cette odieuse tyrannie. Comment faire pour nous affranchir?»

—«Par un coup d'État.»

—«Comment?»

—«Un coup d'État, voici ce que c'est. Tout est prêt d'ailleurs. A un moment donné, comme chef suprême de la nation, je proclame publiquement et solennellement son indépendance, et je la délie de toute obéissance à quelque autre puissance que ce soit.»

—«Cela paraît simple et aisé. Nous pouvons fort bien l'exécuter. Quelle sera la première chose à faire ensuite?»

—«S'emparer de toutes les forces, et des propriétés publiques de toute sorte, promulguer une loi martiale, mettre l'armée et la marine sur le pied de guerre et proclamer l'empire.»

Ce beau programme éblouit ces gens naïfs.

—«Cela est grand, dirent-ils, cela est splendide. Mais l'Angleterre ne résistera-t-elle pas?»

—«Laissez-la faire. Ce rocher est un vrai Gibraltar.»

—«Bien, mais parlons de l'empire. Nous faut-il vraiment un empire, et un empereur?»

—«Ce qu'il vous faut, mes amis, c'est l'unification. Regardez l'Allemagne, l'Italie. Elles ont fait leur unité. Il s'agit de faire notre unité. C'est ce qui rend la vie chère. C'est ce qui constitue le progrès. Il nous faut une armée permanente et une flotte. Des impôts s'ensuivront, naturellement. Tout cela réuni fait la grandeur d'un peuple. L'unification et la grandeur, que pouvez-vous demander de plus? Et bien,—seul un empire peut vous donner tous ces avantages.»

Le 8 septembre, l'île Pitcairn fut donc proclamée nation libre et indépendante. Et le même jour eut lieu le couronnement solennel de Butterworth Ier, empereur de Pitcairn, au milieu de grandes fêtes et réjouissances. La nation entière, à l'exception de quatorze personnes, en grande partie des petits enfants, défila devant le trône sur un seul rang, avec bannières et musique; le cortège avait plus de quatre-vingt-dix pieds de long; on observa qu'il mit trois bons quarts de minute à passer. Jamais, dans l'histoire de l'île, on n'avait vu chose pareille. L'enthousiasme public était sans bornes.

Dès lors, sans tarder, commencèrent les réformes impériales. On institua des ordres de noblesse. Un ministre de la marine fut nommé. On lui confia la baleinière. Un ministre de la guerre fut choisi et reçut le soin de procéder aussitôt à la formation d'une armée permanente. On nomma un premier lord de la trésorerie. Il fut chargé d'établir un projet d'impôt, et d'ouvrir des négociations pour des traités offensif, défensif et commercial avec les puissances étrangères. On créa des généraux et des amiraux, ainsi que des chambellans, des écuyers-servants et des gentilshommes de la chambre.

A ce moment-là, tous les gens disponibles furent occupés. Le grand-duc de Galilée, ministre de la guerre, se plaignit que tous les hommes faits, au nombre de seize, qui se trouvaient dans l'empire fussent pourvus de charges importantes; aucun d'eux ne voulait dès lors servir dans les rangs. Son armée permanente était dans le lac. Le marquis d'Ararat, ministre de la marine, formulait les mêmes plaintes. Il voulait bien, disait-il, prendre lui-même la direction de la baleinière, mais il lui fallait quelqu'un pour représenter l'équipage.

L'empereur fit pour le mieux, dans les circonstances. Il enleva à leurs mères tous les enfants âgés de plus de dix ans, et les incorpora dans l'armée. On forma ainsi un corps de dix-sept soldats, commandé par un lieutenant général et deux majors. Cette mesure satisfit le ministre de la guerre, et mécontenta toutes les mères du pays. Leurs chers petits ne devaient pas, disaient-elles, trouver des tombes sanglantes sur les champs de bataille, et le ministre de la guerre aurait à répondre de cette décision. Quelques-unes, les plus désolées et les plus inconsolables, passèrent leur temps à guetter le passage de l'empereur, et lui jetaient des ignames, sans se soucier des gardes du corps.

En outre, étant toujours donné le petit nombre d'hommes, on fut obligé d'utiliser le duc de Bethany, ministre des postes, comme rameur sur la baleinière. Cela le mit dans une position inférieure vis-à-vis de tel autre noble de rang plus bas, par exemple le vicomte de Canaan, juge-maître des plaids-communs. Le duc de Bethany, par suite, prit ouvertement des allures de mécontent, et, en secret, conspira. L'empereur l'avait prévu, mais ne put l'empêcher.

Tout alla de mal en pis. L'empereur, certain jour, éleva Nancy Peter à la pairie, et le lendemain, l'épousa. Cependant, pour des raisons d'État, le cabinet lui avait énergiquement conseillé d'épouser Emmeline, fille aînée de l'archevêque de Bethléem. Suivirent des griefs dans un parti important, les gens d'église. La nouvelle impératrice s'assura l'appui et l'amitié des deux tiers des trente-six femmes adultes de la nation, en les absorbant dans sa cour comme dames d'honneur, mais cela lui fit douze ennemies mortelles des douze restant. Les familles des dames d'honneur bientôt commencèrent à s'insurger, de ce qu'il n'y avait plus personne pour faire le ménage à la maison. Les douze femmes non choisies refusèrent d'entrer dans les cuisines impériales comme servantes. Ainsi l'impératrice dut prier la comtesse de Jéricho et autres grandes dames de la cour d'aller chercher l'eau, de balayer le palais, et d'accomplir d'autres services vulgaires également désagréables. Cela causa quelque fureur de ce côté-là.

Chacun se plaignait des taxes levées pour l'entretien de l'armée et de la marine, et pour le reste des dépenses du gouvernement impérial. Elles étaient intolérables et écrasantes, et réduisaient la nation à la mendicité. Les réponses de l'empereur ne satisfaisaient personne:

—«Voyez la Germanie, voyez l'Italie. Sont-elles plus heureuses que vous? N'avez-vous pas l'unification?»

Eux disaient:—«On ne peut pas se nourrir avec de l'unification et nous mourons de faim. Il n'y a pas d'agriculture... Tout le monde est à l'armée, ou dans la marine, ou dans un service public, paradant en uniforme, avec rien à faire, ni à manger. Personne pour travailler aux champs...

—«Regardez la Germanie, regardez l'Italie. C'est la même chose là. Telle est l'unification. Il n'y a pas d'autre procédé pour l'obtenir, pas d'autre procédé pour la conserver quand on l'a», disait toujours le pauvre empereur. Mais les mécontents ne répondaient que:—«Nous ne pouvons pas supporter les taxes. Nous ne pouvons pas.»

Pour couronner le tout, les ministres annoncèrent une dette publique de plus de quarante-cinq dollars, un demi-dollar par tête pour la nation. Et ils proposèrent quelque nouvel impôt. Ils avaient entendu dire que l'on fait toujours ainsi en pareil cas. Ils proposèrent des droits sur l'exportation, et aussi sur l'importation. Ils voulaient émettre des bons du trésor, ainsi que du papier-monnaie, amortissables en ignames et choux en cinquante ans. Il y avait un fort arriéré dans le paiement des dépenses de l'armée, de la marine et des autres administrations. Il fallait prendre des mesures, et des mesures immédiates, si l'on voulait éviter une banqueroute nationale et, peut-être, l'insurrection et la révolution. L'empereur prit soudain une décision énergique dont on n'avait jamais eu d'exemple jusqu'alors dans l'histoire de l'île. Il vint en grand apparat à l'église un dimanche matin, avec toute l'armée derrière lui, et donna ordre au ministre des finances de faire une collecte.

Ce fut la plume dont le poids vint faire plier les genoux du chameau. Un citoyen, puis un autre, se levèrent et refusèrent de se soumettre à cet outrage inouï. Chaque refus entraîna la confiscation immédiate des biens des mécontents. Ce procédé énergique vint à bout des résistances, et la collecte se fit au milieu d'un silence morne et menaçant. En se retirant avec les troupes: «Je vous apprendrai qui est le maître ici», dit l'empereur. Quelques personnes crièrent: «A bas l'unification!» Elles furent aussitôt arrêtées et arrachées des bras de leurs amis en larmes, par la soldatesque.

Dans l'intervalle, comme il était facile à quelque prophète que ce fût de le prévoir, un socialiste démocrate était né. Comme l'empereur, devant la porte de l'église, montait dans sa brouette impériale toute dorée, le socialiste démocrate lui porta quinze ou seize coups de harpon, malheureusement avec une maladresse si particulièrement socialo-démocratique qu'il ne lui fit aucun mal.

Cette nuit même, la révolution éclata. La nation tout entière se leva comme un seul homme, bien que quarante-neuf des révolutionnaires fussent du sexe féminin. Les soldats d'infanterie mirent bas leurs fourches, l'artillerie jeta ses noix de coco, la marine se révolta. L'empereur fut pris et enfermé pieds et poings liés dans son palais. Il était fort déprimé.

—«Je vous ai délivrés, leur dit-il, d'une odieuse tyrannie; je vous ai fait sortir de votre avilissement et j'ai fait de vous une nation parmi les nations. Je vous ai donné un gouvernement fort, compact, centralisé, mieux encore je vous ai donné le plus grand de tous les biens, l'unification. J'ai fait tout cela, et pour récompense j'ai la haine, l'insulte et des fers. Prenez-moi; faites de moi ce que vous voudrez. Je renonce ici à ma couronne et à toutes mes dignités, et c'est avec joie que je m'affranchis de leur fardeau trop pesant. Pour votre bien, j'ai pris le pouvoir, je l'abandonne pour votre bien. Les joyaux de la couronne impériale sont tombés. Vous pouvez fouler aux pieds la monture, qui ne sert plus.»

D'un commun accord, le peuple condamna l'ex-empereur ainsi que le socialiste démocrate à l'exclusion perpétuelle des services religieux, ou aux travaux forcés à perpétuité comme galériens sur la baleinière,—à leur choix. Le lendemain, la nation se réunit de nouveau, redressa le drapeau britannique, rétablit la tyrannie britannique, et fit rentrer les nobles dans le rang. Tous s'occupèrent aussitôt avec le zèle le plus actif de reconstituer les plants d'ignames dévastés et abandonnés, et de remettre en honneur les vieilles industries utiles, et la pratique salutaire et consolante des anciens exercices religieux. L'ex-empereur rendit le texte égaré de la loi sur la violation de propriété, expliquant qu'il l'avait dérobé non pour faire tort à qui que ce fût, mais pour servir ses projets politiques. Le peuple en conséquence rétablit l'ancien magistrat dans ses fonctions et lui rendit ses biens confisqués.

Après réflexion, l'ex-empereur et le socialiste démocrate choisirent l'exil perpétuel des services religieux, de préférence aux travaux forcés à perpétuité «avec les services religieux à perpétuité», pour employer leur expression. Le peuple pensa dès lors que les malheurs de ces pauvres gens leur avaient troublé la raison, et l'on jugea prudent de les enfermer. Ainsi fit-on. Telle est l'histoire de «d'acquisition douteuse» de Pitcairn.

COMMENT JE DEVINS DIRECTEUR D'UN JOURNAL D'AGRICULTURE

Quand je devins le directeur temporaire d'un journal d'agriculture, ce ne fut pas sans appréhension. Un terrien non plus n'assumerait pas sans appréhension le commandement d'un vaisseau. Mais j'étais dans une situation où la question de salaire devait primer tout. Le directeur habituel partait en congé, j'acceptai ses propositions et je pris sa place.

Je savourai la sensation d'avoir à nouveau du travail, et je travaillai toute la semaine avec un plaisir sans mélange. Nous mîmes sous presse, et j'attendis le soir avec quelque anxiété pour voir si mes efforts allaient attirer l'attention. Comme je quittais le bureau, vers le coucher du soleil, des hommes et des garçons groupés au pied de l'escalier se dispersèrent, d'un seul mouvement, et me livrèrent passage, et j'en entendis un ou deux qui disaient: «C'est lui!» Je fus naturellement flatté de cet incident. Le lendemain matin, je trouvai un groupe semblable au pied de l'escalier, après avoir rencontré des couples épars et des individus arrêtés çà et là dans la rue, et sur mon passage, qui me considéraient avec intérêt. Le groupe se sépara, et les gens s'éloignèrent comme j'arrivais, et j'entendis un homme dire: «Regardez son œil!» Je feignis de ne pas remarquer l'attention dont j'étais l'objet, mais dans le fond j'en fus enchanté, et je projetai d'écrire tout cela à ma tante. Je grimpai les quelques marches, et j'entendis des voix joyeuses et un retentissant éclat de rire en approchant de la porte. En l'ouvrant, j'aperçus deux jeunes gens dont les figures pâlirent et s'allongèrent quand ils me virent, et tous les deux sautèrent soudain par la fenêtre avec grand fracas. Je fus surpris.

Une demi-heure plus tard, environ, un vieux gentleman, à barbe opulente, à visage noble et plutôt sévère, entra et s'assit à mon invitation. Il semblait préoccupé. Il quitta son chapeau, le posa sur le sol, et en retira un foulard de soie rouge et un numéro de notre journal. Il ouvrit la feuille sur ses genoux, et tandis qu'il polissait ses lunettes avec son foulard, il dit:

—«Vous êtes le nouveau directeur?»

Je répondis que oui.

—«Avez-vous jamais dirigé un autre journal d'agriculture?»

—«Non, fis-je, c'est mon premier essai.»

—«C'est très vraisemblable. Avez-vous quelque expérience pratique en matière d'agriculture?»

—«Non. Je ne crois pas.»

—«Quelque chose me le disait, fit le vieux gentleman en mettant ses lunettes et me regardant par-dessus avec un air âpre, tandis qu'il pliait le journal commodément. Je veux vous lire ce qui m'a fait supposer cela. C'est cet article. Écoutez et dites-moi si c'est vous qui avez écrit ce qui suit:

«On ne devrait jamais arracher les navets. Cela les abîme. Il est bien préférable de faire monter un gamin pour secouer l'arbre.»

—«Eh bien! qu'en pensez-vous?... car c'est bien vous qui avez écrit cette phrase?»

—«Ce que j'en pense? Mais je pense que c'est très juste. Très sensé. Je suis convaincu que chaque année des millions et des millions de boisseaux de navets, rien que dans ce pays, sont perdus parce qu'on les arrache à moitié mûrs. Au contraire, si l'on faisait monter un garçon pour secouer arbre...!»

—«Secouer votre grand'mère! Alors, vous croyez que les navets poussent sur des arbres!»

—«Oh! non, certainement non! Qui vous dit qu'ils poussent sur des arbres? C'est une expression figurée, purement figurée. A moins d'être un âne bâté, on comprend bien que le garçon devrait secouer les ceps...»

Là-dessus le vieux monsieur se leva, déchira le journal en petits morceaux, les piétina, brisa un certain nombre d'objets avec sa canne, déclara que j'étais plus ignorant qu'une vache, puis sortit en faisant claquer la porte derrière lui; bref, se comporta de telle sorte que je fus persuadé que quelque chose lui avait déplu. Mais ne sachant ce que c'était, je ne pus lui être d'aucun secours.

Un instant après, une longue créature cadavérique, avec des cheveux plats tombant sur les épaules, et les broussailles d'une barbe de huit jours hérissant les collines et les vallées de sa face, se précipita dans mon bureau, s'arrêta, immobile, un doigt sur les lèvres, la tête et le corps penchés dans une attitude d'écoute.

Le silence était complet. Le personnage écouta encore. Aucun bruit. Alors, il donna à la porte un tour de clef, puis s'avança vers moi en marchant sur la pointe des pieds avec précaution, jusqu'à me toucher, et s'arrêta. Après avoir considéré ma figure avec un intense intérêt, pendant quelques instants, il tira d'une poche intérieure un numéro plié du journal.

—«Là, dit-il, là. Voici ce que vous avez écrit. Lisez-le-moi, vite, secouez-moi. Je souffre.»

Je lus ce qui suit. Et à mesure que les phrases tombaient de mes lèvres, je pouvais voir renaître le calme sur son visage, ses muscles se détendre, l'anxiété disparaître de sa face, la paix et la sérénité se répandre sur ses traits comme un clair de lune béni sur un paysage désolé:

«Le guano est un bel oiseau, mais son éducation exige de grands soins. On ne doit pas l'importer avant juin ou après septembre. En hiver, on aura soin de le tenir dans un endroit chaud, où il puisse couver ses petits.»

«Il est évident que la saison sera tardive pour les céréales. Le fermier fera bien de commencer à aligner les pieds de blé et à planter les gâteaux de sarrasin en juillet au lieu d'août.»

«Quelques mots sur la citrouille: Cette baie est fort appréciée par les indigènes de l'intérieur de la Nouvelle Angleterre, qui la préfèrent à la groseille à maquereau pour faire les tartes. Ils la préfèrent aussi à la framboise pour nourrir les vaches, comme étant plus nutritive sans empâter. La citrouille est la seule variété comestible de la famille des oranges qui réussisse dans le nord, excepté la gourde et une ou deux espèces de calebasses. Mais la coutume de la planter dans les cours en façade des maisons, pour faire des bosquets, disparaît rapidement. Il est aujourd'hui généralement reconnu que la citrouille, pour donner de l'ombrage, ne vaut rien.»

«La saison chaude approche, et les jars commencent à frayer...»

Mon auditeur enthousiasmé se précipita vers moi, me prit les mains et s'écria:

—«Là! là! il suffit. Je sais maintenant que j'ai toute ma tête, vous avez lu cela juste comme moi, mot pour mot. Mais étranger, quand je vous lus d'abord, ce matin, je me dis: Non, non, jamais je ne l'avais cru, malgré les soins que me prodiguent mes amis, mais maintenant je sens bien que je suis fou; et alors j'ai poussé un hurlement que vous auriez entendu de deux kilomètres, et je suis parti pour tuer quelqu'un, car je sentais que cela arriverait tôt ou tard, et qu'autant valait commencer tout de suite. J'ai relu d'un bout à l'autre un de vos paragraphes, pour être tout à fait sûr, puis j'ai mis le feu à ma maison, et je suis parti. J'ai estropié plusieurs personnes et j'ai logé un individu dans un arbre où je le retrouverai quand je le voudrai. Mais j'ai pensé qu'il fallait entrer chez vous comme je passais par là, et m'assurer de la chose. Et maintenant je sais à quoi m'en tenir, et je puis vous dire que c'est un bonheur pour l'individu qui est dans l'arbre. Je l'aurais tué, sans nul doute, en repassant. Bonsoir, Monsieur, bonsoir, vous m'avez ôté un grand poids de l'esprit. Ma raison a résisté à la lecture d'un de vos articles d'agriculture. Je sais que rien désormais ne pourra plus la troubler. Bonsoir, Monsieur.»

Je me sentis un peu ému en songeant aux forfaits et aux incendies que cet individu s'était permis; je ne pouvais m'empêcher de songer que j'en étais un peu le complice. Mais ces sentiments disparurent vite, car le directeur en titre venait d'entrer.

Je me dis en moi-même: «Tu aurais mieux fait d'aller te promener en Égypte, comme je te l'avais conseillé. Il y aurait eu quelque chance que tout marchât bien. Mais tu n'as pas voulu m'écouter, et voilà où tu en es. Il fallait t'y attendre.»

Le directeur paraissait morne, navré, désolé.

Il contempla les dégâts que le vieux gentleman irascible et les deux jeunes fermiers avait faits, et dit:

—«C'est de la vilaine besogne, de la très vilaine besogne. Le flacon de colle est brisé, six carreaux cassés, un crachoir et deux chandeliers. Mais ce n'est pas le pis. C'est la réputation du journal qui est démolie, et pour toujours, je le crains. On ne le vendait pas beaucoup jusqu'à aujourd'hui, nous n'avions jamais eu un si fort tirage ni tant fait parler de nous. Mais doit-on souhaiter un succès dû à la folie, et une prospérité fondée sur la faiblesse d'esprit? Mon ami, aussi vrai que je suis un honnête homme, il y a des gens, là dehors, plein la rue. D'autres sont perchés sur les haies, guettant votre sortie, car ils vous croient fou. Et ils sont fondés à le croire, après avoir lu vos articles qui sont une honte pour la presse. Voyons! quoi donc a pu vous mettre en tête que vous étiez capable de rédiger un journal de cette sorte? Vous paraissez ignorer les premiers éléments de l'agriculture... Vous confondez un sillon avec une herse. Vous parlez de la saison où les vaches muent, et vous recommandez l'apprivoisement du putois sous prétexte qu'il aime à jouer et qu'il attrape les rats! Votre remarque que les moules restent calmes quand on leur fait de la musique est tout à fait superflue. Rien ne trouble la sérénité des moules. Les moules sont toujours calmes. Les moules ne se préoccupent en aucune façon de la musique. Ah! ciel et terre! mon ami. Si vous aviez fait de l'acquisition de l'ignorance l'étude de votre vie, vous n'auriez jamais pu passer vos examens de doctorat es-nullité plus brillamment qu'aujourd'hui. Je n'ai jamais vu rien de pareil. Votre observation que le marron d'Inde est de plus en plus en faveur comme article de commerce est simplement calculée pour détruire ce journal. Je vous prie de laisser vos travaux et de partir. Je n'ai plus besoin de vacances. Je ne pourrais plus en jouir, en sachant que vous êtes assis à ma place. Je me demanderais sans cesse avec épouvante ce que vous iriez la prochaine fois recommander à mes lecteurs. Je perds patience quand je songe que vous avez parlé des parcs d'huîtres sous la rubrique: «Le jardinier paysagiste.» Je vous supplie de partir. Rien au monde ne pourrait me décider à prendre un nouveau congé. O pourquoi ne m'avoir pas dit que vous ignoriez tout de l'agriculture?»

—«Pourquoi, épi de maïs, tête d'artichaut, enfant de chou-fleur! Mais c'est la première fois qu'on me fait des observations aussi ridicules. Je vous dis que je suis dans le journalisme depuis quatorze ans, et je n'ai jamais entendu dire qu'il faille savoir quelque chose pour écrire dans un journal.

Espèce de navet! Qui rédige les critiques dramatiques dans les feuilles de second ordre? Un tas de cordonniers choisis pour cela et d'apprentis pharmaciens qui connaissent l'art du théâtre comme je connais l'agriculture et pas plus. Les livres, qui donc en rend compte? Des gens qui n'en ont jamais écrit un. Qui donc fait les articles sur les finances? Des individus qui ont les meilleures raisons pour n'y rien entendre. Quels sont ceux qui critiquent la manière dont sont menées les campagnes contre les Indiens? Des gens qui ne sauraient pas distinguer un cri de guerre d'un wigwam, qui jamais n'ont fait de course à pied avec un tomahawk dans la main, et qui n'ont jamais eu à recueillir les flèches plantées dans le cadavre des divers membres de leur famille pour en allumer le feu au campement du soir. Qui écrit les articles sur la tempérance et hurle contre le punch? Des gaillards qui n'auront pas une minute l'haleine sobre jusqu'au jour de leur enterrement. Qui rédige les journaux d'agriculture? Vous, tête d'igname. Et tous ceux, en règle absolue, qui ont échoué dans la poésie, ou dans les romans à couverture jaune, les drames à sensation, les chroniques mondaines, et qui finalement tombent sur l'agriculture dans leur dernière station avant l'hôpital. Et c'est vous qui essayez de m'en remontrer sur le métier de journaliste! Monsieur, je connais ce métier depuis alpha jusqu'à oméga, et je vous dis que moins un homme a de compétence, plus il a de vogue et gagne d'argent. Le ciel m'est témoin que si j'avais été un ignare au lieu d'être un homme instruit, impudent au lieu de modeste, j'aurais pu me faire un nom dans ce monde froid et égoïste. Je me retire, Monsieur. Depuis que j'ai été traité comme je l'ai été par vous, je suis décidé à me retirer. J'ai fait mon devoir. J'ai rempli mes engagements aussi scrupuleusement que j'ai pu. J'ai prétendu que je pouvais rendre votre journal intéressant pour toutes les classes de lecteurs. Je l'ai fait. J'avais promis de faire monter votre tirage à vingt mille. Deux semaines de plus et le chiffre était atteint. Et je vous aurais donné la meilleure sorte de lecteurs qu'un journal d'agriculture ait jamais eue, qui n'eût pas compté un seul fermier, un seul individu capable de distinguer, quand même sa vie en dépendrait, un melon d'eau d'une pêche. C'est vous qui perdez à notre rupture, racine de pâté, et non pas moi. Adieu.» Et je partis.

LE MEURTRE DE JULES CÉSAR EN FAIT DIVERS

Seul récit complet et authentique paru à ce jour. Extrait du journal romain *Les Faisceaux du Soir quotidiens*, à la date de ce terrible accident.

Rien au monde ne procure autant de satisfaction à un reporter que de réunir les détails d'un meurtre sanglant et mystérieux, et de les exposer avec toutes les circonstances aggravantes. Il prend un vif plaisir à ce travail charmant, surtout s'il sait que tous les autres journaux sont sous presse, et que le sien sera le seul à donner les affreux détails. J'ai souvent éprouvé un sentiment de regret, de n'avoir pas été reporter à Rome au temps du meurtre de César, reporter à un journal du soir, et le seul journal du soir dans la ville; j'aurais battu d'au moins douze têtes d'heure à la course les reporters aux journaux du matin, avec le plus merveilleux fait divers qui jamais échut à quelqu'un du métier. D'autres événements se sont produits, aussi étonnants que celui-là. Mais aucun n'a présenté, si particulièrement, tous les caractères du «fait divers» comme on le conçoit aujourd'hui, rehaussés et magnifiés par le rang élevé, la réputation, la situation sociale et politique des personnages.

Puisqu'il ne m'a pas été permis de reporter l'assassinat de César d'une façon régulière, j'ai eu du moins une satisfaction rare à en traduire le fidèle récit suivant du texte latin des *Faisceaux du Soir quotidiens* de cette date, seconde édition:

«Notre ville de Rome, si paisible d'habitude, a été hier profondément émue et troublée par un de ces crimes sanglants qui navrent le cœur et emplissent l'âme d'effroi, en même temps qu'ils inspirent à tous les hommes sages des appréhensions pour l'avenir d'une cité où la vie humaine compte si peu, et où les lois les plus sérieuses sont ouvertement violées. Un tel crime ayant été commis, il est de notre devoir douloureux, à nous journalistes, de raconter la mort d'un de nos plus estimés concitoyens, d'un homme dont le nom est connu aussi loin que peut aller ce journal et dont nous avons eu le plaisir et aussi le privilège d'étendre la renommée, et de protéger la réputation contre les calomnies et les mensonges, au mieux de notre faible pouvoir. Nous voulons parler de M. J. César, empereur élu.

«Voici les faits, aussi exactement que notre reporter a pu les dégager des récits contradictoires des témoins: Il s'agissait d'une querelle électorale, naturellement. Les neuf dixièmes des effroyables massacres qui déshonorent chaque jour notre cité viennent des querelles, des jalousies et des haines engendrées par ces maudites élections. Rome gagnerait beaucoup à ce que les agents de police eux-mêmes fussent nommés pour cent ans. Car c'est un fait d'expérience que nous n'avons jamais pu élire même un ramasseur de chiens, sans célébrer cet événement par une douzaine de têtes cassées, et tous les postes de police encombrés de vagabonds ivres jusqu'au matin. On dit que lorsque l'écrasante majorité aux élections sur la place du marché fut proclamée l'autre jour, et que l'on offrit la couronne à ce gentleman, même son bizarre désintéressement qui le fit refuser trois fois ne suffit pas à le sauver des insultes murmurées par des hommes comme Casca, du dixième arrondissement, et d'autres séides des candidats battus, venus surtout du onzième et du treizième, et des districts de banlieue. On les surprit à s'exprimer avec ironie et mépris sur la conduite de M. César en cette occasion.

«On assure, d'autre part, et beaucoup de nos amis se croient autorisés à admettre, que l'assassinat de Jules César était une chose arrangée, suivant un plan longuement mûri, élaboré par Marcus Brutus et une bande de coquins à ses gages, et dont le programme n'a été que trop fidèlement exécuté. Si ce soupçon repose sur des bases solides, ou non, nous laissons le lecteur juger. Nous lui demandons uniquement de vouloir bien lire le suivant récit du triste événement avec attention et sans parti pris, avant de se prononcer:

«Le Sénat était déjà réuni, et César descendait la rue qui conduit au Capitole, causant avec quelques amis, et suivi, comme à l'ordinaire, d'un grand nombre de citoyens. Juste comme il passait devant la droguerie Démosthène et Thucydide, il fit remarquer à un gentleman, qui, à ce que croit notre rédacteur, était un prédiseur d'avenir, que les ides de mars étaient venues. «Oui, répondit l'autre, mais elles ne sont pas passées.» A ce moment, Artemidorus s'avança, dit à César que le temps pressait et lui demanda de lire un papier, une brochure ou quelque chose dans ce genre qu'il avait apportée pour la lui montrer. Decius Brutus dit aussi quelques mots au sujet d'une «humble requête» qu'il voulait soumettre à César. Artemidorus demanda la priorité, disant que son écrit concernait César personnellement. Celui-ci répliqua que ce qui regardait César lui-même devait passer en dernier lieu, ou prononça quelque phrase analogue. Artemidorus le supplia de lire ce papier immédiatement[D]. Mais César l'écarta et refusa de lire aucune pétition dans la rue. Il entra alors au Capitole et la foule derrière lui.

«Environ ce temps, fut surprise la conversation suivante, qui, rapprochée des événements qui succédèrent, prend une terrible signification. M. Papilius Lena fit remarquer à Georges W. Cassius, communément connu sous le nom de «de gros gars du troisième arrondissement», un émeutier à la solde de l'opposition, qu'il souhaitait bon succès à son entreprise de ce jour. Et Cassius ayant demandé «Quelle entreprise?» l'autre se contenta de cligner l'œil gauche en disant avec une indifférence simulée: «Bonne chance», et s'en fut du côté de César. Marcus Brutus, que l'on soupçonne d'avoir été le meneur de la bande qui commit le crime, demanda ce que Lena venait de dire. Cassius le lui répéta, et ajouta à voix basse: «Je crains que notre projet soit découvert.»

«Brutus dit à son misérable complice d'avoir l'œil sur Lena, et un moment après Cassius enjoignit à Casca, ce vil et famélique vagabond, dont la réputation est détestable, d'agir promptement, car il craignait d'être prévenu. Casca se tourna vers Brutus, l'air très excité, et demanda des instructions, et jura que de César ou de lui un resterait sur la place; il avait fait le sacrifice de sa vie. A ce moment César causait, avec quelques représentants des districts ruraux, des élections aux sièges renouvelables, et portait peu d'attention sur ce qui se passait autour de lui. William Trebonius engagea une conversation avec un ami du peuple et de César, Marcus Antonius, et, sous un prétexte ou un autre, l'écarta; Brutus, Decius, Casca, Cinna, Metellus Cimber et d'autres de cette bande d'infâmes forcenés qui infectent Rome actuellement entourèrent de près l'infortuné. Alors Metellus Cimber mit un genou en terre et demanda la grâce de son frère exilé. Mais César lui fit honte de sa bassesse et refusa. Aussitôt, sur un signe de Cimber, Brutus, d'abord, puis Cassius implorèrent le retour de Publius banni. Mais César, derechef, refusa. Il dit que rien ne pourrait l'ébranler, qu'il était aussi immobile que l'étoile polaire, puis se mit à faire l'éloge, dans les termes les plus flatteurs, de la stabilité de cette étoile et de la fermeté de son caractère. Il ajouta qu'il était semblable à elle, et qu'il pensait être le seul homme dans le pays qui le fût. D'ailleurs, puisqu'il était «constant» que Cimber avait dû être banni, il était aussi «constant» qu'il devait rester banni, et, lui, César, voulait être pendu s'il ne le gardait pas en exil.

«Saisissant aussitôt ce futile prétexte de violence, Casca bondit vers César, et le frappa d'un coup de poignard. Mais César, de la main droite, lui retint le bras, et du poing gauche ramené jusqu'à l'épaule, puis projeté, frappa un coup qui envoya le misérable rouler ensanglanté sur le sol. Il s'adossa ensuite à la statue de Pompée et se mit en garde. Cassius, Cimber et Cinna se précipitèrent vers lui, le poignard levé, et le premier réussit à le frapper. Mais avant qu'il pût porter un autre coup, et qu'aucun des autres pût l'atteindre, César étendit à ses pieds les trois mécréants d'autant de coups de son poing solide. Pendant ce temps, le Sénat était dans un affolement inexprimable. La ruée des citoyens dans les couloirs, et leurs efforts frénétiques pour s'échapper avaient bloqué les portes. Le sergent d'armes et ses hommes luttaient contre les assassins. De vénérables sénateurs avaient jeté leurs robes encombrantes et sautaient par-dessus les bancs, fuyant dans une confusion sauvage à travers les ailes latérales pour chercher refuge dans les salles des commissions; un millier de voix criaient: «La police! la police!» sur des tons discordants qui s'élevaient au-dessus du fracas effroyable comme le sifflement des vents au-dessus d'une tempête qui gronde. Et parmi tout cela se tenait debout le grand César, adossé à la statue comme un lion acculé, et sans armes, de ses mains luttant contre les assaillants, avec l'allure hautaine et le courage intrépide qu'il avait montrés tant de fois sur les champs de bataille sanglants. William Trebonius et Caius Ligarius le frappèrent de leur poignard. Ils tombèrent comme leurs complices étaient tombés. Mais à la fin, lorsque César vit son vieil ami Brutus marcher vers lui, armé d'une dague meurtrière, on dit qu'il parut succomber sous la douleur et la stupeur. Laissant tomber son bras invincible, il cacha sa face dans les plis de son manteau, et reçut le coup du traître sans un effort pour écarter la main qui le porta. Il dit seulement: «Toi aussi, Brutus!» et tomba mort, sur le marbre du pavé.

«On affirme que le vêtement qu'il portait quand il fut tué était le même qu'il avait sur lui l'après-midi, dans sa tente, le jour de sa victoire sur les Nerviens. Quand on le lui retira, on trouva qu'il était percé et déchiré à sept endroits différents. Il n'y avait rien dans les poches. Le vêtement sera produit en justice à la requête du coroner, et fournira une preuve irréfutable du meurtre. Ces derniers détails sont dignes de foi. Nous les tenons de Marcus Antonius, que sa position met à même de connaître toutes les particularités se rapportant au sujet le plus absorbant de l'actualité d'aujourd'hui.

«*Dernières nouvelles.*—Tandis que le coroner convoquait le jury, Marcus Antonius et d'autres amis de feu César s'emparaient du corps et le transportaient au forum. A la dernière heure. Antonius et Brutus étaient en train de faire des discours sur le cadavre, et suscitaient un tel vacarme parmi le peuple qu'au moment où nous mettons sous presse le préfet de police est convaincu qu'il va y avoir une émeute et prend les mesures en conséquence.»

LA CÉLÈBRE GRENOUILLE SAUTEUSE DU COMTÉ DE CALAVERAS

Pour faire droit à la requête d'un ami, qui m'écrivait de l'Est, j'allai rendre visite à ce brave garçon et vieux bavard de Simon Wheeler. Je lui demandai des nouvelles d'un ami de mon ami, Léonidas W. Smiley, comme j'en avais été prié, et voici le résultat. J'ai un vague soupçon que Léonidas W. Smiley n'est qu'un mythe, que mon ami ne l'a jamais vu, et que, dans sa pensée, si j'en parlais à Simon Wheeler, ce serait simplement pour celui-ci une occasion de se rappeler son infâme Jim Smiley et de m'ennuyer mortellement avec quelque exaspérant souvenir de ce personnage, histoire aussi longue, aussi ennuyeuse que dénuée d'intérêt pour moi. Si c'était son intention, il a réussi.

Je trouvai Simon Wheeler somnolant d'un air confortable, près du poêle, dans le bar-room de la vieille taverne délabrée, au milieu de l'ancien camp minier de l'Ange; je remarquai qu'il était gras et chauve, et qu'il y avait une expression de sympathique douceur et de simplicité dans sa physionomie. Il se réveilla et me souhaita le bonjour. Je lui dis qu'un de mes amis m'avait chargé de prendre quelques informations sur un compagnon chéri de son enfance, du nom de Léonidas W. Smiley, le révérend Léonidas W. Smiley, jeune ministre de l'évangile, qui, lui disait-on, avait résidé quelque temps au camp de l'Ange. J'ajoutai que si M. Wheeler pouvait me donner des renseignements sur ce Léonidas W. Smiley, je lui aurais beaucoup d'obligation.

Simon Wheeler me poussa dans un coin, m'y bloqua avec sa chaise, puis s'assit, et dévida la monotone narration suivante. Il ne sourit pas une fois, il ne sourcilla pas une fois, il ne changea pas une fois d'intonation, et garda jusqu'au bout la clef d'harmonie sur laquelle sa première phrase avait commencé. Pas une fois il ne trahit le plus léger enthousiasme. Mais à travers son interminable récit courait une veine d'impressive et sérieuse sincérité. Il me fut prouvé jusqu'à l'évidence qu'il ne voyait rien de ridicule ou de plaisant dans cette histoire. Il la considérait, en vérité, comme un événement important, et voyait avec admiration, dans ses deux héros, des hommes d'un génie transcendant sous le rapport de la finesse. Je le laissai donc parler, sans l'interrompre une seule fois.

—«Le révérend Léonidas W. Smiley. Hum! Le révérend Lé..., parfaitement. Il y avait ici autrefois un gaillard nommé *Jim* Smiley. C'était dans l'hiver de 1849 ou peut-être au printemps de 1850. Je ne me rappelle pas exactement, mais ce qui me fait penser que c'était dans les environs de ce temps-là, c'est que, je m'en souviens, le grand barrage de la rivière n'était pas terminé quand il arriva au camp. Toujours est-il que jamais on ne vit homme plus curieux. Il pariait à propos de tout ce qui se présentait, pourvu qu'il trouvât un parieur. Tout ce qui allait à l'autre lui allait. Il lui fallait trouver son homme. Alors il était satisfait. Si l'on n'acceptait pas de parier dans un sens, il changeait de parti avec l'adversaire. Il avait d'ailleurs une chance extraordinaire et gagnait presque sans manquer. Il était toujours prêt et disposé à la gageure. On ne pouvait mentionner la moindre chose que ce gaillard n'offrît d'accepter le pari pour ou contre. Cela lui était égal, comme je vous l'ai dit. Les jours de courses, vous le trouviez, à la fin, rouge de plaisir ou dépouillé jusqu'au dernier sou. S'il y avait un combat de chiens, il pariait; un combat de chats, il pariait; un combat de coqs, il pariait. S'il voyait deux oiseaux perchés sur une haie, il pariait lequel s'envolerait le premier, et s'il y avait un meeting au camp, il était là exactement, pariant pour le pasteur Walker, qu'il regardait comme le meilleur prédicateur du pays. Et il l'était, en effet, et, de plus, un brave homme. Smiley aurait vu une punaise, la jambe levée pour aller n'importe où, qu'il aurait parié sur le temps qu'elle mettrait à y arriver, et si vous l'aviez pris au mot, il aurait suivi la punaise jusqu'au Mexique, sans s'inquiéter de la longueur du voyage ou du temps qu'il serait en route. Il y a des tas de gens ici qui ont connu ce Smiley et qui pourront vous parler de lui. Sans aucune préférence il eût parié sur n'importe quoi. C'était un déterminé gaillard. La femme du pasteur Walker, à une époque, fut très malade. Sa maladie dura longtemps. Il semblait qu'on ne dût pas la sauver. Mais un matin le pasteur entra et Smiley lui demanda des nouvelles. Il répondit qu'elle était mieux, grâce à l'infinie miséricorde du Seigneur, et qu'elle allait si gentiment qu'avec la bénédiction de la Providence elle finirait par s'en tirer tout à fait, et Smiley, avant même d'y penser lui dit: «Je la prends morte, à deux et demi.»

«Ce Smiley avait une jument que les gamins appelaient «le bidet du quart d'heure», mais c'était par plaisanterie, parce que, sûrement, elle allait plus vite que cela, et d'ordinaire il gagnait de l'argent sur cette bête, bien qu'elle fût si lente et quelle eût toujours de l'asthme, des coliques, de la consomption ou quelque chose semblable. On lui donnait deux ou trois cents mètres d'avance, mais on la rattrapait vite. Seulement, au bout de la course, elle s'excitait désespérément, et se mettait à trotter, à galoper, jetant ses jambes dans tous les sens, en l'air et sur les barrières, et soulevant une poussière terrible, et faisant un bruit effrayant avec sa toux et toujours arrivant au but la première, juste d'une longueur de tête.

«Il avait aussi un tout petit bouledogue, qui ne vous aurait pas semblé valoir deux sous, tant il avait l'air commun, et si peu engageant qu'à parier contre lui on eût craint de passer pour un voleur. Mais dès que l'argent était engagé, c'était un tout autre chien. Sa mâchoire inférieure commençait à ressortir comme le gaillard d'avant d'un bateau à vapeur, et ses dents se découvraient, brillantes comme une fournaise. Un autre chien pouvait lui courir sus, le provoquer, le mordre, le jeter par-dessus son épaule deux ou trois fois, André Jackson, c'était son nom, André Jackson continuait la partie en ayant l'air de trouver tout naturel,—on doublait les paris, et on les triplait contre lui, jusqu'à ce qu'il n'y eût plus d'argent à engager, et alors, tout d'un coup, il vous attrapait l'autre chien, juste à l'articulation de la jambe de derrière, et il tenait bon, sans enfoncer trop les dents, mais rien que pour garder sa proie, et s'y suspendre aussi longtemps qu'on n'avait pas jeté l'éponge en l'air, eût-il dû attendre un an. Smiley avait toujours gagné, avec cette bête-là, jusqu'au jour où il rencontra un chien qui n'avait pas de jambes de derrière, parce qu'il les avait eues prises et coupées par une scie circulaire. Quand le combat eut été mené assez loin, et que tout l'argent fut sorti des poches, lorsqu'André Jackson arriva pour saisir son morceau favori, il vit aussitôt qu'on s'était moqué de lui, et que l'autre chien le tenait contre la porte, comme on dit. Il en parut tout surpris, penaud et découragé; il ne fit plus un seul effort, et dès lors fut rudement secoué. Il adressa un regard à Smiley, comme pour lui dire que son cœur était brisé, et que c'était sa faute à lui, Smiley, d'avoir amené un chien qui n'avait pas de jambes de derrière, qu'il pût saisir, puisque c'était là-dessus qu'il comptait dans un combat. Il fit ensuite quelques pas, clopin-clopant, se coucha et mourut. C'était un bon chien, cet André Jackson. Il se serait fait un nom s'il eût vécu. Car il avait de l'étoffe et du génie. Je le sais, bien que les circonstances l'aient trahi. Il serait absurde de ne pas reconnaître qu'un chien devait avoir un talent spécial pour se battre de cette façon. Je me sens toujours triste quand je pense à son dernier tournoi et à la manière dont il finit.

«Eh bien! ce Smiley avait des terriers, des coqs de combat, des chats et toutes sortes d'animaux semblables, au point qu'on n'avait pas de repos, et que vous aviez beau chercher n'importe quoi pour parier contre lui, il était toujours votre homme. Il attrapa un jour une grenouille, l'emporta chez lui, et dit qu'il voulait faire son éducation. Mais pendant trois mois, il ne fit rien que la mettre dans son arrière-cour, et lui apprendre à sauter, et je vous parie tout ce que vous voudrez qu'il le lui apprit. Il n'avait qu'à lui donner une petite poussée par derrière, et aussitôt, on voyait la grenouille tourner en l'air comme une crêpe, faire une culbute ou deux, si elle avait pris un bon élan, et puis retomber sur ses pattes avec la dextérité d'un chat. Il l'avait dressée aussi dans l'art d'attraper les mouches, et il l'avait exercée si patiemment qu'elle clouait une mouche contre le mur du plus loin qu'elle la voyait. Smiley disait que tout ce qu'il fallait à une grenouille, c'était l'éducation, et que l'on pouvait en faire à peu près ce qu'on voulait, et je crois qu'il avait raison. Tenez, je l'ai vu poser Daniel Webster là sur le plancher—Daniel Webster, c'était le nom de la grenouille—et lui chanter: «Des mouches, Dan, des mouches?» Et avant que vous eussiez cligné de l'œil, elle faisait un bond, happait une mouche, ici, sur le comptoir, et retombait sur le plancher comme un paquet de boue, et se mettait à se gratter la tête avec sa patte de derrière, d'un air aussi indifférent que si elle n'avait pas eu la moindre idée d'avoir fait autre chose que ce que toute autre grenouille pouvait faire. Vous n'avez jamais vu une grenouille aussi modeste et aussi franche, dressée comme elle l'était. Et quand il s'agissait de sauter à tout moment et tout simplement sur un terrain plat, elle franchissait plus d'espace en un saut qu'aucune bête de son espèce. Le saut en longueur était son triomphe. Dans ces cas-là, Smiley pontait son argent sur elle tant qu'il avait un rouge liard. Il était monstrueusement fier de sa grenouille, et il en avait le droit. Car des gens qui avaient voyagé et qui avaient été partout disaient qu'elle battrait toutes les grenouilles qu'ils avaient jamais vues.

«Très bien. Smiley gardait sa grenouille dans une petite boîte à treillis, et l'emportait parfois avec lui à la ville pour parier. Un jour, un individu, étranger à notre camp, le rencontre avec sa boîte et lui dit:

—«Que diable avez-vous là-dedans?»

«Smiley, d'un air indifférent lui répond:—«Ce pourrait être un perroquet, ou un canari, mais non,—c'est justement une grenouille.»

«L'autre la prit, la regarda attentivement, la tourna dans tous les sens, puis dit:—«C'est tout de même vrai. Et à quoi est-elle bonne?»

—«Ma foi, dit Smiley d'un air dégagé et insouciant, elle est bonne pour une chose, à mon avis. Elle peut battre à sauter n'importe quelle grenouille du Calaveras.»

«L'individu reprit la boîte, l'examina de nouveau longuement, attentivement, et la rendit à Smiley en disant d'un air décidé:—«Après tout, je ne vois dans cette grenouille rien de mieux que dans n'importe quelle grenouille.»

—«C'est possible, dit Smiley. Peut-être que vous vous connaissez en grenouilles, et peut-être que vous ne vous y connaissez pas. Il se peut que vous ayez de l'expérience, il se peut que vous ne soyez qu'un amateur. Dans tous les cas, j'ai mon opinion, et je parie quarante dollars que cette grenouille saute plus loin qu'aucune grenouille du Calaveras.»

«L'autre réfléchit une minute, puis dit, avec une sorte de tristesse:—«Voilà. Je ne suis ici qu'un étranger, je n'ai pas de grenouille. Si j'en avais une je parierais.»

—«Très bien, dit Smiley; si vous voulez tenir ma boîte un instant, je vais vous en chercher une.»

«L'individu prit la boîte, posa ses quarante dollars à côté de ceux de Smiley et s'assit pour attendre.

«Il demeura là un bon moment, à réfléchir et réfléchir. Puis il sortit la grenouille de la boîte, lui ouvrit la bouche toute grande, et prit d'autre part une cuillère à thé. Il se mit alors à emplir la grenouille de petit plomb, il la remplit jusqu'au menton, et la reposa sur le sol délicatement. Pendant ce temps, Smiley, qui était allé à la mare, barbotait dans la boue. A la fin, il attrapa une grenouille, l'apporta et la donna à l'individu, en disant:

—«Maintenant, si vous êtes prêt, mettez-la à côté de Daniel, avec ses pattes de devant au niveau de celles de Daniel, et je donnerai le signal.»

«Alors il dit:—«Une, deux, trois, sautez!» Et Smiley et l'individu touchent chacun sa grenouille par derrière. La nouvelle grenouille saute vivement. Daniel fait un effort et hausse les épaules comme cela,—comme un Français,—mais en vain. Elle ne pouvait bouger, elle était plantée en terre aussi solidement qu'une église. Elle ne pouvait pas plus avancer qui si elle eût été à l'ancre.

«Smiley était passablement surpris, et même dégoûté, mais il ne pouvait pas soupçonner ce qui s'était passé. Bien sûr!

«L'individu prit l'argent et s'en alla. Mais quand il fut sur le pas de la porte, il fit claquer son pouce, par-dessus son épaule, comme cela, d'un air impertinent, en disant avec assurance:—«Je ne vois dans cette grenouille rien de mieux que dans une autre.»

«Smiley demeura un bon moment, se grattant la tête, les yeux penchés vers Daniel. A la fin il se dit:

—«Je ne comprends pas pourquoi cette grenouille a refusé de sauter. N'aurait-elle pas quelque chose? Elle m'a l'air singulièrement gonflée, dans tous les cas.»

«Il saisit Daniel par la peau du cou, et la soulève, et s'écrie:

—«Le diable m'emporte si elle ne pèse pas cinq livres!»

«Il la retourne sens dessus dessous, et Daniel crache une double poignée de plomb. Et alors, il comprit. Et il devint fou de fureur, posa la grenouille et courut après l'individu, mais il ne put le rattraper. Et...»

Ici Simon Wheeler entendit qu'on l'appelait de la cour, et sortit pour voir qui c'était. Se tournant vers moi en sortant, il me dit:—«Demeurez là, étranger, et ne craignez rien. Je ne serai pas dehors une seconde.»

Mais on m'approuvera si je pensai que la suite de l'histoire de l'industrieux vagabond Jim Smiley ne me donnerait vraisemblablement pas beaucoup d'indications concernant le révérend Léonidas W. Smiley. Aussi je partis.

A la porte, je rencontrai l'aimable Wheeler qui s'en revenait. Il me prit par le bouton de ma veste, et en commença une autre:

—«Oui, ce Smiley avait une vache jaune qui était borgne, et qui n'avait pas de queue, ou presque pas, juste un petit bout long comme une banane, et...»

Mais je n'avais ni le temps ni le goût, je n'attendis pas la suite de l'histoire de la vache sympathique, et pris congé.

RÉPONSES A DES CORRESPONDANTS

Moraliste statisticien.—«Je n'ai nul besoin de vos statistiques. J'ai pris tout le paquet et j'en ai allumé ma pipe. Je hais les gens de votre espèce. Vous êtes tout le temps à calculer dans quelle mesure un homme nuit à sa santé et détériore son cerveau, et combien de malheureux dollars et centimes il gaspille dans le courant d'une existence de quatre-vingt-douze ans, en se livrant à la fâcheuse habitude de fumer; et à l'habitude également fâcheuse de boire du café, ou de jouer au billard à l'occasion, ou de prendre un verre de vin à son dîner, etc., etc., etc... Et vous passez votre temps à établir combien de femmes ont été brûlées vives par suite de la mode dangereuse des jupes et tournures trop vastes, etc., etc... Vous ne voyez jamais qu'un côté de la question. Vous fermez les yeux à ce fait que la plupart des vieux bonshommes, en Amérique, fument et boivent du café, quoique d'après vos théories ils devraient être morts depuis leur jeunesse. Et que les bons vieux Anglais boivent du vin et survivent, et que les joyeux vieux Hollandais boivent et fument à profusion, et cependant deviennent chaque jour plus vieux et plus gros. Et vous n'essayez jamais de calculer combien de solide confort, de délassement, de plaisir un homme retire de l'habitude de fumer dans l'espace d'une vie entière (avantage qui vaut dix fois l'argent qu'il économiserait en y renonçant), ni l'effrayante quantité de bonheur que perdraient dans une existence entière vos gens en ne fumant pas. Sans doute, vous pouvez faire des économies en vous refusant tous ces petits agréments vicieux pendant cinquante ans. Mais alors à quoi dépenserez-vous votre argent? Quel usage en pourrez-vous faire? L'argent ne peut pas servir à sauver votre âme immortelle. Il n'a qu'une seule utilité, c'est de procurer du confort et de l'agrément pendant la vie. Si donc vous êtes un ennemi de l'agrément et du confort, quel besoin avez-vous d'entasser de l'argent? N'essayez pas de me dire que vous pouvez en faire un meilleur usage en vous procurant de bons dîners, ou en exerçant la charité, ou en subventionnant des sociétés locales; vous savez trop bien que vous tous, gens dénués de vices aimables, ne donnez jamais un centime aux pauvres, et que vous rognez tellement sur votre nourriture que vous êtes toujours faibles et affamés. Et vous n'osez pas rire, hors de chez vous, de peur que quelque pauvre diable, vous voyant de bonne humeur, vous emprunte un dollar. A l'église, vous êtes toujours à genoux, les yeux penchés vers le coussin, quand on passe pour la quête. Et vous ne faites jamais aux employés du fisc une déclaration exacte de votre revenu. Vous savez tout cela aussi bien que moi, n'est-ce pas? Et bien, alors, quelle nécessité de traîner votre misérable existence jusqu'à une vieillesse décharnée et flétrie? Quel avantage à économiser un argent qui vous est si profondément inutile? En un mot, quand vous déciderez-vous à mourir, au lieu d'essayer sans repos de rendre les gens aussi dégoûtants et odieux que vous-mêmes, par vos infâmes «statistiques morales»? Certes je n'approuve pas la dissipation, et je ne la conseille pas. Mais je n'ai pas pour un sou de confiance dans un homme qui n'a pas quelques petits vices pour se racheter. Je ne veux plus entendre parler de vous. Je suis persuadé que vous êtes le même individu qui vint la semaine dernière me faire à domicile une longue conférence contre le vice dégradant du cigare, et qui revint, pendant mon absence, avec de maudits gants incombustibles, et vola le beau poêle de mon salon.»

Un jeune auteur.—«En effet, Agassiz recommande aux auteurs de manger du poisson, comme contenant du phosphore, qui est avantageux pour le cerveau. Mais je ne puis vous donner aucune indication sur la quantité de poisson qui vous est nécessaire, du moins aucune indication précise. Si l'ouvrage que vous m'avez envoyé comme spécimen représente ce que vous faites habituellement, je pense que peut-être une couple de baleines serait pour le moment tout ce qu'il vous faut. Pas de la grande espèce. Mais simplement des baleines de bonne dimension moyenne.»

Un mendiant professionnel.—«Non. On ne peut vous obliger à accepter les obligations de l'emprunt américain au pair.»

Un mathématicien.—*Virginia. Nevada.*

«Si un boulet de canon met 3 secondes $\frac{1}{8}$ pour parcourir les 4 premiers milles, 3 secondes $\frac{3}{8}$ pour les 4 milles suivants, 3 secondes $\frac{5}{8}$ pour les 4 milles suivants, et ainsi de suite, avec une diminution de vitesse constante dans la même proportion, combien de temps lui faudra-t-il pour parcourir quinze cent millions de milles?»

—«Je n'en sais rien.»

Amoureux délaissé.—«J'ai aimé, et j'aime encore, la belle Edwitha Howard, et je voulais l'épouser. Hélas! durant un court voyage que j'ai fait à Benicia, la semaine dernière, hélas! elle a épousé Jones. Mon bonheur est-il à jamais perdu? N'ai-je plus aucun recours?»

—«Certainement, vous en avez. Toute la loi, écrite ou non, est pour vous. L'*intention* et non pas l'acte, constitue le *crime*, en d'autres termes constitue le *fait*. Si vous appelez votre meilleur ami un fou, avec l'*intention* de l'insulter, c'est une insulte. Si vous le faites pour plaisanter, sans *intention* offensante, *ce n'est pas* une insulte. Si vous tirez un coup de pistolet accidentellement et tuez un homme, vous pouvez aller tranquille, vous n'avez pas commis de meurtre. Mais si vous essayez de tuer un homme, avec l'*intention* manifeste de le tuer, et que vous le manquiez tout à fait, la loi décide cependant que l'*intention* constitue le crime, et vous êtes coupable de meurtre. Donc, si vous aviez épousé Edwitha par *accident*, sans en avoir l'*intention* réelle, vous ne seriez pas du tout marié avec elle, parce que l'acte du mariage ne pourrait être complet sans l'*intention*. Et donc, dans l'esprit rigoureux de la loi, puisque vous aviez l'*intention* formelle d'épouser Edwitha, bien que vous ne l'ayez pas fait, vous l'avez épousée tout de même parce que, comme je le disais tout à l'heure, l'intention constitue le crime. Il est aussi clair que le jour qu'Edwitha est votre femme, et votre recours consiste à prendre un bâton et à taper sur Jones avec ce bâton aussi fort que vous pourrez. Tout homme a le droit de protéger sa femme contre les avances d'un étranger. Une autre alternative se présente. Vous avez été le premier mari d'Edwitha à cause de votre *intention* formelle, et maintenant vous pouvez la poursuivre comme bigame pour avoir épousé Jones. Mais il y a un autre point de vue dans ce cas si compliqué. Vous aviez l'*intention* d'épouser Edwitha, et en conséquence, suivant la loi, elle est votre *femme*. Il n'y a aucun doute sur ce point. Mais elle ne vous a pas épousé, et elle n'a jamais eu l'*intention* de vous épouser. Vous n'êtes donc pas son *mari*. Donc, en épousant Jones, elle était coupable de bigamie, puisqu'elle était déjà la *femme* d'un autre homme, ce qui est rigoureusement déduit jusque-là; mais, en même temps, remarquez-le, elle n'avait pas d'autre *mari* quand elle a épousé Jones, puisqu'elle n'avait jamais eu l'*intention* de vous épouser. Elle n'est donc pas bigame. Par suite de tout ce qui précède, Jones a épousé une *jeune fille*, qui était une *veuve* en même temps, et aussi la *femme* d'un autre homme, et qui cependant n'avait pas de *mari* et n'en avait jamais eu, et n'avait jamais eu l'*intention* d'en avoir un, et par conséquent, comme il est clair, n'avait jamais été *mariée*. Par le même raisonnement vous êtes *célibataire*, puisque vous n'avez jamais été le *mari* de personne, et vous êtes *marié* puisque vous avez une *femme* vivante, et dans tous les cas vous êtes *veuf*, puisque vous avez perdu votre *femme*. Et vous êtes enfin un *âne*, pour être allé à Benicia dans ces conditions, alors que tout était si embrouillé. Et en même temps je me trouve moi-même si extraordinairement enlacé dans les complications de cette situation bizarre que je dois renoncer à vous donner de plus longs avis. Je m'y perdrais et deviendrais inintelligible. Je pourrais fort bien, si je voulais, reprendre l'argument où je l'ai laissé, et, en le suivant rigoureusement, démontrer, pour vous être agréable, ou que vous n'avez jamais existé, ou que vous êtes mort à l'heure actuelle, et par conséquent n'avez rien à faire de l'infidèle Edwitha. Je suis sûr que je le pourrais, si vous deviez y trouver quelque soulagement.»

Arthur Augustus.—«Non. Vous êtes dans l'erreur. C'est la façon de lancer une brique ou un tomahawk. Mais elle ne saurait convenir pour un bouquet.»

L'HISTOIRE SE RÉPÈTE

Le suivant, je l'ai trouvé dans un journal des îles Sandwich, qui me fut envoyé par un ami, du fond de cette paisible retraite. La coïncidence entre ma propre expérience et celle dont parle ici feu M. Benton est si frappante que je ne puis m'empêcher de publier et de commenter ce paragraphe. Voici le texte du journal sandwich:

«Combien touchant, le tribut payé par feu l'honorable T. H. Benton à l'influence de sa mère!—«Ma mère me demanda de ne jamais fumer. Je n'ai jamais touché de tabac depuis ce jour-là jusqu'à aujourd'hui. Elle me demanda de ne plus jouer. Je n'ai jamais plus touché une carte. Je suis incapable quand j'ai vu jouer de dire qui a perdu. Elle me mit en garde, aussi, contre la boisson. Si j'ai quelques qualités d'endurance actuellement, si j'ai pu me rendre quelque peu utile dans la vie, je l'attribue à mon obéissance à ses vœux pieux et corrects. Quand j'avais sept ans elle me demanda de ne pas boire, et je fis alors le vœu d'abstinence absolue. Si j'y fus constamment fidèle, c'est à ma mère que je le dois.»

Je n'ai jamais rien vu de si curieux. C'est presque un bref résumé de ma propre carrière morale, en substituant simplement une grand'mère à une mère. Combien je me rappelle ma grand'mère me demandant de ne pas fumer! Vieille chère âme! «Je vous y prends, affreux roquet! Bon! Que je vous y prenne encore, à mâcher du tabac avant le dîner! Et je vous parie que je vous donne le fouet jusqu'à vous laisser pour mort.»

De ce jour à aujourd'hui, je n'ai jamais plus fumé dans la matinée.

Elle me demanda de ne pas jouer. Elle me chuchota: «Jetez-moi ces damnées cartes, tout de suite. Deux paires et un valet, idiot, et l'autre a une séquence.»

Je n'ai plus joué depuis ce jour, jamais plus, sans un jeu de rechange dans la poche. Je ne puis pas même dire qui doit perdre une partie, quand je n'ai pas fait moi-même le jeu.

Quand j'avais deux ans, elle me demanda de ne pas boire. Je fis le vœu d'abstinence complète.

Si je suis resté fidèle et si j'ai ressenti les effets bienfaisants de cette fidélité, jusqu'à ce jour, c'est à ma grand'mère que je le dois. Je n'ai jamais bu, depuis, une goutte, de quelque sorte d'eau que ce soit!

POUR GUÉRIR UN RHUME

C'est une chose sans doute excellente d'écrire pour l'amusement du public. Mais combien n'est-il pas plus beau et plus noble d'écrire pour son instruction, son profit, son bénéfice actuel et tangible. C'est le seul objet de cet article; si sa lecture apporte un soulagement à la santé de quelque solitaire souffrant de ma race, si elle ranime une fois encore le feu de l'espérance et de la joie dans ses yeux éteints, si elle réveille dans son cœur mourant les vives et généreuses impulsions des jours passés, je serai amplement récompensé de mon labeur. Mon âme sera inondée de la joie sacrée qu'un chrétien ressent, quand il a accompli un acte de bonté et d'utilité.

Ayant mené une vie pure et sans tache, j'ai le droit de croire que nul de ceux qui me connaissent ne rejettera les idées que je vais émettre, dans la crainte que j'essaye de le tromper. Que le public me fasse l'honneur de lire mes expériences pour la guérison d'un rhume, comme exposées ci-dessous, et de suivre la voie que j'ai tracée.

Quand la maison Blanche fut brûlée à Virginia-City, je perdis mon foyer, mon bonheur, ma santé, et ma malle. La perte des deux premiers articles était de peu de conséquence, puisqu'un foyer sans une mère ou une sœur, ou une jeune parente éloignée pour vous rappeler, en cachant votre linge sale ou en jetant vos chaussures à bas du manteau de la cheminée, qu'il y a quelqu'un pour penser à vous et vous chérir,—est chose aisée à retrouver. Et je me souciais fort peu de la perte de mon bonheur, car, n'étant pas un poète, la mélancolie ne pouvait séjourner longtemps auprès de moi. Mais perdre une bonne constitution et une meilleure malle sont des infortunes sérieuses. Le jour de l'incendie, ma constitution fut atteinte d'un rhume sévère, causé par le mouvement inaccoutumé que je me donnai pour essayer de me rendre utile. Tracas, d'ailleurs, bien en pure perte, car le plan que j'avais élaboré pour l'extinction du feu était si compliqué que je ne pus le terminer avant le milieu de la semaine suivante.

Dès que je commençai à éternuer, un ami me conseilla de prendre un bain de pieds chaud, et de me coucher ensuite. Peu après, un autre ami me conseilla de me lever et de prendre une douche froide. Ainsi fis-je. Avant qu'une heure fût écoulée, un autre ami me persuada qu'il était politique de nourrir un rhume et d'affamer une fièvre. J'avais les deux. Je pensai qu'il fallait commencer par me suralimenter pour le rhume, puis m'enfermer et laisser ma fièvre mourir d'inanition.

En pareil cas, je fais rarement les choses à demi. J'y vais carrément. Je donnai ma pratique à un étranger qui venait justement d'ouvrir un restaurant ce jour-là. Il demeura près de moi, dans un silence respectueux, jusqu'à ce que j'eusse fini de nourrir mon rhume, puis il me demanda s'il y avait souvent des rhumes dans Virginia-City. Sur ma réponse affirmative, il sortit et décrocha son enseigne.

Je partis pour mon bureau. En route, je rencontrai un autre ami intime, qui me conseilla de prendre un litre d'eau salée, bien chaude. Il affirma que rien au monde n'était plus efficace pour un rhume. Je croyais malaisément avoir la place de le loger. J'essayai pourtant. Le résultat fut surprenant. Je crus avoir expectoré mon âme immortelle.

Comme je relate mes expériences uniquement pour le bénéfice de ceux qui souffrent du mal dont je parle, je pense qu'ils m'approuveront de les mettre en garde contre la tendance qu'ils auraient à suivre certaines formes de traitement pour la raison qu'elles ont été inefficaces pour moi. C'est dans cette idée que je les détourne de l'eau chaude salée. Le remède est peut-être bon, mais trop violent. Si j'avais un autre rhume de cerveau, et qu'il ne me fût laissé d'autre alternative que de choisir entre ce traitement et un tremblement de terre, j'aimerais mieux courir le risque de ce dernier.

Quand la tempête déchaînée dans mon estomac se fut apaisée, et que je ne rencontrai plus sur ma route aucun bon Samaritain, je recommençai à emprunter des mouchoirs et à les mettre en pièces, comme j'avais accoutumé de le faire aux premières périodes de mon rhume, jusqu'au moment où je tombai sur une dame qui venait des plaines; elle habitait, me dit-elle, une contrée où les médecins étaient rares, et elle avait forcément acquis une certaine science dans le traitement des petites maladies usuelles. Elle devait, me parut-il, avoir en effet quelque expérience, car elle paraissait âgée d'au moins cent cinquante ans.

Elle mélangea une décoction de mélasse, d'eau-forte, de térébenthine, et d'autres drogues variées, et me prescrivit de prendre un plein verre du mélange tous les quarts d'heure. Je n'en ai jamais pris qu'une dose. Ce fut assez. Elle me dépouilla de tous mes principes moraux. Elle réveilla tous les instincts pervers de ma nature. Sous sa maligne influence, mon cerveau conçut des miracles de vilenie, mais mes mains furent trop faibles pour les exécuter. A ce moment, si ma vigueur n'avait été abattue par les assauts des remèdes infaillibles pris pour mon rhume, je suis persuadé que j'aurais essayé de voler le cimetière. Comme beaucoup de gens, j'ai souvent des idées tout à fait basses, et j'agis en conséquence. Mais avant de prendre ce médicament, je ne m'étais jamais abandonné à une dépravation si surnaturelle. J'en fus orgueilleux. Au bout de deux jours, je fus en état d'essayer de nouveaux remèdes. J'en pris quelques autres infaillibles, et, pour finir, mon rhume descendit du cerveau sur la poitrine.

Je me mis à tousser sans trêve, et ma voix baissa au-dessous de zéro. Je parlais sur un ton de tonnerre, deux octaves au-dessous de mon ton naturel. Je ne pouvais obtenir mon repos ordinaire de la nuit qu'en toussant jusqu'à perdre l'âme et me réduire à un état d'épuisement absolu, et, malgré tout, dès que je commençais à parler dans mon sommeil, ma voix discordante m'éveillait de nouveau.

Ma situation devenait plus grave de jour en jour. On me conseilla le gin pur. J'en pris. Puis le gin avec la mélasse. J'en pris aussi. Puis le gin avec des oignons. J'ajoutai les oignons et pris le tout ensemble, gin, mélasse, oignons. Aucun résultat, sinon que ma respiration devint pareille à un ronflement.

Je découvris que je devais voyager pour ma santé. J'allai jusqu'au lac Bigler, avec mon camarade reporter, Wilson. C'est une consolation pour moi de songer que nous voyageâmes en grand apparat. Nous partîmes par le coche des excursionnistes; mon ami avait avec lui tout son bagage, consistant en deux excellents mouchoirs de soie et une photographie de sa grand'mère. Nous naviguâmes, chassâmes, pêchâmes et dansâmes du matin au soir, et du soir au matin je soignai mon rhume. Ainsi faisant, je réussis à rendre plus agréable que la précédente chacune des vingt-quatre heures de la journée. Mon rhume aussi, à chaque heure, fut en progrès.

On me conseilla de m'envelopper dans un drap mouillé. Je n'avais jamais refusé un remède, et il me parut de mauvais goût de commencer alors. Je me décidai donc à prendre un bain de drap mouillé, sans avoir d'ailleurs la moindre idée de ce que cela pouvait être. On me l'administra à minuit, par une température exceptionnellement froide. On mit à nu ma poitrine et mon dos, et un drap qui me parut avoir un kilomètre de long, trempé dans l'eau glacée, fut enroulé autour de moi, jusqu'à ce que je fusse semblable à un écouvillon de canon Columbia.

C'est un procédé cruel. Quand le drap glacé touche votre peau, cela vous fait violemment sursauter, et vous vous mettez à haleter comme on respire dans l'agonie; j'eus les os glacés jusqu'à la moelle, et suspendu le battement de mon cœur. Je crus que ma dernière heure était venue.

Le jeune Wilson dit que cette circonstance lui rappelait l'aventure d'un nègre qu'on allait baptiser, et qui échappa au pasteur, et faillit être noyé. Il pataugea un moment, puis sortit de l'eau presque étouffé et furieusement en colère, et gagna le rivage, en soufflant de l'eau comme une baleine, et faisant remarquer d'un ton fort âpre que «un de ces jours, quelque gentleman risquait fort de laisser sa peau dans une satanée folie semblable».

Ne prenez jamais un bain de drap mouillé, jamais! Après le désagrément de rencontrer une dame de connaissance, qui pour des raisons connues d'elle seule ne vous voit pas quand elle vous regarde, et ne vous reconnaît pas quand elle vous voit, c'est la chose la plus inconfortable du monde.

Mais, comme je le disais, quand ce procédé fut reconnu impuissant à guérir mon rhume, une dame de mes amies me conseilla d'appliquer un cataplasme de moutarde sur ma poitrine. Je suis sûr que cela m'aurait guéri, si le jeune Wilson n'eût été là. Avant de me mettre au lit, je posai le cataplasme, un superbe, de dix-huit pouces carrés, à portée de ma main, pour le prendre quand je serais prêt. Mais pendant la nuit le jeune Wilson rentra, affamé, et... supposez ce que vous voudrez.

Après une semaine au lac Bigler, j'allai aux sources d'eaux chaudes, et, en outre des eaux, je pris là un tas des plus abominables médecines qu'on ait jamais fabriquées. Elles m'auraient guéri, mais je devais retourner à Virginia-City. De retour là, malgré les remèdes nouveaux et variés que j'absorbai chaque jour, je m'arrangeai pour aggraver mon mal par des négligences et des imprudences.

Je décidai en définitive de visiter San Francisco; le premier jour que j'y fus, une dame de l'hôtel me conseilla de prendre un litre de whisky toutes les vingt-quatre heures. Un ami que j'avais dans la ville me donna le même conseil. Cela faisait deux litres, je les pris, et suis encore vivant.

Dans la meilleure intention du monde, je soumets aux infortunés qui souffrent du même mal la série des traitements variés que j'ai suivis. Qu'ils en fassent l'expérience. Si cela ne les guérit pas, le pire qui puisse leur arriver est d'en mourir.

FEU BENJAMIN FRANKLIN

«Ne remettez jamais à demain ce que vous
pouvez aussi bien faire après-demain.»

B. F.

Cet individu était une de ces personnes que l'on appelle philosophes. Il était jumeau, étant né simultanément dans deux maisons différentes de Boston. Les maisons existent encore aujourd'hui, et portent des inscriptions relatant ce fait. Les inscriptions sont assez claires, et d'ailleurs, presque inutiles, car, de toute façon, les habitants appellent sur ces deux maisons l'attention des étrangers, et souvent plusieurs fois par jour. Le sujet de cette étude était de nature vicieuse, et de bonne heure prostitua ses talents à inventer des maximes et des aphorismes calculés pour tourmenter les jeunes générations des âges suivants. Même ses actes les plus simples étaient machinés pour pouvoir être offerts en exemples aux petits garçons de tous les temps, qui sans cela eussent été si heureux. C'est avec cette idée qu'il voulut être le fils d'un fabricant de savon, sans aucune autre raison probablement que de rendre suspects les efforts de tous les garçons futurs qui essayeraient d'arriver à quelque chose, et qui ne seraient pas les fils d'un fabricant de savon. Avec une malveillance unique dans l'histoire, il travaillait tout le jour, et veillait toutes les nuits, et faisait semblant d'étudier l'algèbre à la lueur d'un feu couvert, pour forcer tous les autres garçons à faire de même, s'ils ne veulent pas qu'on leur jette sans cesse à la tête Benjamin Franklin. Non content de ces procédés, il trouvait de bon goût de vivre uniquement de pain et d'eau claire, et d'étudier l'astronomie pendant les repas, chose qui a causé, depuis, le malheur de millions d'enfants, dont les pères avaient lu la pernicieuse biographie de ce personnage.

Ses maximes étaient pleines d'animosité contre les petits garçons. Encore aujourd'hui, pas un d'eux ne peut suivre un simple instinct naturel sans trébucher sur quelqu'un de ces éternels aphorismes et entendre aussitôt citer du Franklin. S'il achète deux sous de pistaches, son père lui dit: «Rappelle-toi, mon fils, le mot de Franklin: un sou par jour fait un franc par an», et tout le plaisir des pistaches est empoisonné. S'il veut jouer à la toupie quand il a fini ses devoirs, son père déclare: «La temporisation est le voleur du temps.» S'il fait une action vertueuse, il n'obtient jamais rien en retour, car «la vertu est à elle-même sa récompense». Et le pauvre enfant est harcelé jusqu'à mourir, et privé de son sommeil parce que Franklin a dit un jour dans un de ses moments d'inspiration méchante:

Se coucher et se lever tôt
Rend l'homme sain, riche, et pas sot.

Comme s'il pouvait être question pour un garçon d'être en bonne santé, riche et sage, dans ces conditions! Les ennuis que cette maxime m'a valus, tout le temps que mes parents l'ont expérimentée sur moi, aucune langue ne pourra les dire. Le résultat naturel est mon état présent de débilité générale, d'indigence et de folie. Mes parents avaient l'habitude de me faire lever parfois avant neuf heures du matin, du temps que j'étais enfant. S'ils m'avaient laissé prendre le repos qu'il me fallait, où en serais-je maintenant? Je tiendrais sûrement un magasin et je serais honoré par tous.

Et quelle vieille fripouille audacieuse était l'homme dont nous racontons l'histoire! Pour s'autoriser à jouer au cerf-volant le dimanche, il avait imaginé d'accrocher une clef à la ficelle, et de faire croire qu'il pêchait à la foudre. Et le public ingénu rentrait chez soi en exaltant la sagesse et le génie de ce vieux profanateur du jour saint. Si quelqu'un le surprenait s'amusant à la toupie tout seul, alors qu'il avait plus de soixante ans, il affectait aussitôt d'être en train de calculer comment le gazon poussait, comme si cela l'eût regardé! Mon grand-père l'a bien connu: «Benjamin Franklin, disait-il, était toujours en train, toujours affairé.» Si on le trouvait, dans sa vieillesse, occupé à attraper des mouches, ou à faire des pâtés de sable, ou à patiner sur la trappe de la cave, il prenait aussitôt une mine grave, et lâchait une maxime, et s'en allait le nez en l'air et le bonnet de travers, essayant de paraître préoccupé et bizarre. C'était un rude malin.

C'est lui qui a inventé un poêle qui fume la tête d'un homme comme un jambon en quatre heures d'horloge. On devine la satisfaction diabolique qu'il a dû avoir à lui donner son nom.

Il était toujours à raconter vaniteusement comment il fit son entrée dans Philadelphie, avec pour tout potage deux shillings dans sa poche et quatre pains sous le bras. Mais, en réalité, si vous venez à examiner la chose avec un esprit critique, ce n'était rien du tout. N'importe qui aurait pu en faire autant.

C'est à lui qu'appartient l'honneur d'avoir soutenu qu'il y aurait avantage pour les soldats à se servir comme autrefois de flèches et d'arcs, au lieu de baïonnettes et de fusils. Il faisait remarquer, avec son bon sens habituel, que la baïonnette pouvait rendre des services en certains cas, mais qu'il doutait qu'on pût s'en servir à distance utilement.

Benjamin Franklin fit beaucoup de choses importantes pour son pays, pays nouveau qui devint honorablement célèbre pour avoir donné le jour à un tel fils. On ne se propose pas ici d'ignorer ou de diminuer ses mérites. Ce que l'on veut, c'est uniquement réduire à leur juste valeur les maximes prétentieuses, affectant une grande nouveauté, qu'il a fabriquées à grand renfort de banalités qui étaient déjà regardées comme d'assommantes platitudes au temps de la tour de Babel; et aussi démolir son poêle, et ses théories militaires, et ses allures indécentes pour se faire remarquer à son entrée à Philadelphie, et sa manie de jouer au cerf-volant, et de gaspiller son temps en mille sottises pareilles, quand il aurait eu mieux à faire en allant vendre son suif ou fabriquer ses bougies. J'ai voulu surtout détruire au moins en partie la désastreuse idée qui domine dans la tête des pères de famille, que Franklin a acquis son génie en se livrant à des travaux puérils, en étudiant au clair de la lune, en se levant au milieu de la nuit au lieu d'attendre le jour comme un chrétien. Et j'ai voulu m'élever contre cette idée qu'un pareil programme, rigoureusement appliqué, ferait un Franklin de chaque fils de fou. Il serait temps pour les gens de se rendre compte que toutes ces excentricités déplorables de l'instinct et de la conduite sont seulement les *preuves* et non pas les *causes* du génie. Je voudrais avoir été le père de mes parents assez longtemps pour leur faire comprendre cette vérité, et les disposer ainsi à laisser leur fils mener une vie plus heureuse. Quand j'étais enfant, j'ai dû fabriquer du savon, bien que mon père fût riche; j'ai dû me lever de bonne heure le matin, et étudier la géométrie à déjeuner, et m'en aller vendre des vers que j'avais composés, et agir en tout exactement comme Franklin, dans le bel espoir que je serais un jour un Franklin. Et voyez ce que je suis devenu!

L'ÉLÉPHANT BLANC VOLÉ

I

La suivante curieuse histoire me fut contée par un gentleman rencontré en chemin de fer. C'était un homme de plus de soixante-dix ans. Sa physionomie profondément bonne et honnête, son air sérieux et sincère mettaient une empreinte de vérité indiscutable sur chaque affirmation qui tombait de ses lèvres. Voici son récit:

—«Vous savez en quel honneur l'éléphant blanc du Siam est tenu par les peuples de ce pays. Vous savez qu'il est consacré aux rois, que les rois seuls peuvent le posséder, et que, d'une certaine façon, il est au-dessus des rois puisqu'il reçoit non seulement des honneurs, mais un culte. Très bien. Il y a cinq ans, quand il y eut des difficultés de frontières entre la Grande-Bretagne et le Siam, il fut démontré manifestement que c'était le Siam qui avait tort. Les réparations nécessaires furent donc accordées promptement; le représentant de l'Angleterre se déclara satisfait, et oublieux du passé. Le roi de Siam s'en réjouit fort, et, partie par gratitude, partie pour effacer les dernières traces de mécontentement de l'Angleterre à son égard, il voulut envoyer un présent à la reine, seul moyen de se concilier la faveur d'un ennemi, d'après les idées orientales. Ce présent devait être non seulement royal, mais transcendantalement royal. Dès lors, que pouvait-on trouver de mieux qu'un éléphant blanc? Ma position dans l'administration de l'Inde me fit juger particulièrement digne de l'honneur de porter le présent à Sa Majesté. On fréta un vaisseau pour moi et ma suite, pour les officiers et les serviteurs de l'éléphant et en dû temps j'arrivai à New-York, et logeai ma royale commission dans un superbe local à Jersey-City. Il fallait s'arrêter quelque temps, pour permettre à l'animal de reprendre des forces avant de continuer le voyage.

«Tout alla bien pendant quinze jours, puis mes infortunes commencèrent. On avait volé l'éléphant blanc! Je fus éveillé en pleine nuit pour apprendre l'affreux malheur. Pendant un moment, je demeurai éperdu de terreur et d'anxiété. Nul espoir ne me restait. Puis je me calmai un peu et rassemblai mes esprits. Je vis ce qu'il y avait à faire, car il n'y avait qu'une seule chose à faire pour un homme intelligent. Quoiqu'il fût tard, je courus à New-York, et je dis à un policeman de me conduire à la direction générale du service des détectives.

«Par bonheur, j'arrivai à temps, quoique le chef de la sûreté, le fameux inspecteur Blunt, fût précisément sur le point de s'en aller chez lui. C'était un homme de taille moyenne et d'une charpente ramassée, et, quand il réfléchissait profondément, il avait une manière à lui de froncer les sourcils et de se taper le front avec les doigts qui vous donnait tout de suite la conviction que vous vous trouviez en présence d'un personnage comme il y en a peu. Du premier coup d'œil il m'inspira de la confiance et me donna de l'espoir.

«Je lui exposai l'objet de ma visite. Ma déclaration ne l'émut en aucune façon, elle n'eut pas plus d'effet apparent sur son sang-froid de fer, que si j'étais venu lui dire simplement qu'on m'avait volé mon chien; il m'offrit une chaise, et me dit avec calme:

——«Permettez-moi de réfléchir un moment, je vous prie.»

«Cela dit, il s'assit à son bureau et resta la tête appuyée sur la main. Des commis écrivaient à l'autre bout de la pièce: le grattement de leurs plumes fut le seul bruit que j'entendis pendant les six ou sept minutes qui suivirent. Entre temps l'inspecteur était enseveli dans ses pensées. Enfin il leva la tête, et la fermeté des lignes de son visage me prouva que dans son cerveau il avait achevé son travail, que son plan était arrêté. Alors, d'une voix basse mais impressive:

——«Ce n'est pas un cas ordinaire. Chaque pas que nous allons faire doit être fait avec prudence et il ne faut pas risquer un second pas avant d'être sûr du premier. Il faut garder le secret, un secret profond et absolu. Ne parlez à personne de cette affaire, pas même aux reporters. Je me charge d'eux et j'aurai soin de ne leur laisser connaître que juste ce qu'il entre dans mes vues de leur faire savoir.»

«Il toucha un timbre. Un garçon entra:

——«Alaric, dites aux reporters d'attendre.»

«Le garçon se retira.

——«Maintenant, en besogne et méthodiquement. On ne fait rien dans notre métier sans une méthode stricte et minutieuse.»

«Il prit une plume et du papier.

——«Voyons. Le nom de l'éléphant?»

——«Hassan-ben-Ali-ben-Sélim-Abdalah-Mohamed-Moïse-Alhallmall-Jamset-Jejeeboy-Dhuleep-Sultan-Ebou-Bhoudpour.»

——«Très bien. Surnom?»

——«Jumbo.»

——«Très bien. Lieu de naissance?»

——«Capitale du Siam.»

——«Les parents, vivants?»

—«Non, morts.»

—«Ont-ils eu d'autres enfants que celui-ci?»

—«Non. Il est fils unique.»

—«Parfait. Cela suffit sur ce point. Maintenant ayez l'obligeance de me faire la description de l'éléphant et n'omettez aucun détail, pas même le plus insignifiant, je veux dire le plus insignifiant à votre point de vue, car dans notre profession il n'y a pas de détails insignifiants; il n'en existe pas.»

«Je fis la description, il écrivit. Quand j'eus fini, il dit:

—«Écoutez, maintenant. Si j'ai commis des erreurs, veuillez les corriger.»

«Il lut ce qui suit:

«Hauteur, dix-neuf pieds.

«Longueur, du sommet de la tête à l'insertion de la queue, vingt-six pieds.

«Longueur de la trompe, seize pieds.

«Longueur de la queue, six pieds.

«Longueur totale, y compris la trompe et la queue, quarante-huit pieds.

«Longueur des défenses, neuf pieds et demi.

«Oreilles en rapport avec ces dimensions.

«Empreinte du pied: semblable à celle qu'on laisse dans la neige quand on culbute un tonneau.

«Couleur de l'éléphant: blanc terne.

«Un trou de la grandeur d'une assiette dans chaque oreille pour l'insertion des bijoux.

«A l'habitude, à un remarquable degré, de lancer de l'eau sur les spectateurs et de maltraiter avec sa trompe, non seulement les personnes qu'il connaît, mais celles qui lui sont absolument étrangères.

«Boite légèrement du pied droit de derrière.

«A une petite cicatrice sous l'aisselle gauche, provenant d'un ancien furoncle.

«Portait au moment du vol une tour renfermant des sièges pour quinze personnes et une couverture en drap d'or de la grandeur d'un tapis ordinaire.»

«Il n'y avait pas d'erreur. L'inspecteur sonna, donna le signalement à Alaric et dit:

—«Cinquante mille exemplaires à faire imprimer à la minute et à envoyer par la malle-poste à tous les bureaux de mont-de-piété du continent.»

«Alaric se retira.

—«Voilà pour le moment. Maintenant il nous faut une photographie de l'objet volé.»

«Je la lui donnai. Il l'examina en connaisseur et dit:

—«On s'en contentera puisque nous ne pouvons faire mieux; mais il a la trompe rentrée dans la bouche. Cela est fâcheux et pourra causer des erreurs, car, évidemment, il n'est pas toujours dans cette position.»

«Il toucha le timbre.

—«Alaric, cinquante mille exemplaires de cette photographie, demain, à la première heure, et expédiez par la malle avec les signalements.»

«Alaric se retira pour exécuter les ordres. L'inspecteur dit:

—«Il faudra offrir une récompense, naturellement. Voyons, quelle somme?»

—«Combien croyez-vous?»

—«Pour commencer, je crois que... Disons vingt-cinq mille dollars. C'est une affaire embrouillée et difficile. Il y a mille moyens d'échapper et mille facilités de recel. Ces voleurs ont des amis et des complices partout.»

—«Dieu me bénisse! vous les connaissez donc!»

«La physionomie prudente, habile à ne laisser transparaître ni les pensées ni les sentiments, ne me fournit aucun indice, pas plus que les mots suivants, placidement prononcés:

—«Ne vous occupez pas de cela. Je les connais ou je ne les connais pas. Généralement nous avons vite une idée assez nette de l'auteur par la manière dont le délit a été commis, et l'importance du profit possible pour lui. Il ne s'agit pas d'un pickpocket ou d'un voleur de foires, mettez-vous cela dans la tête. L'objet n'a pas été escamoté par un novice. Mais, comme je le disais, considérant le voyage qu'il faudra accomplir, la diligence que les voleurs mettront à faire disparaître leurs traces à mesure qu'ils avanceront, vingt-cinq mille dollars me paraissent une faible somme, à quoi nous pouvons cependant nous en tenir, pour commencer.»

«Nous partîmes donc de ce chiffre. Puis cet homme, qui n'oubliait rien de ce qui pouvait fournir une indication, me dit:

—«Il y a des cas dans les annales de la police qui démontrent que parfois des criminels ont été retrouvés par des singularités dans leur façon de se nourrir. Pouvez-vous me dire ce que mange l'éléphant, et en quelle quantité?»

—«Bon! ce qu'il mange? Il mange de tout. Il mangera un homme, il mangera une bible. Il mangera n'importe quoi compris entre un homme et une bible.»

—«C'est parfait. Un peu trop général toutefois. Il me faut quelques détails. Les détails sont la seule chose utile dans notre métier. Très bien, pour les hommes. Mais, voyons. A un repas, ou si vous préférez, en un jour, combien d'hommes mangera-t-il, viande fraîche?»

—«Il lui importera peu qu'ils soient frais ou non. En un seul repas, il pourra manger cinq hommes ordinaires.»

—«Parfait.—Cinq hommes.—C'est noté. Quelles nationalités préfère-t-il?»

—«Il est tout à fait indifférent à la nationalité. Il préfère les gens qu'il connaît, mais il n'a pas de parti pris contre les étrangers.»

—«Très bien! Maintenant, les bibles. Combien de bibles peut-il manger à un repas?»

—«Il en mangera une édition tout entière.»

—«Ce n'est pas assez explicite. Parlez-vous de l'édition ordinaire, in-octavo, ou de l'édition de famille, illustrée?»

—«Je ne crois pas qu'il se préoccupe des illustrations. C'est-à-dire je ne pense pas qu'il fasse plus de cas des éditions illustrées que des autres.»

—«Vous ne saisissez pas ma pensée. Je parle du volume. L'édition ordinaire in-octavo pèse environ deux livres et demie, tandis que la grande édition in-quarto, avec les illustrations, pèse dix ou douze livres. Combien de bibles de Doré mangerait-il à un repas?»

—«Si vous connaissiez l'animal, vous ne demanderiez pas. Il prendrait tout ce qu'on lui donnerait.»

—«Eh bien, calculez alors en dollars et en centimes. Il nous faut arriver à nous fixer. Le Gustave Doré coûte cent dollars l'exemplaire, en cuir de Russie, reliure à biseaux.»

—«Il lui faudrait une valeur d'environ cinquante mille dollars; mettons une édition de cinq cents exemplaires.»

—«Bon, c'est plus exact. J'écris. Très bien: il aime les hommes et les bibles. Ça va, qu'aime-t-il encore? Voyons... des détails...»

—«Il laissera les bibles pour des briques, il laissera les briques pour des bouteilles, il laissera les bouteilles pour du drap, il laissera le drap pour des chats, il laissera les chats pour des huîtres, il laissera les huîtres pour du jambon, il laissera le jambon pour du sucre, il laissera le sucre pour des pâtés, il laissera les pâtés pour des pommes de terre, il laissera les pommes de terre pour du son, il laissera le son pour du foin, il laissera le foin pour de l'avoine, il laissera l'avoine pour du riz qui a toujours formé sa principale alimentation; il n'y a du reste rien qu'il ne mange si ce n'est du beurre d'Europe; mais il en mangerait s'il l'aimait.»

—«Très bien, et quelle quantité en moyenne par repas?»

—«Nous disons environ... Eh bien! environ un quart de tonne à une demi-tonne.»

—«Il boit?»

—«Tout ce qui est liquide: du lait, de l'eau, du whisky, de la mélasse, de l'huile de ricin, de la térébenthine, de l'acide phénique... inutile d'insister sur les détails; indiquez tous les liquides qui vous viennent à l'esprit; d'ailleurs il boira n'importe quoi, excepté du café d'Europe.»

—«Très bien. Et quelle quantité?»

—«Mettons de cinq à quinze barriques, cela dépend de sa soif, qui varie, mais son appétit ne varie pas.»

—«Ce sont des habitudes peu ordinaires; elles serviront à nous mettre sur la piste.»

«Il sonna.

—«Alaric, faites venir le capitaine Burns.»

«Burns arriva. L'inspecteur Blunt lui expliqua l'affaire, en entrant dans tous les détails, puis il dit de ce ton clair et décisif d'un homme qui a son plan nettement arrêté dans son esprit et qui est accoutumé à commander:

—«Capitaine Burns, vous chargerez les détectives Jones, Davis, Halsey, Bates et Hackett de suivre l'éléphant comme une ombre.»

—«Oui, Monsieur.»

—«Vous chargerez les détectives Moses, Dakin, Murphy, Rogers, Tupper, Higgins et Barthélemy de suivre les voleurs comme une ombre.»

—«Oui, Monsieur.»

—«Vous placerez un poste de trente hommes, trente hommes d'élite avec un renfort de trente à l'endroit où l'éléphant a été volé, avec ordre de faire faction nuit et jour, et de ne laisser approcher personne, excepté les reporters, sans un ordre écrit de moi.»

—«Oui, Monsieur.»

—«Des détectives en bourgeois sur le chemin de fer, les bateaux à vapeur et sur les bacs et bateaux de passeurs, et sur toutes les routes et tous les chemins qui partent de Jersey-City, avec ordre de fouiller toutes les personnes suspectes.»

—«Oui, Monsieur.»

—«Vous leur donnerez à chacun des photographies avec le signalement de l'éléphant, et vous leur enjoindrez de fouiller tous les trains et tous les bateaux et navires qui sortent du port.»

—«Oui, Monsieur.»

—«Si on trouve l'éléphant, vous le ferez arrêter et vous m'avertirez immédiatement par télégraphe.»

—«Oui, Monsieur.»

—«Vous m'avertirez immédiatement si on trouve des empreintes de pied d'animal ou toute autre chose de même nature.»

—«Oui, Monsieur.»

—«Vous vous ferez donner l'ordre enjoignant à la police du port de faire des patrouilles vigilantes devant les façades des maisons.»

—«Oui, Monsieur.»

—«Vous ferez partir des détectives en bourgeois, par les chemins de fer, et ils iront au nord jusqu'au Canada, à l'ouest jusqu'à l'Ohio, au sud jusqu'à Washington.»

—«Oui, Monsieur.»

—«Vous aurez des hommes sûrs et capables dans tous les bureaux de télégraphes pour lire les dépêches, avec ordre de se faire interpréter toutes les dépêches chiffrées.»

—«Oui, Monsieur.»

—«Que tout cela soit exécuté dans le plus profond secret, dans le plus impénétrable secret.»

—«Oui, Monsieur.»

—«Vous viendrez sans faute me faire votre rapport à l'heure habituelle.»

—«Oui, Monsieur.»

—«Allez maintenant.»

—«Oui, Monsieur.»

«Il était parti. L'inspecteur Blunt demeura silencieux et pensif un moment; le feu de son regard s'éteignit et disparut. Il se tourna vers moi et me dit d'une voix calme:

—«Je n'aime pas à me vanter. Ce n'est pas mon habitude, mais je crois pouvoir dire que nous trouverons l'éléphant.»

«Je lui pris les mains chaleureusement et le remerciai. J'étais sincère, tout ce que je voyais de cet homme me le faisait aimer davantage, et me faisait émerveiller sur les étonnants mystères de sa profession. Il était tard. Nous nous séparâmes, et je retournai chez moi le cœur autrement joyeux qu'à mon arrivée à son bureau.

II

«Le lendemain matin, les détails complets étaient dans tous les journaux. Il y avait même, en supplément, l'exposé des théories de l'agent un tel, ou un tel, sur la manière dont le coup avait été fait, sur les auteurs présumés du vol, et la direction qu'ils avaient dû prendre avec leur butin. Il y avait onze théories, embrassant toutes les possibilités. Et ce simple fait montra quels gens indépendants sont les détectives. Il n'y avait pas deux théories semblables, ou se rapprochant en quoi que ce fût, excepté sur un certain point, sur lequel les onze étaient absolument d'accord. C'était que, quoiqu'on eût bouleversé et démoli l'arrière de ma maison, et que la porte seule fût restée fermée à clef, l'éléphant n'avait pu passer par la brèche pratiquée, mais par quelque autre issue encore inconnue. Tous s'accordaient à dire que les voleurs n'avaient pratiqué cette brèche que pour induire la police en erreur. Cela ne me serait pas venu à l'idée, non plus qu'à tout homme ordinaire, mais les détectives ne s'y laissèrent pas prendre un seul instant.

«Ainsi la chose qui me paraissait la seule claire était celle où je m'étais le plus lourdement trompé. Les onze théories mentionnaient toutes le nom des voleurs supposés, mais pas deux ne donnaient les mêmes noms. Le nombre total des personnes soupçonnées était de trente-sept. Les divers comptes-rendus des journaux se terminaient par l'énoncé de l'opinion la plus importante de toutes, celle de l'inspecteur en chef Blunt. Voici un extrait de ce qu'on lisait:

«L'inspecteur en chef connaît les deux principaux coupables. Ils se nomment «Brick Duffy» et «Rouge Mac Fadden». Dix jours avant que le vol fût accompli, il en avait eu connaissance, et avait sans bruit pris les mesures pour mettre à l'ombre ces deux coquins notoires. Malheureusement on perdit leurs traces juste la nuit du rapt, et avant qu'on les eût retrouvées, l'oiseau, c'est-à-dire l'éléphant, s'était envolé.

«Duffy et Mac Fadden sont les deux plus insolents vauriens de leur profession. Le chef a des raisons de croire que ce sont les mêmes qui dérobèrent, l'hiver dernier, par une nuit glaciale, le poêle du poste de police, ce qui eut pour conséquence de mettre le chef et les hommes de police entre les mains des médecins avant l'aube, les uns avec des doigts gelés, d'autres, les oreilles, ou d'autres membres.»

«Après avoir lu la moitié de ce passage, je fus plus étonné que jamais de la merveilleuse sagacité de cet homme. Non seulement il voyait d'un œil clair tous les détails présents, mais l'avenir même ne lui était pas caché! J'allai aussitôt à son bureau, et lui dis que je ne pouvais m'empêcher de regretter qu'il n'eût pas fait tout d'abord arrêter ces gens et empêché ainsi le mal et le dommage. Sa réponse fut simple et sans réplique:

—«Ce n'est point notre affaire de prévenir le crime, mais de le punir. Nous ne pouvons pas le punir tant qu'il n'a pas été commis.»

«Je lui fis remarquer en outre que le secret dont nous avions enveloppé nos premières recherches avait été divulgué par les journaux; que non seulement tous nos actes, mais même tous nos plans et projets avaient été dévoilés, que l'on avait donné le nom de toutes les personnes soupçonnées; elles n'auraient maintenant rien de plus pressé que de se déguiser ou de se cacher.

—«Laissez faire. Ils éprouveront que, quand je serai prêt, ma main s'appesantira sur eux, dans leurs retraites, avec autant de sûreté que la main du destin. Pour les journaux, nous devons marcher avec eux. La renommée, la réputation, l'attention constante du public sont le pain quotidien du policier. Il doit rendre manifeste ce qu'il fait, pour qu'on ne suppose pas qu'il ne fait rien; il faut bien qu'il fasse connaître d'avance ses théories, car il n'y a rien d'aussi curieux et d'aussi frappant que les théories d'un détective, et rien qui lui vaille plus de respect et d'admiration. Si les journaux publient nos projets et nos plans, c'est qu'ils insistent pour les avoir, et nous ne pouvons leur refuser sans leur faire injure; nous devons constamment mettre nos agissements sous les yeux du public, sinon le public croira que nous n'agissons pas. Il est d'ailleurs plus agréable de lire dans un journal: «Voici l'ingénieuse et remarquable théorie de l'inspecteur Blunt», que d'y trouver quelque boutade de mauvaise humeur, ou pis encore, quelque sarcasme.»

—«Je vois la force de votre raisonnement, mais j'ai remarqué qu'en un passage de vos observations dans les journaux de ce matin, vous aviez refusé de faire connaître votre opinion sur un point accessoire.»

—«Oui, c'est ce que nous faisons toujours, cela fait bon effet. D'ailleurs, je n'avais pas d'opinion du tout sur ce point.»

«Je déposai une somme d'argent considérable entre les mains de l'inspecteur, pour couvrir les dépenses courantes; et je m'assis pour attendre des nouvelles: nous pouvions espérer avoir des télégrammes à chaque minute. Entre temps, je relus les journaux et notre circulaire, et je constatai que les 25,000 dollars de récompense semblaient n'être offerts qu'aux détectives seulement; je dis qu'il aurait fallu les offrir à quiconque trouverait l'éléphant, mais l'inspecteur me répondit:

—«Ce sont les détectives qui trouveront l'éléphant, par conséquent la récompense ira à qui de droit. Si la trouvaille est faite par quelque autre personne, ce ne sera jamais que parce qu'on aura épié les détectives, et qu'on aura mis à profit les indications qu'ils se seront laissé voler, et ils auront droit, de toute façon, à la récompense. Le but d'une prime de cette nature est de stimuler le zèle des hommes qui consacrent leur temps et leurs talents acquis à ces sortes de recherches, et non pas de favoriser des citoyens quelconques qui ont la chance de faire une capture sans avoir mérité la récompense par des mérites et des efforts spéciaux.»

«Cela me parut assez raisonnable. A ce moment, l'appareil télégraphique qui était dans un coin de la pièce commença à cliqueter et la dépêche suivante se déroula:

«Flower Station, New-York, 7 h. 30 matin.

«Suis sur une piste. Trouvé série de profonds sillons traversant ferme près d'ici, les ai suivis pendant deux milles direction est. Sans résultat. Crois éléphant a pris direction ouest. Je filerai de ce côté.

«DARLEY, détective.»

—«Darley est un des meilleurs hommes de la division, dit l'inspecteur; nous aurons bientôt d'autres nouvelles de lui.»

«Le télégramme n°2 arriva.

«Barker's, N. J., 7 h. 30 matin.

«Arrive à l'instant. Effraction dans verrerie ici nuit dernière, huit cents bouteilles enlevées. Eau en grande quantité ne se trouve qu'à cinq milles d'ici; me transporte de ce côté. Éléphant probablement altéré, bouteilles vides trouvées.

«BAKER, détective.»

—«Cela promet, dit l'inspecteur, je vous avais bien dit que le régime de l'animal nous mettrait sur la trace.»

«Télégramme n°3.

«Taylorville, L. I., 8 h. 15 matin.

«Une meule de foin près d'ici disparue pendant la nuit. Probablement dévorée. Relevé et suivi la piste.

«HUBARD, détective.»

—«Quel chemin il fait! dit l'inspecteur. Je savais d'ailleurs que nous aurions du mal, mais nous l'attraperons.»

«Flower Station, N. Y., 9 h. matin.

«Relevé les traces à trois milles vers l'ouest. Larges, profondes, déchiquetées. Nous venons de rencontrer un fermier qui dit que ce ne sont pas des traces d'éléphant. Il prétend que ce sont des traces de trous où il mit des plants d'arbres lors des gelées de l'hiver dernier. Donnez-moi des indications sur la marche à suivre.

«DARLEY, détective.»

—«Ah! ah! un complice des voleurs! Nous brûlons», dit l'inspecteur.

«Il télégraphia à Darley:

«Arrêtez l'homme et forcez-le à nommer ses complices. Continuez à suivre les traces... jusqu'au Pacifique, s'il le faut.

«BLUNT, chef détective.»

«Autre télégramme.

«Coney-Point, Pa., 8 h. 45 matin.

«Effraction à l'usine à gaz pendant la nuit. Quittances trimestrielles non payées disparues. Relevé et suivi la piste.»

—«Ciel! s'exclama l'inspecteur. Mange-t-il aussi des quittances?»

—«Par inadvertance, sans doute, répondis-je. Des quittances ne peuvent être une nourriture suffisante. Du moins, prises seules.»

«Puis arriva ce télégramme émouvant:

«Ironville, N. Y., 9 h. 30 matin.

«J'arrive. Ce village est dans la consternation. Éléphant passé ici à cinq heures du matin. Les uns disent qu'il se dirige vers l'ouest; d'autres, vers le nord; quelques-uns, vers le sud. Mais personne n'est resté pour faire au moment une observation précise. Il a tué un cheval. J'en ai mis un morceau de côté comme indice. Il l'a tué avec la trompe. D'après la nature du coup, je crois qu'il a été porté à gauche. D'après la position où on a trouvé le cheval, je crois que l'éléphant se dirige au nord, suivant la ligne du chemin de fer de Berkley. Il a une avance de quatre heures et demie. Mais nous le suivons de près.

«HARVES, détective.»

«Je poussai une exclamation de joie. L'inspecteur était calme comme une image. Il toucha posément son timbre.

—«Alaric, envoyez-moi le capitaine Burns.»

«Burns entra.

—«Combien d'hommes disponibles avez-vous?»

—«Quatre-vingt-seize, Monsieur.»

—«Envoyez-les dans le nord, immédiatement. Concentration sur la ligne de Berkley, au nord d'Ironville.»

—«Oui, Monsieur.»

—«Que tous les mouvements se fassent dans le plus grand secret. Dès que vous aurez d'autres hommes disponibles, prévenez-moi.»

—«Oui, Monsieur.»

—«Allez.»

—«Oui, Monsieur.»

«A ce moment arrivait un autre télégramme.

«Sage Corners, N. Y., 10 h. 30 matin.

«J'arrive. L'éléphant passé ici à 8 h. 15. Tous les habitants de la ville ont pris la fuite, sauf un policeman. Il semble que l'éléphant ait attaqué non pas le policeman, mais un réverbère. Tué tous les deux. J'ai ai mis de côté un morceau du policeman comme indice.

«STUMM, détective.»

—«Ainsi l'éléphant a tourné à l'ouest, dit l'inspecteur. D'ailleurs il ne peut échapper. J'ai des hommes partout.»

«Le télégramme suivant disait:

«Glovers, 11 h. 15 matin.»

«J'arrive. Le village est abandonné. Restent les malades et les vieillards. Éléphant passé ici il y a trois quarts d'heure. La société de protestation contre les buveurs d'eau était réunie en séance, il a passé sa trompe par la fenêtre et l'a vidée dans la salle; la trompe était pleine d'eau de puits, quelques assistants l'ont avalée et sont morts, d'autres ont été noyés. Les détectives Cross et O'Shaughnessy ont traversé la ville, mais allant au sud, ont manqué l'éléphant. Tout le pays à plusieurs milles à la ronde saisi de terreur. Les gens désertent leurs maisons, fuyant partout, mais partout ils rencontrent l'éléphant. Beaucoup de tués.

«BRANT, détective.»

«J'aurais voulu répandre des larmes, tant ces ravages me consternaient, mais l'inspecteur se contenta de dire:

—«Vous voyez que nous nous rapprochons; il sent notre présence, le voilà de nouveau à l'est.»

«Mais d'autres nouvelles sinistres nous étaient préparées. Le télégraphe apporta ceci:

«Hoganport, 12 h. 19.

«Arrive à l'instant. Éléphant passé ici il y a une demi-heure. Semé partout terreur et désolation. Course furieuse à travers les rues. Deux plombiers passant, un tué, l'autre blessé, regrets unanimes.

«O'FLAHERTY, détective.»

—«Enfin, le voilà au milieu de mes hommes, dit l'inspecteur, rien ne peut le sauver.»

«Alors ce fut une série de télégrammes expédiés par des détectives disséminés entre New-Jersey et la Pensylvanie et qui suivaient des traces, granges ravagées, usines détruites, bibliothèques scolaires dévorées, avec grand espoir, espoir valant certitude.

—«Je voudrais, dit l'inspecteur, pouvoir être en communication avec eux et leur donner l'ordre de prendre le nord, mais c'est impossible. Un détective ne va au bureau du télégraphe que pour envoyer son rapport, puis il repart et vous ne savez jamais où mettre la main sur lui.»

«Alors arriva une dépêche ainsi conçue:

«Bridge-port, Ct., 12 h. 15.

«Barnum offre 4,000 dollars par an pour le privilège exclusif de se servir de l'éléphant comme moyen d'annonce ambulante, à partir d'aujourd'hui jusqu'au moment où les détectives le trouveront. Voudrait le couvrir d'affiches de son cirque. Demande réponse immédiate.

«BOGGS, détective.»

—«C'est absurde!» m'écriai-je.

—«Sans doute, dit l'inspecteur. Évidemment M. Barnum, qui se croit très fin, ne me connaît pas. Mais je le connais.»

«Et il dicta la réponse à la dépêche:

«Offre de M. Barnum refusée. 7,000 dollars ou rien.

«Inspect. chef, BLUNT.»

—«Voilà, nous n'aurons pas à attendre longtemps la réponse. M. Barnum n'est pas chez lui, il est dans le bureau du télégraphe, c'est son habitude quand il traite une affaire. Dans trois...»

«Affaire faite. P.-T. BARNUM...» interrompit l'appareil télégraphique en cliquetant.

«Avant que j'eusse le temps de commenter cet extraordinaire épisode, la dépêche suivante changea désastreusement le cours de mes idées:

«Bolivia, N. Y., 12 h. 50.

«Éléphant arrivé ici, venant du sud, a passé se dirigeant vers la forêt à 11 h. 50, dispersant un enterrement et diminuant de deux le nombre des suiveurs. Des citoyens lui ont tiré quelques balles, puis ont pris la fuite. Le détective Burke et moi sommes arrivés dix minutes trop tard, venant du nord. Mais des traces fausses nous ont égarés, et nous avons perdu du temps. A la fin, nous avons trouvé la vraie trace et l'avons suivie jusqu'à la forêt. A ce moment nous nous sommes mis à quatre pattes, et avons relevé les empreintes attentivement. Nous avons aperçu l'animal dans les broussailles. Burke était devant moi. Malheureusement l'éléphant s'est arrêté pour se reposer. Burke, qui allait la tête penchée, les yeux sur la piste, buta contre les jambes postérieures de l'animal avant de l'avoir vu. Il se leva aussitôt, saisit la queue, et s'écria joyeusement: «Je réclame la pri...» Mais avant qu'il eût achevé, un simple mouvement de la trompe jeta le brave garçon à bas, mort et en pièces. Je fis retraite, l'éléphant se retourna et me poursuivit de près jusqu'à la lisière du bois, à une allure effrayante. J'aurais été pris infailliblement, si les débris de l'enterrement n'étaient miraculeusement survenus pour détourner son attention. On m'apprend qu'il ne reste rien de l'enterrement. Ce n'est pas une perte sérieuse. Il y a ici plus de matériaux qu'il n'en faut pour un autre. L'éléphant a disparu.

«MULROONEY, détective.»

«Nous n'eûmes plus de nouvelles, sinon des diligents et habiles détectives dispersés, dans le New-Jersey, la Pensylvanie, le Delaware, la Virginie, qui, tous, suivaient des pistes fraîches et sûres. Un peu après deux heures, vint ce télégramme:

«Baxter centre, 2 h. 15 soir.

«Éléphant passé ici, tout couvert d'affiches de cirque. A dispersé une conférence religieuse, frappant et blessant un grand nombre de ceux qui étaient venus là pour le bien de leurs âmes. Les citoyens ont pu le saisir et l'ont mis sous bonne garde. Quand le détective Brown et moi arrivâmes, peu après, nous entrâmes dans l'enclos, et commençâmes à identifier l'animal avec les photographies et descriptions. Toutes les marques concordantes étaient reconnues, sauf une, que nous ne pouvions pas voir, la marque à feu sous l'aisselle. Pour la voir, Brown se glissa sous l'animal, et eut aussitôt la tête broyée; il n'en resta pas même les débris. Tous prirent la fuite, et aussi l'éléphant, portant à droite et à gauche des coups meurtriers.—Il s'est sauvé, mais a laissé des traces de sang, provenant des boulets de canon. Nous sommes sûrs de le retrouver. Traverse dans la direction du sud une forêt épaisse.»

«Ce fut le dernier télégramme. A la tombée du soir, il y eut un brouillard si opaque que l'on ne pouvait distinguer les objets à trois pas. Il dura toute la nuit. La circulation des bateaux et des omnibus fut interrompue.

III

Le lendemain matin, les journaux étaient pleins d'opinions de détectives. Comme auparavant on racontait toutes les péripéties de la tragédie par le menu et l'on ajoutait beaucoup d'autres détails reçus des correspondants télégraphiques particuliers. Il y en avait des colonnes et des colonnes, un bon tiers du journal avec des titres flamboyants en vedette et mon cœur saignait à les lire. Voici le ton général:

L'ELEPHANT BLANC EN LIBERTE! IL POURSUIT SA MARCHE FATALE! DES VILLAGES ENTIERS ABANDONNES PAR LEURS HABITANTS FRAPPES D'EPOUVANTE! LA PALE TERREUR LE PRECEDE! LA DEVASTATION ET LA MORT LE SUIVENT! PUIS VIENNENT LES DETECTIVES! GRANGES DETRUITES! USINES SACCAGEES! MOISSONS DEVOREES! ASSEMBLEES PUBLIQUES DISPERSEES! SCENES DE CARNAGE IMPOSSIBLES A DECRIRE! OPINION DE TRENTE-QUATRE DETECTIVES LES PLUS EMINENTS DE LA DIVISION DE SURETE. OPINION DE L'INSPECTEUR EN CHEF BLUNT.

—«Voilà, dit l'inspecteur Blunt, trahissant presque son enthousiasme; voilà qui est magnifique! La plus splendide aubaine qu'ait jamais eue une administration de la sûreté. La renommée portera le bruit de nos exploits jusqu'aux confins de la terre. Le souvenir s'en perpétuera jusqu'aux dernières limites du temps et mon nom avec lui.»

«Mais, personnellement, je n'avais aucune raison de me réjouir; il me semblait que c'était moi qui avais commis tous ces crimes sanglants et que l'éléphant n'était que mon agent irresponsable. Et comme la liste s'était accrue! Dans un endroit il était tombé au milieu d'une élection et avait tué cinq scrutateurs. Acte de violence manifeste suivi du massacre de deux pauvres diables nommés O'Donohue et Mac Flannigan, qui avaient «trouvé un refuge dans l'asile des opprimés de tous les pays la veille seulement et exerçaient pour la première fois le droit sacré des citoyens américains en se présentant aux urnes, quand ils avaient été frappés par la main impitoyable du fléau du Siam». Dans un autre endroit, il avait attaqué un vieux fou prêcheur qui préparait pour la prochaine campagne son attaque héroïque contre la danse, le théâtre et autres choses immorales, et il avait marché dessus. Dans un autre endroit encore il avait tué un agent préposé au paratonnerre, et la liste continuait de plus en plus sanglante, de plus en plus navrante: il y avait soixante tués et deux cent quarante blessés. Tous les rapports rendaient hommage à la vigilance et au dévouement des détectives et tous se terminaient par cette remarque que le monstre avait été vu par trois cent mille hommes et quatre détectives, et que deux de ces derniers avaient péri.

«Je redoutais d'entendre de nouveau cliqueter l'appareil télégraphique. Bientôt la pluie de dépêches recommença; mais je fus heureusement déçu: on ne tarda pas à avoir la certitude que toute trace de l'éléphant avait disparu.

«Le brouillard lui avait permis de se trouver une bonne cachette où il restait à l'abri des investigations. Les télégrammes de localités les plus absurdement éloignées les unes des autres annonçaient qu'une vaste masse sombre avait été vaguement aperçue à travers le brouillard, à telle ou telle heure, et que c'était indubitablement «l'éléphant». Cette vaste masse sombre aurait été aperçue vaguement à New-Haven et New-Jersey, en Pensylvanie, dans l'intérieur de l'État de New-York, à Brooklyn et même dans la ville de New-York; mais chaque fois la vaste masse sombre s'était évanouie et n'avait pas laissé de traces. Chacun des détectives de la nombreuse division répandue sur cette immense étendue de pays envoyait son rapport d'heure en heure; et chacun d'eux avait relevé une piste sûre, épiait quelque chose et le talonnait.

«Le jour se passa néanmoins sans résultat.

«De même, le jour suivant.

«Et le troisième.

«On commençait à se lasser de lire dans les journaux des renseignements sans issue, d'entendre parler de pistes qui ne menaient à rien, et de théories dont l'intérêt, l'amusement et la surprise s'étaient épuisés.

«Sur le conseil de l'inspecteur, je doublai la prime.

«Suivirent quatre jours encore de morne attente. Le coup le plus cruel frappa alors les pauvres détectives harassés. Les journalistes refusèrent de publier plus longtemps leurs théories, et demandèrent froidement quelque répit.

«Quinze jours après le vol, j'élevai la prime à 75,000 dollars, sur le conseil de l'inspecteur. C'était une somme importante, mais je compris qu'il valait mieux sacrifier toute ma fortune personnelle que perdre mon crédit auprès de mon gouvernement. Maintenant que les détectives étaient en mauvaise posture, les journaux se tournèrent contre eux, et se mirent à leur décocher les traits les plus acérés. Le théâtre s'empara de l'histoire. On vit sur la scène des acteurs déguisés en détectives, chassant l'éléphant de la plus amusante façon. On fit des caricatures de détectives parcourant le pays avec des longues-vues, tandis que l'éléphant, derrière eux, mangeait des pommes dans leurs poches. Enfin on ridiculisa de cent façons les insignes des détectives.

«Vous avez vu l'insigne imprimé en or au dos des romans sur la police. C'est un œil grand ouvert avec la légende: «Nous ne dormons jamais.» Quand un agent entrait dans un bar, le patron facétieux renouvelait une vieille plaisanterie: «Voulez-vous qu'on vous ouvre un œil?» Il y avait partout des sarcasmes dans l'air.

«Mais un homme demeurait calme, immuable, insensible à toutes les moqueries. C'était ce cœur de chêne, l'inspecteur. Pas une fois son regard limpide ne se troubla, pas une fois sa confiance ne fut ébranlée. Il disait:

—«Laissez-les faire et dire. Rira bien qui rira le dernier.»

«Mon admiration pour cet homme devint un véritable culte. Je ne quittai plus sa société. Son bureau m'était devenu un séjour de moins en moins agréable. Cependant, puisqu'il se montrait si héroïque, je me faisais un devoir de l'imiter, aussi longtemps du moins que je le pourrais. Je venais régulièrement et m'installais. J'étais le seul visiteur qui parût capable de cela. Tout le monde m'admirait. Parfois il me semblait que j'aurais dû renoncer. Mais alors je contemplais cette face calme et apparemment insoucieuse, et je demeurais.

«Trois semaines environ après le vol de l'éléphant, je fus un matin sur le point de dire que j'allais donner ma démission et me retirer. A ce moment même, pour me retenir, le grand détective me soumit un nouveau plan génial.

«C'était une transaction avec les voleurs. La fertilité de ce génie inventif surpassait tout ce que j'avais jamais vu, et pourtant j'ai été en relations avec les esprits les plus distingués. Il me dit qu'il était sûr de pouvoir transiger pour cent mille dollars, et de me faire avoir l'éléphant. Je répondis que je croyais pouvoir réunir cette somme, mais je demandai ce que deviendraient ces pauvres détectives qui avaient montré tant de zèle.

—«Dans les transactions, m'assura-t-il, ils ont toujours la moitié.»

«Cela écartait ma seule objection. L'inspecteur écrivit deux billets ainsi conçus:

«Chère Madame,

«Votre mari peut gagner une forte somme d'argent (et compter absolument sur la protection de la loi) en venant me voir immédiatement.

«BLUNT, chef inspecteur.»

«Il envoya un de ces billets à la femme supposée de Brick Duffy, l'autre à celle de Rouge Mac Fadden.

«Une heure après arrivèrent ces deux réponses insolentes:

«Vieux hibou, Brick Mac Duffy est mort depuis deux ans.»

«BRIDGET MAHONEY.»

«Vieille chauve-souris, Rouge Mac Fadden a été pendu il y a dix-huit mois. Tout autre âne qu'un détective sait cela.

«MARY O'HOOLIGAN.»

—«Je m'en doutais depuis longtemps, dit l'inspecteur. Ce témoignage prouve que mon flair ne m'a pas trompé.»

«Dès qu'une ressource lui échappait, il en trouvait une autre toute prête. Il envoya aussitôt aux journaux du matin une annonce dont je gardai la copie.

«A—XWBLV, 242, N, Tjd—Fz, 328 wmlg. Ozpo—2m!

«OGW MUM.»

«Il me dit que si le voleur était encore vivant, cela le déciderait à venir au rendez-vous habituel; il m'expliqua que ce rendez-vous était dans un endroit où se traitaient tous les compromis entre détectives et criminels. L'heure fixée était minuit sonnant.

«Nous ne pouvions rien faire jusque-là. Je quittai le bureau sans retard, heureux d'un moment de liberté.

«A onze heures du soir, j'apportai les 100,000 dollars en billets de banque et les remis entre les mains du chef détective. Peu après, il me quitta, avec dans le regard la lueur d'espérance et de confiance que je connaissais bien. Une heure s'écoula, presque intolérable. Puis j'entendis son pas béni. Je me levai tout ému et chancelant de joie, et j'allai vers lui. Quelle flamme de triomphe dans ses yeux! Il dit:

—«Nous avons transigé. Les rieurs déchanteront demain. Suivez-moi.»

«Il prit une bougie et descendit dans la vaste crypte qui s'étendait sous la maison, et où dormaient continuellement soixante détectives, tandis qu'un renfort de vingt autres jouaient aux cartes pour tuer le temps. Je marchais sur ses pas. Il alla légèrement jusqu'au bout de la pièce sombre, et au moment précis où je succombais à la suffocation et me préparais à m'évanouir, je le vis trébucher et s'étaler sur les membres étendus d'un objet gigantesque. Je l'entendis crier en tombant:

—«Notre noble profession est vengée. Voici l'éléphant!»

«On me transporta dans le bureau. Je repris mes sens en respirant de l'éther.

«Tous les détectives accoururent. Je vis une scène de triomphe comme je n'en avais jamais vu encore. On appela les reporters. On éventra des paniers de champagne. On porta des toasts. Il y eut des serrements de mains, des congratulations, un enthousiasme indicible et infini. Naturellement le chef fut le héros du moment et son bonheur était si complet, il avait si patiemment, si légitimement, si bravement remporté la victoire que j'étais heureux moi-même de le voir ainsi, quoique je ne fusse plus pour ce qui me concernait qu'un mendiant sans feu ni lieu: le trésor inappréciable qu'on m'avait confié était perdu et ma position officielle m'échappait par suite de ce que l'on considérait toujours comme une négligence coupable dans l'accomplissement de ma grande mission. Bien des regards éloquents témoignèrent leur profonde admiration pour le chef, et plus d'un détective murmurait à voix basse:

—«Voyez-le, c'est le roi de la profession; il ne lui faut qu'un indice et il n'y a rien de caché qu'il ne puisse retrouver.»

«Le partage des 50,000 dollars fit grand plaisir, et quand il fut achevé, le chef fit un petit discours après avoir mis sa part dans sa poche.

—«Jouissez-en, mes garçons, car vous l'avez bien gagné, et, ce qui vaut mieux, vous avez acquis à la profession de détective une renommée impérissable.»

«A ce moment arriva un télégramme.

«Monroe, Mich., 10 h. soir.

«Trouvé ici bureau télégraphique pour la première fois depuis trois semaines. Ai suivi trace de pas à cheval à travers les forêts sur une distance d'un millier de milles. Empreintes plus fortes, plus grandes et plus fraîches de jour en jour. Ne vous impatientez pas, dans une semaine l'éléphant sera à moi. Absolument sûr.

«DARLEY, détective.»

«Le chef ordonna une triple salve d'applaudissements pour Darley, un des plus fins limiers de la sûreté, puis il lui fit télégraphier de revenir pour recevoir sa récompense.

«Ainsi se termina le merveilleux épisode du vol de l'éléphant blanc.

«Les journaux du lendemain se répandirent une fois de plus en protestations élogieuses; il n'y eut qu'une exception insignifiante.

«La feuille ironique disait:

«Le détective est grand! Il peut être un peu lent à trouver de petites choses comme un éléphant égaré; il peut le chasser toute la journée et dormir toute la nuit à côté de la carcasse pourrie pendant trois semaines, mais il finira par le trouver s'il peut mettre la main sur l'homme qui lui indiquera le bon endroit.»

«Le pauvre Hassan était perdu pour moi; les boulets de canon l'avaient blessé mortellement; il s'était réfugié dans le souterrain au-dessous du bureau de police pendant le brouillard et, là, entouré de ses ennemis, en danger constant d'être découvert, il avait souffert de la faim jusqu'à ce que la mort vînt lui donner le repos éternel.

«La transaction me coûtait 100,000 dollars. Les autres frais 42,000 dollars de plus. Je ne pouvais pas songer à obtenir un autre emploi de mon gouvernement. Je suis un homme ruiné et un vagabond sur la terre. Mais mon admiration pour cet homme, le plus éminent policier que le monde ait jamais connu, demeure entière à ce jour et restera telle jusqu'à la fin.»

MADAME MAC WILLIAMS ET LE CROUP

(Récit fait à l'auteur par M. Mac Williams, un aimable gentleman de New-York rencontré par hasard en voyage.)

Donc, pour revenir à ce que je disais, avant de faire une digression pour vous expliquer comment cet effroyable et incurable fléau membraneux ravageait la ville et rendait toutes les mères folles de terreur, j'appelai l'attention de Mme Mac Williams sur la petite Pénélope, en disant:

—«Ma chérie, si j'étais vous, je ne laisserais pas l'enfant mâcher ce bout de bois de pin.»

—«Vraiment! où est le mal?» dit-elle, tout en se disposant à enlever à l'enfant le bout de bois, car les femmes ne peuvent recevoir la plus raisonnable insinuation sans discuter—j'entends les femmes mariées.

Je répliquai:—«Mon amour, il est de notoriété publique que le bois de pin est le moins nourrissant de tous ceux que peuvent manger les enfants.»

La main de ma femme s'arrêta, au moment de prendre le bout de bois, et retourna sur ses genoux. Elle faisait des efforts visibles pour se contenir.

—«Naïf que vous êtes! vous savez bien le contraire. Tous les médecins vous diront que la térébenthine que contient ce bois est excellente pour fortifier le dos et les reins.»

—«Ah! excusez mon erreur. Je ne savais pas que l'enfant eût les reins ou la colonne vertébrale malades, et que le médecin de la famille eût recommandé...»

—«Qui dit que la colonne vertébrale ou les reins de Pénélope soient malades?»

—«Ma chérie, c'est vous qui l'insinuez.»

—«Quelle idée! Je n'ai jamais rien voulu faire entendre de pareil.»

—«Ma chère amie, il n'y a pas deux minutes que vous avez dit...»

—«Au diable ce que j'ai dit. Peu importe ce que j'ai dit. Il n'y a pas de mal à ce que l'enfant mâche un bout de bois de pin, si cela lui plaît; vous le savez aussi bien que moi. Et elle continuera à le mâcher. Voilà.»

—«Pas un mot de plus, mon amour. Je vois la force de votre raisonnement. Je vais aller commander deux ou trois fagots du meilleur bois de pin possible. Aucun de mes enfants n'en manquera tant que...»

—«Oh! je vous en prie, allez à votre bureau et laissez-moi quelque repos. On ne peut faire la plus simple réflexion sans que vous en preniez prétexte pour raisonner, raisonner, raisonner, jusqu'à ce que vous ne sachiez plus ce que vous dites. Vous ne le savez d'ailleurs jamais.»

—«Très bien! Comme vous voudrez. Cependant il y a dans votre dernière remarque un manque de logique qui...»

Mais déjà elle était partie en fredonnant sans attendre la fin, et avait emmené l'enfant. Le soir de ce jour, au dîner, je la vis paraître avec une figure aussi blanche qu'un linge:

—«O Mortimer, voilà bien autre chose! Le petit Georges Gordon est pris.»

—«Le croup?»

—«Le croup.»

—«Y a-t-il quelque espoir?»

—«Plus au monde le moindre espoir. Hélas! que va-t-il advenir de nous?»

A ce moment, on apporta la petite Pénélope pour nous souhaiter la bonne nuit, et faire sa prière comme de coutume aux genoux de sa mère. Au milieu du «maintenant, mon Dieu, je vais m'endormir», elle toussa légèrement. Ma femme eut une secousse comme quelqu'un frappé d'un coup mortel. Mais une minute après, elle était debout, toute pleine de l'activité que la terreur inspire.

Elle commanda que le petit lit de l'enfant fût porté de la nursery dans notre chambre. Elle-même surveilla l'exécution. Je dus l'accompagner, naturellement. Elle fit faire au plus vite. Un lit pliant fut mis pour la bonne dans le cabinet de toilette. Mais soudain Mme Mac Williams s'aperçut que nous serions trop loin de l'autre bébé. Qu'arriverait-il, s'il avait les symptômes pendant la nuit? A cette pensée, la pauvre femme repâlit.

Nous reportâmes donc le lit de l'enfant et celui de la bonne dans la nursery, et nous installâmes un lit pour nous-mêmes dans une chambre voisine.

Après cela, Mme Mac Williams supposa que le bébé attrapait le croup de Pénélope. Cette pensée frappa son âme d'une terreur nouvelle. Toute la tribu dut s'empresser pour enlever le lit de la nursery, pas assez vite pour la satisfaire quoiqu'elle aidât elle-même à l'ouvrage, et mît presque le petit lit en pièces dans sa frénétique fureur.

Nous redescendîmes, mais en bas il n'y avait pas de place pour la bonne, et Mme Mac Williams dit que l'expérience de cette personne nous était d'un secours inestimable. Nous retournâmes donc, armes et bagages, à notre chambre une fois de plus. Et nous eûmes une grande joie, comme des oiseaux ballottés par la tempête qui ont retrouvé leur nid.

Mme Mac Williams alla voir à la nursery comment les choses marchaient. Elle revint en hâte, à nouveau épouvantée.

—«Qu'est-ce qui peut faire dormir le bébé si profondément?»

—«Mais, ma chère, dis-je, le bébé dort toujours comme une image.»

—«Oui, oui, mais il y a quelque chose de particulier dans son sommeil. Il me semble, il me semble respirer trop régulièrement. Oh! c'est effrayant.»

—«Mais le bébé respire toujours régulièrement.»

—«Je sais, mais aujourd'hui, il y a quelque chose d'inquiétant dans cette régularité. Sa bonne est trop jeune et sans expérience. Il faut que Maria aille avec elle, si quelque chose arrivait.»

—«Voilà une bonne idée. Mais vous n'aurez personne pour votre service.»

—«Si j'ai besoin de quelque chose, vous suffirez. D'ailleurs, je n'ai besoin de personne, à un moment comme celui-là.»

Je dis que je me reprocherais de me coucher et de dormir tandis qu'elle veillerait et souffrirait auprès de notre petite malade, toute la pénible nuit. Mais je me laissai décider. La vieille Maria partit prendre ses quartiers, comme autrefois, dans la nursery.

Pénélope toussa deux fois dans son sommeil.

—«Oh! pourquoi le docteur ne vient-il pas? Mortimer, cette chambre est certainement trop chaude. Tournez vite la clef du calorifère.»

Je tournai la clef, les yeux sur le thermomètre. Je me demandais en moi-même si 20 degrés étaient trop pour un enfant malade.

Le messager revint de la ville, annonçant que notre médecin était malade et gardait le lit. Ma femme tourna vers moi un regard mourant, et me dit d'une voix mourante:

«—Il y a là un dessein de la Providence. C'était fatal. Jamais il ne fut malade jusqu'à aujourd'hui. Jamais. Nous n'avons pas vécu comme nous aurions dû vivre, Mortimer! Je vous l'ai déjà dit souvent. Vous voyez le résultat. Notre enfant ne se rétablira pas. Vous êtes heureux si vous pouvez vous pardonner. Je ne me pardonnerai pas.»

Je répondis, sans avoir l'intention de la blesser, mais un peu à la légère, qu'il ne me paraissait pas que nous eussions mené une existence si perdue.

—«Mortimer, voulez-vous attirer la colère divine sur le bébé?»

Elle se mit à se lamenter, puis, soudain:

—«Mais le docteur doit avoir envoyé des remèdes?»

—«Certainement, dis-je. Les voilà. J'attendais qu'il me fût permis de parler.»

—«Donnez-les-moi donc! Ne savez-vous pas que chaque minute est précieuse? Mais, hélas! pourquoi envoyer des remèdes, quand il sait que tout est perdu!»

Je dis que tant qu'il y avait de la vie, il y avait de l'espoir.

—«De l'espoir! Mortimer! Vous ne savez pas plus ce que vous dites que l'enfant encore à naître. Si vous... Que je meure si l'ordonnance ne dit pas une cuillerée à thé toutes les heures! Comme si nous avions un an devant nous pour sauver l'enfant! Mortimer! dépêchez-vous! Donnez à la pauvre petite mourante une grande cuillerée, et essayez de vous hâter!»

—«Mais, ma chère, une grande cuillerée peut...»

—«Ne m'affolez pas! Là, là, là, mon chéri, mon amour! C'est bien mauvais, mais c'est bon pour Nelly, pour la petite Nelly à sa mère. Et cela va la guérir. Là, là, là, mettez sa petite tête sur le sein de sa maman, et dormez, vite... O Mortimer! Je sais qu'elle sera morte avant demain! Une grande cuillerée toutes les demi-heures, peut-être... Il faut lui donner de la belladone aussi... et de l'aconit. Allez chercher, Mortimer!... Maintenant laissez-moi faire. Vous n'entendez rien à tout cela.»

Nous allâmes enfin nous coucher, plaçant le petit lit près de l'oreiller de ma femme.

Tout ce tracas m'avait harassé. En deux minutes j'étais aux trois quarts endormi. Ma femme me secoua:

—«Mon ami, avez-vous retourné la clef du calorifère?»

—«Non.»

—«C'est bien ce que je pensais. Allez-y, je vous en prie. Cette chambre est froide.»

J'y allai, puis me rendormis. Je fus réveillé une fois de plus:

—«Mon ami, voudriez-vous mettre le lit de l'enfant de votre côté? Il est trop près du calorifère.»

Je déplaçai le petit lit. Mais je trébuchai sur le tapis, et j'éveillai l'enfant. Je m'assoupis une fois de plus, pendant que ma femme apaisait la malade. Mais à travers les nuages de mon assoupissement me parvinrent ces paroles:

—«Mortimer, il nous faudrait de la graisse d'oie. Voulez-vous sonner?»

Je sautai du lit tout endormi et je marchai sur un chat, qui miaula de protestation, et que j'aurais calmé d'une correction si une chaise n'avait pas reçu le coup à sa place.

—«Mortimer, quelle idée avez-vous d'allumer le gaz, pour réveiller encore l'enfant?»

—«Je veux voir si je me suis blessé, Caroline.»

—«Bon. Regardez aussi la chaise. Elle doit être en morceaux. Pauvre chat! Supposez que...»

—«Je ne suppose rien du tout à propos du chat. Cela ne serait pas arrivé si vous aviez dit à Maria de rester ici et de veiller à des choses qui sont de sa compétence et non de la mienne.»

—«Mortimer, vous devriez rougir de faire de telles réflexions. C'est une pitié que vous refusiez de rendre ces petits services, à un moment aussi pénible, quand votre enfant...»

—«Là, là, je ferai ce que vous voudrez. Mais j'aurai beau sonner, personne ne viendra. Tout le monde dort. Où est la graisse d'oie?»

—«Sur la cheminée de la nursery. Vous n'avez qu'à y aller, et demander à Maria...»

Je pris la graisse d'oie et revins me coucher.

—«Mortimer, je regrette tant de vous déranger, mais la chambre est vraiment trop froide pour appliquer le remède. Voulez-vous allumer le feu? Il est préparé. Une allumette, seulement.»

Je me traînai encore hors du lit, j'allumai le feu, puis m'assis inconsolable.

—«Mortimer, ne restez pas là assis, à prendre un rhume mortel. Venez dans le lit.»

Je me levai. Elle dit:—«Attendez un moment. Voulez-vous donner à l'enfant une cuillerée de potion?»

Ainsi fis-je. C'était une potion qui plus ou moins réveillait l'enfant. Ma femme profitait de ces moments pour la frotter avec la graisse d'oie, et l'enduire de partout. Je fus bientôt réendormi, puis réveillé:

—«Mortimer! je sens un courant d'air. Il n'y a rien de plus dangereux dans ces maladies. Mettez, je vous prie, le berceau de l'enfant en face du feu.»

En changeant le berceau de place, j'eus encore une collision avec la descente de lit. Je la pris et la jetai dans le feu. Ma femme sauta du lit, la retira, et nous eûmes quelques mots. Je pus ensuite dormir d'un sommeil insignifiant, puis, dus me lever pour construire un cataplasme de farine de lin. On le plaça sur la poitrine de l'enfant où il fut laissé pour produire son effet calmant.

Un feu de bois n'est pas une chose éternelle. Toutes les vingt minutes, je devais me lever pour entretenir le nôtre; cela donna à ma femme un prétexte à raccourcir de dix minutes les intervalles de la potion. Ce fut pour elle une grande joie. Par-ci, par-là, entre temps, je reconstruisais des cataplasmes, j'appliquais des sinapismes et autres vésicatoires partout où je pouvais trouver une place inoccupée sur l'enfant. Vers le matin, le bois manqua, et ma femme me demanda de descendre au cellier pour en chercher d'autre.

—«Ma chère, dis-je, c'est tout un travail. L'enfant doit avoir assez chaud. Elle est couverte extraordinairement. Ne pourrions-nous pas lui poser une autre couche de cataplasmes, et...»

Je n'eus pas le temps d'achever. Il n'y eut plus qu'à descendre et monter le bois pendant quelque temps. Puis je revins à mon lit et m'assoupis, et me mis à ronfler comme un homme dont toute la force a disparu et dont la vie est épuisée. Il faisait grand jour quand je sentis sur mon épaule un contact qui me réveilla soudain. Ma femme penchée vers moi haletait. Dès qu'elle put parler:

—«Tout est perdu, cria-t-elle. Tout est perdu! l'enfant transpire! Qu'allons-nous faire?»

—«Dieu merci! m'avez-vous fait peur! Je ne sais que décider. Peut-être si nous la changions de place, pour la remettre dans le courant d'air...»

—«O l'idiot! Ne perdons pas un moment. Allez chercher le médecin. Allez vous-même. Dites-lui qu'il faut qu'il vienne, mort ou vivant.»

J'allai tirer le pauvre diable hors de son lit et le traînai chez nous. Il regarda l'enfant et dit qu'elle n'était pas mourante. Ce fut pour moi une joie indicible, mais ma femme en devint furieuse comme d'un affront personnel.

Il affirma que la toux de l'enfant était uniquement causée par une légère irritation ou quelque chose de semblable dans la gorge. A ce moment, il me parut que ma femme avait grande envie de lui montrer la porte. Il ajouta qu'il allait faire tousser l'enfant plus fort, pour expulser la cause du trouble. Il lui fit prendre quelque chose qui lui donna un accès de toux, et aussitôt on vit apparaître comme un petit morceau de bois.

—«Cet enfant n'a pas le croup, dit-il. Elle a mâché un bout de bois de pin ou autre, et quelque fragment s'est logé dans la gorge. Elle n'en mourra pas.»

—«Je le crois, dis-je. Et même la térébenthine que contient ce bois est salutaire dans certaines maladies enfantines. Ma femme pourra vous le dire.»

Mais ma femme ne parla pas. Elle se tourna d'un air dédaigneux et quitta la chambre. Et depuis ce moment, il y a dans notre existence un épisode auquel nous ne faisons jamais allusion. Aussi le flot de nos jours coule-t-il dans une profonde et introublable sérénité.

Très peu d'hommes mariés se sont trouvés dans les circonstances de M. Mac Williams. L'auteur a pensé que peut-être la nouveauté de l'histoire lui donnerait un intérêt palpitant aux yeux du lecteur.

HISTOIRE DE L'INVALIDE

J'ai l'air d'un homme de soixante ans et marié, mais cette apparence est due à ma misérable condition et à mes malheurs, car je suis célibataire et n'ai que quarante et un ans. Vous aurez de la peine à croire que moi, qui ne suis maintenant qu'une ombre, j'étais, il y a deux ans à peine, robuste et bien portant, un homme de fer, un athlète. C'est pourtant la vérité vraie. Mais plus étrange encore est la façon dont j'ai perdu la santé. Je l'ai perdue en prenant soin d'une caisse de fusils, dans un voyage de deux cents milles en chemin de fer, par une nuit d'hiver. Voilà les faits exactement. Je vais vous les raconter.

J'habite à Cleveland, dans l'Ohio. Un soir d'hiver, il y a deux ans, je rentrais chez moi juste à la nuit tombée, au milieu d'une tempête de neige, et la première chose que j'appris en arrivant, ce fut que mon vieil ami et camarade de collège, John B. Hackett, était mort la veille. Ses dernières paroles avaient été pour exprimer le désir que je prisse le soin de transporter ses restes chez ses pauvres vieux parents dans le Wisconsin. Je fus tout à fait bouleversé et peiné. Mais il n'y avait pas de temps à perdre en émotions. Je devais partir aussitôt. Je pris avec moi l'adresse: «Le pasteur Levi Hackett, Bethléhem, Wisconsin», et filai à travers les tourbillons de neige vers la station. Là je trouvai la longue caisse de sapin qu'on m'avait décrite. Je clouai la carte sur la caisse, m'assurai qu'on la portait sur le train, et allai ensuite au buffet chercher des sandwichs et des cigares. Quand je rentrai dans la salle d'attente, mon cercueil *s'y trouvait de nouveau*, et à côté un jeune homme, regardant autour de lui, avec, dans la main, une carte, un marteau et des clous. Je fus tout stupéfait. Il commença à clouer sa carte et je courus vers le train, dans un état d'âme extraordinaire, pour demander des explications. Mais non, ma caisse était là, bien tranquille, dans le wagon. Elle n'avait pas bougé. La vérité était que, sans que je pusse le soupçonner, une confusion étrange s'était opérée. Je venais de prendre avec moi une caisse de fusils que ce jeune homme avait déposée dans la salle, à destination d'une compagnie de carabiniers à Péoria, dans l'Ohio, et lui avait pris mon cercueil! Le conducteur cria: «En voiture!» Je montai dans le train et dans le fourgon, et je m'assis confortablement sur des ballots. Le conducteur était là, tout à son ouvrage, un brave homme de cinquante ans, avec une figure simple, honnête, joviale. Son allure générale était alerte et bienveillante. Comme le train se mettait en marche, un étranger sauta dans le wagon et déposa sur le bout de mon cercueil (je veux dire ma caisse de fusils) un paquet de fromages de Limburger, de dimensions et d'odeur respectables. C'est-à-dire que je sais maintenant que c'étaient des fromages de Limburger, mais à ce moment-là je n'avais de ma vie entendu parler d'objet de cette nature, et j'étais dans la plus profonde ignorance de ses qualités. Bon. Nous allions à grande vitesse à travers la nuit désolée. La tempête faisait rage autour de nous. Une tristesse profonde m'envahit. Mon cœur était tout découragé. Le conducteur fit deux ou trois remarques pleines d'à-propos sur la tempête et la saison polaire que nous traversions. Puis il tira hermétiquement les portes sur leurs rails, mit les verrous, ferma la fenêtre avec soin; ensuite il s'occupa des bagages, ici, là, un peu plus loin, mettant les paquets en place, fredonnant tout le temps d'un air satisfait, la chanson: «Doux souvenir...» à voix basse, avec des bémols. Cependant je commençais à sentir une odeur désagréable et pénétrante qui montait dans l'air glacé. Cela m'affecta encore plus, car j'attribuais cette odeur à mon pauvre ami défunt. Il y avait quelque chose de lugubre dans le fait de se rappeler à mon souvenir de cette émouvante façon. J'eus de la peine à retenir mes pleurs. En outre je m'effrayai au sujet du vieux conducteur. Il était à craindre qu'il sentît l'odeur. Cependant, il continuait à fredonner tranquillement, sans rien laisser paraître. Je bénis le ciel. Mais je n'en étais pas moins mal à l'aise, et mon malaise croissait à chaque minute, car à chaque minute l'odeur devenait plus forte, et plus insupportable. Quand le conducteur eut terminé ses arrangements, il prit du bois et se mit à allumer dans son poêle un feu d'enfer. Cela me désola plus que je ne saurais dire. C'était une erreur lamentable. J'étais sûr que l'effet serait désastreux pour mon pauvre ami défunt. Thompson—le conducteur s'appelait Thompson, comme je l'appris dans le courant de la nuit,—se mit à fureter dans le wagon, ramassant tous les bouts de combustible qu'il pouvait trouver, et faisant cette remarque intéressante que peu importait la température extérieure; il voulait que nous fussions confortables à l'intérieur. Je ne dis rien, mais je pensai en moi-même qu'il ne prenait pas le bon moyen. Pendant ce temps, il continuait à fredonner. Et pendant ce temps, aussi, le poêle devenait plus chaud et plus chaud, ainsi que l'atmosphère du wagon. Je me sentais pâlir et je commençais à avoir mal au cœur. Mais je ne dis rien, et souffris en silence. Bientôt, je m'aperçus que le «Doux souvenir...» s'affaiblissait peu à peu. Enfin, il cessa tout à fait. Il y eut un silence effrayant. Après un moment, Thompson dit:

—«Hum! Ce ne doit pas être avec du cinnamone que j'ai bourré ce poêle.»

Il respira deux ou trois fois, puis se dirigea vers le cer..., vers la caisse de fusils, s'arrêta un moment près de la boîte de Limburgers, et s'en revint s'asseoir à côté de moi, l'air très impressionné. Après quelque rêverie il me dit, en désignant la caisse:

—«Un de vos amis?»

—«Oui», dis-je avec un soupir.

—«Il a l'air rudement mûr, n'est-ce pas?»

Nous gardâmes le silence deux ou trois minutes, absorbés dans nos réflexions. Puis Thompson dit d'une voix basse et craintive:

—«Des fois, on ne sait pas sûrement s'ils sont bien morts. Ils paraissent morts, n'est-ce pas? mais le corps est tiède, les articulations souples, et ainsi, bien que pensant qu'ils sont morts, vous n'avez pas une certitude absolue. J'en ai transporté comme cela. C'est tout à fait effrayant, parce que vous ne savez pas à quel moment ils vont se lever et vous regarder en face.»

Après un autre silence, levant le coude dans la direction du cercueil:— «Mais pour lui il n'y a pas de danger. Je parierais bien qu'il est mort.»

Nous demeurâmes quelque temps sans plus parler, méditant, à écouter le vent et le bruit du train. Thompson dit alors, d'un air animé:

—«Bah! nous devons tous partir un jour, il n'y a rien à y faire. L'homme né de la femme est de peu de jours sur la terre et sa fin est prompte, dit l'Écriture. Vous avez beau réfléchir là-dessus. C'est terriblement solennel et curieux. Personne n'y changera rien. Tout un chacun doit y passer. Un jour vous êtes vaillant et fort (ici il se leva, brisa un carreau, et mit son nez dehors une ou deux minutes, puis vint se rasseoir; tandis que je me levais, et allais mettre mon nez à la même place et nous alternâmes ainsi, tout en causant) et le lendemain vous êtes fauché comme l'herbe, et les endroits qui vous ont connu ne vous connaissent plus, comme dit l'Écriture. C'est tout à fait terriblement solennel et curieux. Mais nous devons tous partir un jour ou l'autre. On n'y peut rien.»

Il y eut une autre longue pause.

—«De quoi est-il mort?»

—«Je l'ignore.»

—«Y a-t-il longtemps qu'il est mort?»

Il me parut judicieux d'élargir les faits pour rendre plus explicable ce qui se passait:

—«Deux ou trois jours.»

Mais ce fut en pure perte. Thompson eut un regard incrédule qui signifiait clairement: «Vous voulez dire deux ou trois ans.» Et il continua, affectant placidement d'ignorer ce que je venais d'établir, insistant longuement sur les inconvénients de funérailles trop tardives. Il alla ensuite vers la caisse, s'arrêta un moment, et s'en revint au petit trot vers la fenêtre, en observant:

—«On aurait mieux fait, tout examiné, de l'enterrer l'été dernier.»

Il s'assit et ensevelit sa face dans un grand mouchoir rouge, et se mit à se remuer et se balancer comme quelqu'un qui fait tous ses efforts pour supporter quelque chose d'intolérable. Pendant ce temps, l'odeur, si ce mot d'odeur est suffisant, devenait suffocante, presque à mourir. La face de Thompson était livide. La mienne n'avait plus aucune sorte de couleur. Cependant, Thompson posa son front sur sa main gauche et son coude gauche sur son genou, et fit le geste de remuer son mouchoir avec l'autre main, vers le cercueil, et dit:

—«J'en ai transporté des tas, quelques-uns considérablement avancés. Mais, Seigneur! il les dépasse tous, et sans efforts. Capitaine, le plus avancé était de l'héliotrope auprès de lui.»

Bientôt, il devint évident qu'il fallait prendre un parti. Je suggérai des cigares. Thompson approuva l'idée. Il dit:

—«Peut-être que cela va le modifier un peu.»

Nous tirâmes énergiquement sur nos cigares pendant un moment et essayâmes de nous persuader que cela allait mieux. Mais, inutile. Au bout d'un moment, sans nous être consultés, nous laissâmes ensemble tomber nos cigares de nos doigts défaillants. Thompson soupira:

—«Non, capitaine, cela ne le modifie pas du tout. Au contraire, l'odeur du tabac le rend pire, et semble exciter son émulation. Que pensez-vous qu'on puisse faire?»

Je n'avais aucune idée. J'étais en train d'opérer des mouvements de déglutition et ne me souciais pas de parler. Thompson se mit à maugréer, d'une voix morne et par intervalles, sur les malheureuses circonstances de cette nuit. Il s'adressait à mon pauvre ami, lui donnant divers titres, tantôt militaires, tantôt civils, et je remarquais qu'à mesure que croissait l'impression produite par le cadavre, Thompson lui accordait une promotion correspondante et un titre supérieur. A la fin il dit:

—«J'ai une idée. Si nous prenions le cercueil et si nous poussions le colonel vers l'autre extrémité du wagon, à une dizaine de pieds de nous, par exemple. Il n'aurait pas autant d'influence. Ne pensez-vous pas?»

Je trouvai le plan excellent. Nous prîmes donc une bonne gorgée d'air au carreau brisé, pour en avoir jusqu'au bout. Puis nous nous penchâmes sur le fromage mortel et saisîmes la caisse en dessous. Thompson balança. «Tout est prêt.» Et nous partîmes avec toute notre énergie. Mais Thompson glissa et s'étala, le nez sur le fromage. Il en perdit la respiration. Je le vis haleter convulsivement, puis se précipiter vers la porte qu'il secoua, cherchant de l'air, et me disant d'une voix rauque: «Vite, vite, laissez-moi passer. Je meurs. Laissez-moi passer!» Une fois sur la plate-forme, au vent froid, je m'assis et lui tins la tête. Il reprit ses sens. Bientôt il dit:

—«Croyez-vous que nous ayons porté loin le général?»

Je dis que non. Nous l'avions à peine vu remuer.

—«Bon, voilà une idée abandonnée. Il nous faut trouver autre chose. Il se trouve bien où il est, je suppose. Et si c'est sa façon de penser, et s'il a mis dans sa tête de ne pas être dérangé, il en viendra à ses fins. Il vaut mieux le laisser tranquille, aussi longtemps qu'il voudra. Il a tous les atouts dans son jeu. Et alors il tombe sous les sens qu'à vouloir contrarier ses idées on sera toujours battu.»

Nous ne pouvions cependant rester dehors dans cette tempête furieuse. Nous serions morts de froid. Il fallut donc rentrer et fermer la porte, et souffrir, et nous succéder à la vitre brisée de la fenêtre. Cependant, comme nous venions de quitter une station où nous avions eu un court arrêt, Thompson entra tout joyeux en s'écriant:

—«Tout va bien. Je crois que nous tenons le commodore, cette fois. Il me semble que j'ai mis la main sur l'arme qu'il faut pour le battre.»

C'était de l'acide phénique. Il en avait un bidon. Il en répandit partout, autour de nous, il inonda la caisse à fusils, le fromage et tout. Puis nous nous assîmes, pleins d'espoir. Ce ne fut pas long. Les deux parfums s'amalgamèrent, et alors, oui,—rapidement nous précipitâmes-nous vers la porte. Une fois dehors, Thompson s'essuya le front avec son mouchoir, et dit d'une voix défaillante:

—«Tout est inutile. Nous ne pouvons rien contre lui. Il se sert de tout ce dont nous essayons pour le modifier, lui donne son parfum et nous le renvoie. Capitaine, il est cent fois plus terrible maintenant qu'au commencement. Je n'ai jamais vu personne s'échauffer ainsi à la besogne et y mettre un si infernal intérêt. Non, Monsieur, jamais, depuis que je voyage sur la ligne. Et j'en ai transporté plus d'un, comme j'ai eu l'honneur de vous le dire.»

Nous rentrâmes, avant d'être tout à fait gelés. Mais on ne pouvait y tenir. Dès ce moment, nous ne fîmes que courir du dedans au dehors et réciproquement, alternativement gelés, chauffés, suffoqués. Au bout d'une heure vint une autre station. Au départ Thompson entra avec un sac et dit:

—«Capitaine, je vais essayer autre chose. C'est la dernière tentative. Si nous n'en venons pas à bout cette fois, nous n'avons plus qu'à jeter l'éponge et à nous retirer de la lutte. Essayons.»

Il avait apporté un paquet de plumes de volailles, des pommes sèches, des feuilles de tabac, des chiffons, des vieux souliers, du souffre, de l'assa fœtida, un tas d'objets. Il les empila sur une plaque de fer au milieu du wagon et y mit le feu. Quand le tout fut bien allumé, je ne pus comprendre comment le cadavre lui-même pouvait supporter cette odeur. Tout ce que nous avions senti jusque-là, par comparaison, était une poésie. Mais sachez que le parfum primitif persistait aussi énergique qu'avant. Bien mieux. Les autres odeurs semblaient lui donner du ton. Je ne fis pas ces réflexions sur place, je n'en eus pas le temps, mais sur la plate-forme. En faisant irruption au dehors, Thompson tomba suffoqué. Quand nous revécûmes, il dit d'une voix mourante:

—«Il nous faut rester dehors, capitaine. Il le faut. Il n'y a pas autre chose à faire. Le gouverneur veut voyager seul. C'est son idée et nous ne pouvons aller à l'encontre.»

Puis il ajouta:

—«Et savez-vous? Nous sommes empoisonnés. C'est notre dernier voyage. Vous pouvez en faire votre deuil. Le résultat de tout cela sera une fièvre typhoïde. Je la sens venir. Oui, Monsieur, nous sommes élus, aussi vrai que je suis né.»

On nous retira de la plate-forme, une heure après, à la station suivante, glacés et insensibles; j'en eus une fièvre violente, et ne sus plus rien pendant trois semaines. J'appris alors que j'avais passé cette nuit effroyable en compagnie d'une inoffensive caisse de fusils, et d'un lot de fromages sans malice aucune, mais la vérité arriva trop tard pour me sauver. L'imagination avait fait son œuvre, et ma constitution est ruinée pour toujours. Ni les Bermudes ni aucune autre terre ne pourront me rendre la santé. C'est mon dernier voyage. Je retourne à mon foyer pour mourir.

NUIT SANS SOMMEIL

Nous fûmes au lit à dix heures, car nous devions nous lever au petit jour pour continuer notre route vers chez nous. J'étais un peu énervé, mais Harris s'endormit tout de suite. Il y a dans cet acte un je ne sais quoi qui n'est pas exactement une insulte et qui est pourtant une insolence, et une insolence pénible à souffrir. Je réfléchissais sur cette injure, et cependant j'essayais de m'endormir. Mais plus j'essayais, plus je m'éveillais. J'en vins à méditer tristement dans l'obscurité, sans autre compagnie qu'un dîner mal digéré. Mon esprit partit, peu à peu, et aborda le début de tous les sujets sur lesquels on ait jamais réfléchi. Mais sans aller jamais plus loin que le début. C'était toucher et partir. Il volait de pensée en pensée avec une prodigieuse rapidité. Au bout d'une heure ma tête était un parfait tourbillon. J'étais épuisé, fatigué à mort.

La fatigue devint si grande qu'elle commença à lutter avec l'excitation nerveuse. Tandis que je me croyais encore éveillé, je m'assoupissais en réalité dans une inconscience momentanée, d'où j'étais violemment tiré par une secousse qui rompait presque mes articulations,—l'impression du moment étant que je tombais dans quelque précipice. Après avoir dégringolé dans huit ou neuf précipices, et m'être ainsi aperçu que la moitié de mon cerveau s'était éveillée à plusieurs reprises, tandis que l'autre moitié dormait, soupçonnée de la première qui luttait pour résister, l'assoupissement complet commença à étendre son influence graduelle sur une plus grande partie de mon territoire cérébral, et je tombai dans une somnolence qui devint de plus en plus profonde, et qui était sans doute sur le point de se transformer en solide et bienfaisante stupeur, pleine de rêves, quand... Qu'y avait-il donc?

Mes facultés obscurcies furent en partie ramenées vers la conscience, et prirent une attitude réceptive. Là-bas, d'une distance immense, illimitée, venait quelque chose qui grandissait, grandissait, approchait, et qu'on put bientôt reconnaître pour un son. Au début, cela ressemblait plutôt à un sentiment. Ce bruit était à un kilomètre, maintenant. Peut-être le murmure d'une tempête. Puis, il s'approchait. Il n'était pas à un quart de mille. Était-ce le grincement étouffé d'une machine lointaine? Non. Le bruit s'approchait, plus près encore, plus près, et à la fin il fut dans la chambre même. C'était simplement une souris en train de grignoter la boiserie. Ainsi c'était pour cette bagatelle que j'avais si longtemps retenu ma respiration!

Bien. C'était une chose faite. Il n'y avait pas à y revenir. J'allais m'endormir tout de suite et réparer le temps perdu. Vaine pensée! Sans le vouloir, sans presque m'en douter, je me mis à écouter le bruit attentivement et même à compter machinalement les grincements de la râpe à muscade de la souris. Bientôt, cette occupation me causa une souffrance raffinée.

Cependant j'aurais peut-être supporté cette impression pénible, si la souris avait continué son œuvre sans interruption. Mais non. Elle s'arrêtait à chaque instant. Et je souffrais bien plus en écoutant et attendant qu'elle reprît que pendant qu'elle était en train. Au bout de quelque temps, j'aurais payé une rançon de cinq, six, sept, dix dollars, pour être délivré de cette torture. Et à la fin j'offrais de payer des sommes tout à fait en disproportion avec ma fortune. Je rabattis mes oreilles, c'est-à-dire je ramenai les pavillons, et les roulai en cinq ou six plis, et les pressai sur le conduit auditif, mais sans résultat. Mon ouïe était si affinée par l'énervement que j'avais comme un microphone et pouvais entendre à travers les plis sans difficulté.

Mon angoisse devenait de la frénésie. A la fin, je fis ce que tout le monde a fait, depuis Adam, en pareil cas. Je décidai de jeter quelque chose. Je cherchai au bas du lit, et trouvai mes souliers de marche, puis je m'assis dans le lit, et attendis, afin de situer le bruit exactement. Je ne pus y parvenir. Il était aussi peu situable qu'un cri de grillon. On croit toujours qu'il est là où il n'est pas. Je lançai donc un soulier au hasard, avec une vigueur sournoise. Le soulier frappa le mur au-dessus du lit d'Harris et tomba sur lui. Je ne pouvais pas supposer qu'il irait si loin. Harris s'éveilla, et je m'en réjouis, jusqu'au moment où je m'aperçus qu'il n'était pas en colère. Alors je fus désolé. Il se rendormit rapidement, ce qui me fit plaisir. Mais aussitôt le grignotement recommença, ce qui renouvela ma fureur. Je ne voulais pas éveiller de nouveau Harris, mais le bruit continuant me contraignit à lancer l'autre soulier. Cette fois, je brisai un miroir; il y en avait deux dans la chambre. Je choisis le plus grand, naturellement. Harris s'éveilla encore, mais n'eut aucune plainte, et je fus plus triste qu'avant. Je me résolus à subir toutes les tortures humaines plutôt que de l'éveiller une troisième fois.

La souris pourtant s'éloigna, et peu à peu je m'assoupissais, quand une horloge commença à sonner. Je comptai tous les coups, et j'allais me rendormir quand une autre horloge sonna. Je comptai. Alors les deux anges du grand carillon de l'hôtel de ville se mirent à lancer de leurs longues trompettes des sons riches et mélodieux. Je n'avais jamais ouï de notes plus magiques, plus mystérieuses, plus suaves. Mais quand ils se mirent à sonner les quarts d'heure, je trouvai la chose exagérée. Chaque fois que je m'assoupissais un moment, un nouveau bruit m'éveillait. Chaque fois que je m'éveillais, je faisais glisser la couverture, et j'avais à me pencher jusqu'au sol pour la rattraper.

A la fin, tout espoir de sommeil s'enfuit. Je dus reconnaître que j'étais décidément et désespérément éveillé. Tout à fait éveillé, et en outre j'étais fiévreux et j'avais soif. Après être resté là à me tourner et me retourner aussi longtemps que je pus, il me vint l'idée excellente de me lever, de m'habiller, de sortir sur la grande place pour prendre un bain rafraîchissant dans le bassin de la fontaine, et attendre le matin en fumant et en rêvant.

Je pensais pouvoir m'habiller dans l'obscurité sans éveiller Harris. J'avais exilé mes souliers au pays de la souris, mais les pantoufles suffisaient, pour une nuit d'été. Je me levai donc doucement, et je trouvai graduellement tous mes effets, sauf un de mes bas. Je ne pouvais tomber sur sa trace, malgré tous mes efforts. Il me le fallait, cependant. Je me mis donc à quatre pattes et m'avançai à tâtons, une pantoufle au pied, l'autre dans la main, scrutant le plancher, mais sans résultat. J'élargis le cercle de mon excursion et continuai à chercher en tâtonnant. A chaque fois que se posait mon genou, comme le plancher craquait! Et quand je me heurtais au passage contre quelque objet, il me semblait que le bruit était trente-cinq ou trente-six fois plus fort qu'en plein jour. Dans ce cas-là, je m'arrêtais et retenais ma respiration pour m'assurer qu'Harris ne s'était pas éveillé, puis je continuais à ramper. J'avançais de côté et d'autre, sans pouvoir trouver le bas. Je ne rencontrais absolument pas autre chose que des meubles. Je n'aurais jamais supposé qu'il y eût tant de meubles dans la chambre au moment où je vins me coucher. Mais il en grouillait partout maintenant, spécialement des chaises. Il y avait des chaises à tous les endroits. Deux ou trois familles avaient-elles emménagé, dans l'intervalle? Et jamais je ne découvrais une de ces chaises à temps, mais je les frappais toujours en plein et carrément de la tête. Mon irritation grandissait, et tout en rampant de côté et d'autre, je commençais à faire à voix basse d'inconvenantes réflexions.

Finalement, dans un violent accès de fureur, je décidai de sortir avec un seul bas. Je me levai donc et me dirigeai, à ce que je pensais, vers la porte, et soudain je vis devant moi mon image obscure et spectrale dans la glace que je n'avais pas brisée. Cette vue m'arrêta la respiration un moment. Elle me prouva aussi que j'étais perdu et ne soupçonnais pas où je pouvais être. Cette pensée me chagrina tellement que je dus m'asseoir sur le plancher et saisir quelque chose pour éviter de faire éclater le plafond sous l'explosion de mes sentiments. S'il n'y avait eu qu'un miroir, peut-être aurait-il pu me servir à m'orienter. Mais il y en avait deux, et c'était comme s'il y en avait eu mille. D'ailleurs, ils étaient placés sur les deux murs opposés. J'apercevais confusément la lueur des fenêtres, mais dans la situation résultant de mes tours et détours, elles se trouvaient exactement là où elles n'auraient pas dû être, et ne servaient donc qu'à me troubler au lieu de m'aider à me retrouver.

Je fis un mouvement pour me lever, et je fis tomber un parapluie. Il heurta le plancher, dur, lisse, nu, avec le bruit d'un coup de pistolet. Je grinçai des dents et retins ma respiration. Harris ne remua pas. Je relevai doucement le parapluie et le posai avec précaution contre le mur. Mais à peine eus-je retiré la main que son talon glissa sous lui et qu'il tomba avec un autre bruit violent. Je me recroquevillai et j'attendis un moment, dans une rage muette. Pas de mal. Tout était tranquille. Avec le soin le plus scrupuleux et le plus habile, je redressai le parapluie une fois de plus, retirai la main... et il tomba de nouveau.

J'ai reçu une éducation excellente, mais si la chambre n'avait pas été plongée dans une sombre, solennelle et effrayante tranquillité, j'aurais sûrement proféré une de ces paroles qu'on n'eût pu mettre dans un livre de l'école du dimanche sans en compromettre la vente. Si mes facultés mentales n'avaient été depuis longtemps réduites à néant par l'épuisement où je me trouvais, je n'aurais pas essayé une minute de faire tenir un parapluie debout, dans l'obscurité, sur un de ces parquets allemands, polis comme une glace. En plein jour, on échouerait une fois sur cinq. J'avais une consolation, pourtant: Harris demeurait calme et silencieux. Il n'avait pas bronché.

Le parapluie ne pouvait me donner aucune indication locale. Il y en avait quatre dans la chambre, et tous pareils. Je pensai qu'il serait pratique de suivre le mur, en essayant de trouver la porte. Je me levai pour commencer mon expérience, et je décrochai un tableau. Ce n'était pas un grand tableau, mais il fit plus de bruit qu'un panorama. Harris ne bougea pas: mais je compris qu'une autre tentative picturale l'éveillerait sûrement. Il valait mieux renoncer à sortir. Le mieux était de retrouver au milieu de la chambre la table ronde du roi Arthur—je l'avais déjà rencontrée plusieurs fois,—et de m'en servir comme point de départ pour une exploration vers mon lit. Si je pouvais atteindre mon lit, je retrouverais mon pot à eau, je calmerais ma soif dévorante et me coucherais. Je repartis donc à quatre pattes. J'allais plus vite de cette façon et aussi plus sûrement, sans risquer de rien renverser. Au bout d'un moment, je trouvai la table, avec ma tête, me frottai un peu le front, puis me levai et partis, les mains allongées et les doigts écartés, pour tenir mon équilibre. Je trouvai une chaise, puis le mur, puis une autre chaise, puis un sopha, puis un alpenstock, puis un autre sopha. Cela me troubla, car je pensais qu'il n'y avait qu'un sopha dans la chambre. Je regagnai la table pour m'orienter et repartir. Je trouvai quelques chaises de plus.

Il arriva maintenant, comme sans doute il était arrivé tout à l'heure, que la table, étant ronde, n'était d'aucune valeur comme base pour un départ d'exploration. Je l'abandonnai donc une fois de plus, et m'en allai au hasard à travers la solitude des chaises et des sophas. J'errai dans des pays inconnus, et fis tomber un flambeau de la cheminée. En cherchant le flambeau, je renversai un pot à eau, qui fit un fracas terrible, et je dis en moi-même: «Vous voilà enfin. Je pensais bien que vous étiez par là.» Harris murmura: «Au meurtre! Au voleur!» et ajouta: «Je suis absolument trempé.» C'était l'autre pot à eau.

Le bruit avait réveillé toute la maison. M. X... entra précipitamment dans son long vêtement de nuit, tenant un bougeoir. Le jeune Z... après lui, avec un autre bougeoir. Une procession par une autre porte avec des flambeaux et des lanternes, l'hôte et deux voyageurs allemands, en robes de chambre, ainsi qu'une femme, de chambre aussi.

Je regardai. J'étais auprès du lit d'Harris, à un jour de voyage du mien. Il n'y avait qu'un sopha. Il était contre le mur. Il n'y avait qu'une chaise à ma portée. J'avais tourné autour d'elle comme une comète, la heurtant comme une comète la moitié de la nuit.

J'expliquai ce qui m'était arrivé, et pourquoi cela était arrivé; les gens de la maison se retirèrent et nous nous occupâmes du déjeuner, car l'aurore pointait déjà. Je jetai un coup d'œil furtif sur mon podomètre, et trouvai que j'avais parcouru quarante-sept milles. Mais peu importait, puisque, après tout, je voulais sortir pour faire un tour.

LES FAITS CONCERNANT MA RÉCENTE DÉMISSION

Washington, 2 décembre.

J'ai démissionné. Le gouvernement a l'air de marcher quand même, mais il a du plomb dans l'aile. J'étais employé à la commission sénatoriale de conchyliologie, et j'ai renoncé à ma situation. Je voyais trop la disposition évidente des autres membres du gouvernement à m'empêcher d'élever la voix dans les conseils de la nation! Je ne pouvais garder plus longtemps mes fonctions et m'humilier à mes yeux. Si j'avais à détailler tous les outrages qui se sont amoncelés sur ma tête durant les six jours que j'ai appartenu officiellement au gouvernement, il y faudrait un volume.

On m'avait nommé clerc de ce comité de conchyliologie, sans me donner même un secrétaire avec qui j'eusse pu jouer au billard. J'aurais supporté cela, pauvre esseulé, si triste que ce fût, si j'avais trouvé chez les autres membres du Cabinet les égards qui m'étaient dus. Mais non. Dès que je m'apercevais que la direction de quelque département allait de travers, j'abandonnais aussitôt toute occupation, pour apporter mes sages conseils, comme je devais. Jamais je n'ai eu un remerciement, jamais. J'allai trouver, avec les meilleures intentions du monde, le secrétaire de la marine:

—«Monsieur, lui dis-je, je ne vois pas que l'amiral Farragut soit en train de faire autre chose qu'un voyage de plaisance autour de l'Europe. C'est une partie de campagne. Il est possible que ce soit très bien. Mais je ne pense pas ainsi. S'il n'a pas l'occasion de livrer bataille, faites-le revenir. Un homme n'a pas besoin d'une flotte entière pour un voyage d'agrément. C'est trop cher. Notez que je n'interdis pas les voyages d'agrément aux officiers de marine, les voyages d'agrément qui sont raisonnables, les voyages d'agrément qui sont économiques. Mais ils pourraient parfaitement fréter un radeau et aller sur le Mississipi...»

Vous auriez entendu éclater l'orage. On aurait cru que je venais de commettre un crime. Peu m'importait. Je répétai que c'était bon marché, d'une simplicité bien républicaine, et très sûr. Je dis que, pour une paisible excursion d'agrément, rien ne valait un radeau.

Alors le secrétaire de la marine me demande qui j'étais. Quand je lui dis que j'étais attaché au gouvernement, il me demanda en quelle qualité. Je dis que, sans relever ce qu'avait d'étrange une semblable question, venant d'un membre du même gouvernement, je pouvais lui apprendre que j'étais employé de la commission sénatoriale de conchyliologie. C'est alors que la tempête fit rage. Il finit par m'ordonner de quitter la place, et de me borner strictement, dans l'avenir, à m'occuper de mon propre travail. Mon premier mouvement fut de le faire révoquer. Mais je réfléchis que cette mesure pourrait nuire à d'autres que lui, et ne me causerait aucun profit. Je le laissai donc.

J'allai ensuite trouver le ministre de la guerre. Il refusa de me recevoir tant qu'il ne sut pas que j'étais attaché au gouvernement. Je pense que, si je n'avais été un personnage important, on ne m'eût jamais introduit. Je lui demandai du feu (il était en train de fumer) et je lui dis que je n'avais rien à reprendre à sa défense des stipulations verbales du général Lee et de ses soldats, mais que je ne pouvais approuver sa méthode d'attaque contre les Indiens des plaines. Je dis que l'on faisait des engagements trop dispersés. On devrait rassembler les Indiens davantage, les réunir tous ensemble dans quelque endroit favorable, où le ravitaillement des deux partis serait assuré, et alors procéder à un massacre général. Je dis qu'il n'y avait rien de plus convaincant pour un Indien qu'un massacre général.

S'il n'était pas partisan du massacre, le procédé le plus sûr après celui-là, pour un Indien, était le savon et l'éducation. Le savon et l'éducation ne sont pas aussi rapides qu'un massacre, mais sont plus funestes à la longue. Un Indien massacré à demi peut se rétablir, mais si vous lui donnez de l'éducation et lui apprenez à se laver, tôt ou tard il doit en mourir. Cela ruine sa constitution, et le frappe au cœur.—«Monsieur, dis-je, le temps est venu où s'impose une cruauté à glacer le sang dans les veines. Infligez du savon et un alphabet à tous les Indiens ravageurs des plaines et laissez-les mourir!»

Le ministre de la guerre me demanda si j'étais membre du Cabinet, et je dis que oui. Il s'informa de mes fonctions, et je dis que j'étais secrétaire de la commission sénatoriale de conchyliologie. Il me fit aussitôt mettre en état d'arrestation pour insultes au pouvoir, et priver de ma liberté pendant la plus grande partie du jour.

J'étais presque décidé à garder le silence désormais, et à laisser le gouvernement se tirer d'affaire comme il pourrait. Mais mon devoir m'appelait et j'obéis. J'allai trouver le secrétaire général des finances. Il me dit:

—«Que désirez-vous?»

La question me prit à l'improviste. Je répondis:

«—Du punch au rhum.»

Il dit:—«Si vous avez quelque chose à me communiquer, Monsieur, faites vite, et le plus brièvement possible.»

Je lui affirmai donc que j'étais fâché de le voir changer de conversation si soudainement. Une pareille conduite était offensante pour moi. Mais, dans les circonstances, je préférais passer outre et en venir au fait. Je me mis alors à lui adresser les plus chaleureuses observations sur la longueur extravagante de son rapport. Il était trop étendu, plein de détails oiseux, grossièrement construit. Aucune description, pas de poésie, pas de sentiment. Ni héros, ni intrigue, nul pittoresque, pas même quelques gravures. Personne ne le lirait, la chose était sûre. Je le pressai de ne pas détruire sa réputation en publiant une chose pareille. S'il avait quelque ambition littéraire, il devait mettre plus de variété dans ses ouvrages. Il devait éviter les détails trop secs. La popularité des almanachs, lui dis-je, venait surtout des poésies et des calembours. Quelques mots plaisants distribués çà et là dans son rapport financier serviraient plus à la vente que tous les raisonnements sur les revenus de l'intérieur. Je dis tout cela du ton le plus aimable. Le ministre des finances entra néanmoins en fureur. Il dit même que j'étais un âne. Il abusa de moi de la façon la plus vindicative, et ajouta que si je revenais jamais me mêler de ses affaires, il me ferait passer par la fenêtre. Je répondis que je n'avais plus qu'à prendre mon chapeau et partir, si je ne pouvais être traité avec le respect dû à mes fonctions. Ainsi fis-je. C'était exactement comme un jeune auteur. Ils croient en savoir plus que tout le monde, quand ils publient leur premier volume. On ne peut pas leur en remontrer.

Tout le temps que je fus attaché au gouvernement, il me parut que je ne pouvais faire aucune démarche officielle sans m'attirer quelque ennui. Et pourtant nul de mes actes, nulle de mes tentatives qui ne fût inspirée par le bien de l'État. Mon orgueil froissé m'a peut-être induit à des conclusions injustes et fâcheuses, mais il me parut clair cependant que le secrétaire d'État, le ministre de la guerre, celui des finances, et d'autres de mes confrères avaient conspiré dès le premier jour pour m'écarter du gouvernement. Je n'assistai qu'à une réunion du Conseil des ministres, tout ce temps-là. J'en eus assez. Le domestique à la porte de la Maison Blanche ne sembla pas disposé à m'introduire, jusqu'au moment où je demandai si les autres membres du Cabinet étaient arrivés. Il me répondit affirmativement et j'entrai. Ils étaient tous là. Mais personne ne m'offrit un siège. Ils me regardèrent absolument comme si j'étais un intrus. Le président dit:

—«Qui êtes-vous, Monsieur?»

Je lui tendis ma carte et il lut: «L'honorable Mark Twain, secrétaire de la commission sénatoriale de conchyliologie.» Là-dessus, il me toisa comme s'il n'avait jamais entendu parler de moi. Le ministre des finances dit:—«C'est cette espèce d'âne encombrant qui est venu me conseiller de mettre de la poésie et des calembours dans mon rapport, comme s'il s'agissait d'un almanach.»

Le ministre de la guerre dit:—«C'est le même fou qui est venu hier me proposer un plan pour donner à une partie des Indiens de l'éducation jusqu'à la mort, et massacrer le reste.»

Le ministre de la marine dit:—«Je reconnais ce jeune homme. C'est lui qui est venu à plusieurs reprises, cette semaine, me troubler dans mon travail. Il s'inquiète de l'amiral Farragut, qui occupe une flotte entière à une excursion d'agrément, comme il dit. Ses propositions au sujet de quelque stupide excursion sur un radeau sont trop absurdes pour être répétées.»

Je dis:—«Messieurs. Je perçois ici une disposition à discréditer tous les actes de ma carrière publique. Je perçois aussi une disposition à me priver de ma voix dans les conseils de la nation. Je n'ai pas été convoqué aujourd'hui. C'est une pure chance si j'ai su qu'il y avait une réunion du Cabinet. Mais laissons cela. Je ne veux savoir qu'une chose: est-ce ici une réunion du Conseil, ou non?»

Le président répondit affirmativement.

—«Alors, fis-je, mettons-nous tout de suite au travail, et ne perdons pas un temps précieux à critiquer les actes officiels de chacun.»

Le secrétaire d'État me dit alors, courtoisement:—«Jeune homme, vous partez d'une idée fausse. Les secrétaires des comités du Congrès ne sont pas membres du gouvernement, pas plus que les concierges du Capitole, si étrange que cela puisse vous paraître. D'ailleurs, quelque vif désir que nous éprouvions d'avoir l'appui de votre sagesse plus qu'humaine dans nos délibérations, nous ne pouvons légalement nous en avantager. Les conseils de la nation doivent se passer de vous. S'il s'ensuit un désastre, comme il est fort possible, que ce soit un baume pour votre âme désolée, d'avoir fait par geste ou parole tout votre possible pour le prévenir. Vous avez ma bénédiction. Adieu.»

Ces paroles aimables apaisèrent mon cœur troublé et je sortis. Mais les serviteurs du pays ne connaissent pas le repos.

J'avais à peine regagné ma tanière dans le Capitole, et disposé mes pieds sur la table comme un représentant du peuple, quand un des sénateurs du comité conchyliologique vint en grande fureur, et me dit:

—«Où avez-vous été tout le jour?»

Je répondis que, si cela regardait tout autre que moi, j'avais été à un conseil de Cabinet.

—«A un conseil de Cabinet! J'aimerais savoir ce que vous aviez à faire à un conseil de Cabinet.»

Je répondis que j'y étais allé pour donner mon avis, alléguant, pour le rassurer, qu'il n'avait été nullement question de lui. Il devint alors insolent, et finit par dire qu'il me cherchait depuis trois jours pour recopier un rapport sur les coquilles de bombes, d'œufs, et d'huîtres, et je ne sais plus quoi, se rattachant à la conchyliologie, et que personne n'avait pu savoir où me trouver.

C'en était trop. Ce fut la plume qui brisa le dos du chameau du pèlerin.—«Monsieur, fis-je, supposez-vous que je vais travailler pour six dollars par jour? Si l'on croit cela, permettez-moi de conseiller au comité sénatorial de conchyliologie d'engager un autre secrétaire. Je ne suis l'esclave d'aucun parti. Reprenez votre dégradant emploi. Donnez-moi la liberté ou la mort.»

Dès ce moment, je n'appartins plus au gouvernement. Rebuté par l'administration, par le Cabinet et enfin par le président d'un comité dont je m'efforçais d'être l'ornement, je cédai à la persécution, me débarrassai des périls et des charmes de mes hautes fonctions, et oubliai ma patrie sanglante à l'heure du péril.

Mais j'avais rendu à l'État quelques services, et j'envoyai une note:

«Doit le gouvernement des États-Unis à l'honorable secrétaire du comité sénatorial de conchyliologie:

—Pour consultation au ministre de la guerre	50
— « — » — de la marine	50
— « — » — des finances	50
—Consultation de Cabinet..... gratuite	
—Pour frais de route, voyage, aller et retour, à Jérusalem, *via* Égypte, Alger, Gibraltar et Cadix, 14,000 milles, à 20 c. le mille[E]	2800
—Pour appointements de secrétaire du comité sénatorial de conchyliologie, six jours à six dollars par jour	36
Total	2986

Pas un sou de cette somme ne me fut versé, si ce n'est cette bagatelle de 36 dollars pour mon travail de secrétaire. Le ministre des finances, me poursuivant jusqu'au bout, passa un trait de plume sur les autres paragraphes, et écrivit simplement en marge: «Refusé.» Ainsi la cruelle alternative se pose enfin. La répudiation commence. La nation est perdue.—J'en ai fini avec les fonctions publiques. Libre aux autres employés de se laisser asservir encore. J'en connais des tas, dans les ministères, qui ne sont jamais prévenus quand il doit y avoir Conseil des ministres, dont les chefs du gouvernement ne demandent jamais l'avis sur la guerre, les finances, le commerce, comme s'ils ne tenaient en rien au gouvernement. Cependant ils demeurent à leur bureau, des jours et des jours, et travaillent. Ils savent leur importance dans la nation, et montrent inconsciemment qu'ils en ont conscience, dans leur allure et leur façon de commander leur nourriture au restaurant, mais ils travaillent. J'en connais un qui a pour fonctions de coller toutes sortes de petites coupures de journaux dans un album, parfois jusqu'à huit ou dix par jour. Il ne s'en acquitte pas fort bien, mais il fait aussi bien qu'il peut. C'est très fatigant.—C'est un travail épuisant pour le cerveau. Il n'a cependant pour cela que 1,800 dollars annuels. Intelligent comme il est, ce jeune homme gagnerait des milliers et des milliers de dollars dans un autre commerce, s'il voulait.—Mais non. Son cœur est avec son pays, et il servira son pays tant qu'il restera au monde un album pour coller des coupures de journaux. Je connais des employés qui n'ont pas une très belle écriture, mais toutes leurs capacités ils les mettent noblement aux pieds de leur pays; et travaillent et souffrent pour 2,500 dollars par an. Il arrive que l'on doit faire recopier par d'autres employés ce qu'ils ont écrit, parfois, mais quand un homme a fait pour son pays ce qu'il peut, ce pays peut-il se plaindre? Il y a des employés qui n'ont pas d'emploi et qui attendent et attendent une vacance, attendent patiemment l'occasion d'aider leur pays en quoi que ce soit, et tant qu'ils attendent, on leur donne uniquement 2,000 dollars par an. Quoi de plus triste? Quand un membre du congrès a un ami bien doué, sans un emploi où ses dons pourraient se donner carrière, il l'attribue à la nation, et lui donne un poste dans un ministère. Et dès lors, cet homme travaille comme un esclave, jusqu'à épuiser sa vie, se battant corps à corps avec des papiers pour le bien de la nation, qui ne pense jamais à lui, ne sympathise jamais avec lui,—tout cela pour 2,000 ou 3,000 dollars par an. Quand j'aurai complété ma liste des différents employés dans les différents ministères avec l'indication de leur travail, et de leurs appointements, vous verrez qu'il n'y a pas moitié assez d'employés, et que ceux qu'il y a ne sont pas à moitié assez payés.

ÉCONOMIE POLITIQUE

«L'économie politique est la base de tout bon gouvernement. Les hommes les plus sages de tous les temps ont été disposés à porter sur ce sujet les...»

Ici je fus interrompu, et averti qu'un étranger désirait me voir en bas. Je descendis sur la porte et me trouvai devant lui, et m'informai de ce qui l'amenait. Cependant, je faisais tous mes efforts pour tenir la bride serrée à mes fougueuses pensées d'économie politique, craignant de les voir prendre la fuite ou ruer dans leur harnais. En moi-même, je souhaitais que l'étranger fût à ce moment au fond du canal, avec une cargaison de blé sur la tête.

J'étais tout en fièvre. Il paraissait fort calme. Il me dit qu'il était désolé de me déranger, mais comme il passait par là, il avait remarqué que ma maison manquait de paratonnerres. Je dis:—«Parfaitement. Continuez. Qu'est-ce que cela peut faire?» Il me répondit que cela ne lui faisait rien du tout, personnellement, rien, si ce n'est qu'il aimerait à en poser quelques-uns. Je suis nouveau dans le métier de propriétaire, ayant été habitué aux hôtels et aux maisons garnies jusqu'à ce jour. Comme tout autre dans les mêmes conditions, je m'efforce d'avoir, aux yeux des gens, l'air d'un vieux propriétaire; en conséquence, et pour me débarrasser de lui, je dis que depuis longtemps c'était en effet mon intention de faire poser six ou huit paratonnerres, mais que... L'étranger parut surpris, et me regarda attentivement. Je demeurais calme, pensant que s'il m'arrivait de commettre quelque erreur, je n'en laisserais du moins rien surprendre par mon attitude. Il me dit qu'il aimerait mieux avoir ma pratique que celle de n'importe qui dans la ville.—«Très bien», fis-je. Et je m'éloignais déjà pour reprendre ma lutte corps à corps avec mon sujet; il me rappela. Il était indispensable de savoir exactement combien de «pointes» je voulais qu'on posât, sur quelles parties de la maison, et quelle qualité de tige me plaisait mieux. Tout cela fut lettre close pour un homme peu au courant des questions de propriétariat. Mais j'y allai de confiance; il est probable qu'il n'eut pas le moindre soupçon de mon inexpérience. Je lui dis de poser huit «pointes», de les poser toutes sur le toit, et d'user de la meilleure qualité de tige. Il me dit qu'il pourrait me fournir l'article «ordinaire» à vingt centimes le pied; «doublé en cuivre», vingt-cinq centimes; enfin, pour trente centimes, un article «zinc plaqué, à double spirale» qui arrêterait un éclair à n'importe quel moment, d'où qu'il partît, et «rendrait sa course inoffensive, et ses progrès futurs apocryphes». Je répondis qu'«apocryphe» n'était pas un terme à dédaigner, étant donnée l'étymologie, mais que, toute question philologique mise à part, la «double spirale» me convenait et que je prendrais cette marque. Il dit alors qu'il *pouvait* faire avec deux cent cinquante pieds, mais que pour bien faire et avoir le meilleur ouvrage qu'il y eût dans la ville, et forcer l'admiration de tous, justes ou injustes, et obliger tous les gens à avouer que de leur vie ils n'avaient vu un plus symétrique et hypothétique déploiement de paratonnerres, il pensait ne pas pouvoir réellement s'en tirer à moins de quatre cents pieds, sans d'ailleurs y mettre d'entêtement et tout prêt à essayer. Je lui répondis qu'il pouvait marcher à raison de quatre cents pieds, et qu'il fît l'ouvrage qu'il lui plairait, mais qu'il me laissât tranquille m'en retourner à mon travail. Enfin, je fus débarrassé, et me voici, après une demi-heure perdue à réatteler et réaccoupler mes idées économico-politiques, prêt à continuer mon développement.

«... plus riches trésors de leur génie, leur expérience, et leur savoir. Les hommes les plus brillants en jurisprudence commerciale, internationale confraternité, et déviation biologique, de tous les temps, de toutes les civilisations, de tous les pays, depuis Zoroastre jusqu'à M. Horace Greely, ont...» Ici, je fus interrompu de nouveau, et prié de descendre pour conférer plus avant avec l'homme des paratonnerres. Je me précipitai, bouillant et ému de pensées prodigieuses enlacées en des mots si majestueux que chacun d'eux formait à lui seul un cortège de syllabes qui aurait bien mis un quart d'heure à défiler. Une fois de plus, je me trouvai en présence de cet homme, lui si paisible et bienveillant, moi excité et frénétique. Il se tenait debout dans l'attitude du colosse de Rhodes, un pied sur mes jeunes plants de tubéreuses, un autre sur mes pensées, les mains sur les hanches, le bord du chapeau sur les yeux, un œil clos, l'autre dirigé d'un air d'appréciation admirative vers la principale cheminée. Il me dit alors qu'il y avait dans cette affaire un ensemble de circonstances qui devait rendre un homme heureux de vivre.—«Je m'en rapporte à vous, ajouta-t-il, vîtes-vous jamais un spectacle d'un pittoresque plus délirant que huit paratonnerres ensemble sur une seule cheminée?» Je répondis n'avoir aucun souvenir actuel d'un spectacle supérieur à celui-là. Il ajouta qu'à son avis rien au monde, si ce n'est les chutes du Niagara, pouvait être regardé comme plus remarquable parmi les scènes de la nature. Tout ce qu'on ne pouvait souhaiter maintenant, dit-il en toute sincérité, pour faire de ma maison un vrai baume pour les yeux, c'était qu'il lui fût permis de toucher légèrement à l'autre cheminée, et d'ajouter ainsi au premier coup d'œil un peu surprenant une impression calmante d'achèvement qui atténuerait celle un peu vive produite par le précédent coup d'État. Je lui demandai si c'était dans un livre qu'il avait appris à parler ainsi, et si je pouvais me le procurer quelque part. Il sourit aimablement. Sa façon de parler, dit-il, ne s'apprenait pas dans les livres. Rien, sinon d'être familier avec les paratonnerres, ne pouvait rendre un homme capable de manier son style de conversation si impunément. Puis, il établit un devis; une huitaine environ de paratonnerres en plus, disposés çà et là sur le toit, feraient, pensait-il, mon affaire; il était sûr que cinq cents pieds de métal suffiraient. Il ajouta que les huit premiers paratonnerres avaient un peu pris le pas sur ses mesures, pour ainsi parler, et avaient nécessité un tant soit peu plus de métal qu'il avait calculé, une centaine de pieds environ. Je lui répondis que j'étais horriblement pressé, et que je souhaitais pouvoir établir définitivement cette affaire pour m'en retourner à mon travail. Il me dit: «J'*aurais pu* prendre sur moi de poser ces huit tiges supplémentaires, et continuer mon ouvrage tranquillement. Il y a des gens qui l'auraient fait volontiers. Mais non. Cet homme est un étranger pour moi, me suis-je dit, et je mourrai plutôt que de lui faire du tort. Il n'y a pas assez de paratonnerres sur cette maison. Mais je ne modifierai pas mes premiers plans pour en ajouter, ne fût-ce qu'un seul, avant d'avoir agi comme je voudrais que l'on agît à mon égard, et averti ce gentleman. Étranger, ma mission est terminée. Si le messager récalcitrant et déphlogistique des nuages vient à frapper votre...»

—«Allons, allons, dis-je, placez les huit autres, ajoutez cinq cents pieds de tige à double spirale, faites tout et tout le nécessaire, mais calmez votre chagrin, et tâchez de garder vos sentiments en un endroit où vous puissiez toujours les trouver en consultant le dictionnaire. D'ailleurs, puisque maintenant nous sommes d'accord, je m'en retourne à mon travail.»

Je crois bien que je demeurai assis à ma table, cette fois, une bonne heure, essayant de revenir au point où j'étais lorsque la suite de mes idées fut troublée par la dernière interruption. Mais j'y parvins, me parut-il, et je pus me hasarder à continuer: «... mesuré leurs forces sur ce grand sujet, et les plus éminents d'entre eux ont eu en lui un digne adversaire, un adversaire qui se retrouve frais et souriant après chaque étreinte. Le célèbre Confucius dit qu'il aimerait mieux être un profond économiste que le chef de la police. Cicéron affirme en plusieurs passages que l'économie politique est la plus noble nourriture dont l'esprit humain puisse se nourrir, et même notre Greeley a dit, en termes vagues, mais énergiques: «*L'Économie*...»

Ici, l'homme des paratonnerres m'envoya encore chercher. Je descendis dans un état d'âme voisin de l'impatience. Il me dit qu'il aurait préféré mourir que me déranger, mais que lorsqu'il était à faire un travail, et que ce travail devait être fait, on y comptait, d'une façon correcte et de main d'ouvrier, et que le travail était terminé, et que la fatigue le forçait à chercher le repos et la distraction dont il avait tant besoin, et qu'il allait se reposer, et que, jetant un dernier coup d'œil, il s'apercevait que ses calculs avaient été un peu erronés, et que s'il survenait un orage, et que cette maison, à laquelle il portait maintenant un intérêt personnel, demeurât là sans rien au monde pour la protéger que seize paratonnerres...—«Laissez-moi en paix, criai-je, mettez-en cent cinquante! Mettez-en sur la cuisine! Mettez-en douze sur la grange, deux sur la vache, un sur la cuisinière! Semez-les sur cette maison maudite jusqu'à ce qu'elle soit pareille à un champ de cannes à sucre doublées en zinc, à double spirale, montées en argent! Allez! Employez tous les matériaux sur quoi vous pourrez mettre la main. Quand vous n'aurez plus de paratonnerres, mettez des tiges de bielles, de pistons, des rampes d'escalier, n'importe quoi pouvant flatter votre lugubre appétit de décor artificiel. Mais accordez quelque répit à ma cervelle affolée, et quelque soulagement à mon cœur déchiré!»

Tout à fait impassible,—à peine eut-il un sourire aimable,—cet homme au cœur de bronze releva simplement ses manchettes avec soin, et dit «qu'il allait maintenant s'en payer une bosse». Il y a trois heures de cela. Et je me demande encore si je suis assez calme pour disserter sur le noble sujet de l'économie politique. Je ne puis m'empêcher d'essayer. C'est le seul sujet qui me tienne au cœur. C'est, dans toute la philosophie humaine, le plus cher souci de ma pensée.

«... *politique est le plus beau présent que le ciel ait fait aux hommes.* Quand Byron, ce poète dépravé mais génial, était en exil à Venise, il avoua que si jamais il pouvait lui être donné de revivre sa vie si mal employée, il consacrerait les intervalles de lucidité que lui laisserait la boisson, à composer non des vers frivoles, mais des essais d'économie politique.

«Washington aimait cette science charmante. Des noms tels que ceux de Baker, Beckwith, Judson, Smith, lui doivent un impérissable renom. Et même le divin Homère, au neuvième chant de son Iliade, s'exprime ainsi:

Fiat justitia, ruat cœlum,
Post mortem unum, ante bellum
Hic jacet hoc, ex parte res
Politicum economico est.

«Les conceptions grandioses du vieux poète, jointes aux formules heureuses qui les expriment, la sublimité des images qui les revêtent, ont immortalisé cette strophe et l'ont rendue plus célèbre que toutes celles qui jamais...»

—«Maintenant, pas un mot, n'est-ce pas, ne prononcez pas un seul mot.—Donnez-moi votre note et disparaissez d'ici pour jamais au sein du silence éternel.—Neuf cents dollars? Est-ce tout? Voici un chèque pour la somme, auquel fera honneur toute banque honorable de l'Amérique. Mais pourquoi tous ces gens attroupés dans la rue? Quoi donc? Ce sont les paratonnerres qu'ils regardent? Dieu me bénisse! On dirait qu'ils n'en ont jamais vu de leur vie! Vous dites? Ils n'en ont jamais vu un pareil tas sur une seule maison? Je vais descendre et examiner d'un œil critique ce mouvement d'ignorance populaire.»

Trois jours après.—Nous sommes tous à bout de forces. Pendant vingt-quatre heures notre maison, hérissée de paratonnerres, a été la fable et l'admiration de la ville. Les théâtres languissaient. Leurs plus heureuses trouvailles scéniques paraissaient usées et banales à côté de ce spectacle. Notre rue a été nuit et jour fermée à la circulation par la foule des badauds, parmi lesquels beaucoup de gens venus de la campagne. Ce fut un soulagement inespéré quand, le second jour, un orage éclata. Suivant l'expression ingénieuse de l'historien Josèphe, la foudre «travailla pour notre maison». Elle déblaya le terrain, pour ainsi parler. En cinq minutes, il n'y eut plus un spectateur dans un rayon de cinq cents mètres. Mais toutes les maisons un peu hautes, à partir de cette limite, étaient couvertes de curieux, fenêtres, toits, et le reste. Et rien d'étonnant à cela, car toutes les fusées et les pièces d'artifice de la fête nationale durant toute une génération, s'allumant et pleuvant ensemble du ciel en averse brillante sur un pauvre toit sans défense, auraient à peine égalé le déploiement pyrotechnique qui faisait étinceler ma demeure si superbement dans l'obscurité d'alentour. D'après un calcul fait au moment même, le tonnerre est tombé sur ma maison sept cent soixante-quatre fois en quarante minutes. Mais chaque fois, saisi au passage par un de mes fidèles paratonnerres, il glissait sur la tige à double spirale, et se déchargeait dans la terre avant d'avoir eu sûrement le temps d'être surpris de la manière dont la chose se faisait. Pendant toute la durée du bombardement, une seule ardoise du toit fut fendue, et cela parce que, pour un moment, les tiges du voisinage étaient en train de transporter toute la foudre dont elles pouvaient humainement se charger. Sûrement on ne vit rien de semblable depuis la création du monde. Tout un jour et toute une nuit, pas un membre de ma famille ne put sortir la tête par une fenêtre, sans qu'elle fût aussitôt rasée d'aussi près qu'une bille de billard. Le lecteur me croira-t-il, si j'affirme que pas un de nous ne songea à mettre une seule fois le pied dehors. Mais enfin ce siège terrible prit fin, parce qu'il ne restait plus absolument un atome d'électricité dans les nuages au-dessus de nous, à distance d'attraction de mes paratonnerres insatiables. Alors, je sortis et réunis quelques hommes courageux. Et nous ne prîmes pas un moment de repos ou une miette de nourriture, que nous n'eûmes nettoyé le dessus de ma maison de son effroyable armature. Nous ne laissâmes que trois tiges, sur la maison, la cuisine et la grange. Vous pouvez voir. Elles y sont encore aujourd'hui. Et alors, seulement alors, les gens se hasardèrent à passer de nouveau par notre rue. Je dois noter, incidemment, que, durant ces moments terribles, je ne poussai pas plus avant mon essai d'économie politique. A l'heure où j'écris ces lignes, mes nerfs et mon cerveau ne sont pas encore assez calmes pour me remettre au travail.

Avis aux amateurs.—A vendre: trois mille deux cent onze pieds de tige pour paratonnerre, qualité extra, plaquée en zinc, double spirale. Et seize cent trente et une pointes à bout d'argent. Le tout, en état convenable, et bien qu'un peu fatigué, pouvant être encore d'un bon usage ordinaire. Occasion avantageuse. S'adresser à l'éditeur.

FIN

NOTES:

[A] La preuve du contraire est facile à faire. Le reproche tombe de lui-même dès que nous le connaissons. (*Note du traducteur.*)

[B] Le procédé est excellent, et nous l'avons expérimenté. Quand nous étions à Londres, nous allions entendre le prêche d'un excellent clergyman de nos amis. Il prêchait lentement et les yeux sur nous, comme pour nous convertir. Et s'il voyait dans nos yeux que le sens d'une phrase nous avait échappé, il recommençait: «Oui, mes frères, je ne crains pas de le répéter. Et saurait-on trop répéter la parole de Dieu..., etc.» A la deuxième fois, nous lui adressions un petit clin d'œil amical. Nous avions compris. (*Note du traducteur.*)

[C] Le lecteur peut croire que, si les cimetières de chez lui sont entretenus en bon état, ce rêve ne s'applique pas du tout à sa ville natale, mais qu'il vise directement et venimeusement la ville voisine.

[D] Détail à noter: William Shakespeare, qui assista au déplorable événement depuis le commencement jusqu'à la fin, insinue que cet écrit n'était autre qu'une note découvrant à César un complot tramé contre sa vie.

[E] Les délégués cantonaux comptent leurs frais de route pour l'aller et le retour, quoiqu'ils ne sortent jamais de la ville, quand ils y sont. Qu'on m'ait refusé mes frais de route est ce que je comprends le moins.

Milton Keynes UK
Ingram Content Group UK Ltd.
UKHW011142220424
441551UK00007B/745